# 五味杂陈

杨树民●著

『新实力』中国当代散文名家书系

河北出版传媒集团
花山文艺出版社

图书在版编目（CIP）数据

五味杂陈/杨树民著．—石家庄：花山文艺出版社，2016.6（2021.1重印）
ISBN 978-7-5511-2820-9
Ⅰ.①五… Ⅱ.①杨… Ⅲ.①散文集－中国－当代 Ⅳ.①I267
中国版本图书馆CIP数据核字（2016）第095938号

书　　名：五味杂陈
著　　者：杨树民

责任编辑：刘燕军
责任校对：杨丽英
美术编辑：胡彤亮
出版发行：花山文艺出版社（邮政编码：050061）
（河北省石家庄市友谊北大街330号）
销售热线：0311-88643221/29/31/32/26
传　　真：0311-88643225
印　　刷：三河市华东印刷有限公司
经　　销：新华书店
开　　本：650×940　1/16
印　　张：17.75
字　　数：237千字
版　　次：2016年10月第1版
2021年1月第2次印刷
书　　号：ISBN 978-7-5511-2820-9
定　　价：52.00元

# 序 言

我1981年开始写短文。几百字就敷衍一篇，因为是“刀耕火种”，长了，累人。直到2001年买了电脑“换笔”之后，才有“千字文”出现，可见我是个懒人，太依赖于机器了。千字文的好处是一气呵成，文气贯通，产量保证，十年以来，每年都能写个十万二十万字。最多的一年，竟然写了40万字。

单单是以数字而论，也到了“汗牛充栋”的份上了，可是，乏善可陈。所以，当我开始选择一些可以上得了台面的东西，颇为踌躇。所谓鸡零狗碎，不过如此了。

发表过一些。这回选的，主要都是见过报的，顺带着，也选了一些待字闺中的，这样庶几能够像一本书的样子，否则，只能算是小册子了。第一本书嘛，得重视。

鲁迅说，分类有益于揣摩文章，编年有益于明白世事，这回，我都采用了。分作五类：吐槽、吃饭、读书、看片、走路。时间跨度为十年，即2005－2014年。多乎哉？不多也。

然而，再想多选，也没有了。

四个部分，读书、观影、乱弹、美食。涵盖了我的生活和工作，爱好和思考，酸甜苦辣咸，什么滋味都有了，可谓五味杂陈。

把自己当作文人过日子了，所看到的，都不免要泛酸。酸是一种敏感，牙齿过敏，所以要用冷酸灵牙膏。吐槽是一种时尚，也是一种文体，其实，更是一种生活。有些人不解：不吐槽会死啊！我没试过，估计会的。吐槽当然要找对对象，一般以名人为首选，当官的自然也在吐槽范围，反正，不能沾惹“弱势群体”就是了。

吃饭是我这几年的工作，有部电视剧叫《我们的生活比蜜甜》，把那个“们”字拿掉，就是我的写照了。我编辑一个美食版面，需要这样的文字，都是自采自编，所以，吃饭也是工作，挣的钱都送饭店了。

我有段时间特无聊特有闲（或者说特有闲特无聊），就把《资治通鉴》找出来看了，每天早上四点半起床躲厨房里坐小板凳上看两小时。然后写一篇千字文，坚持了一年多。这里的文字就是那个时候写的，明显是受到《百家讲坛》的影响了。

早上读书，晚上就看电视剧，《汉武大帝》《雍正皇帝》《康熙大帝》《卧薪尝胆》《大长今》《看了又看》……一部接一部看。翌日，也涂鸦成文，这样的文字，写了很多，因为是借别人的酒浇自已心中的块垒，所以，语言辛辣，十分痛快。我一直想做这个工作，就像 NBA 球评一样，一天写三千字甚至一万字，永远也写不完，永葆青春，永保饭碗，十分美满。

出书好像生孩子，等着人家说好。即使明知道不漂亮，也还是希望你夸两句，算是“点个赞”吧。

此时此刻，一个人坐在办公室里，点击鼠标，复制粘贴。写了这么点儿东西，想让人家知道，又害怕人家知道，想让文字随着时间消失，又害怕文字比我的寿命还短……

世事纷繁，人生精彩，可是，如果概括一下，也无非是东西南北中、金木水火土、青黄赤白黑、宫商角徵羽、酸甜苦辣咸之类，可谓五味杂陈也。

综上所述，就拿“五味杂陈”这四个字做书名吧。

杨树民记于《苍梧晚报》1409 室

二〇一四年七月十九日星期六

# ◆◇◆目录◆◇◆

## 【读书】

## 【观影】

## 【乱弹】

## 【美食】

# 读书

# 一瓢饮两匹绢三不朽

贾宝玉在大观园生活女儿国厮混，身边的妹妹多了去了，可是，宝二爷除了和袭人糊里糊涂初试云雨之外，基本上是守身如玉了。虽然有时也难免见了姐姐忘记妹妹，但是，那也只是“私”字一闪念，并没有付诸行动的，所以，刁钻古怪的林妹妹对于宝哥哥才那么深爱。要问宝玉何以能够在脂粉堆里做到不“染指”，当然在于对于黛玉坚贞的爱情，同时，也取决于宝玉的爱情观，便是九十一回里向黛玉表露的“任凭弱水三千，我只取一瓢饮”。这一瓢的爱情观，难能可贵，搁在今天，也是稀罕物儿，何况当年。仅此一点，我们就说，贾宝玉，真情种。

北魏孝明帝的母亲人称胡太后，据说，是荒淫残暴的统治者，但是，她对于惩治贪官褒奖廉吏还是有一手的。当时，国家殷实，仓库里的银子绢匹都往外淌了。胡太后发话，让百官随便拿，大臣们都量力而行。只有皇族元融和大臣李崇贪得无厌，“负绢过任，蹶倒伤踝”，胡太后让他们空手而出。侍中崔光只取两匹，太后问：“怎么只拿这么一点点？”崔光说：“我只有两只手，只能拿两匹绢，已经拿得够多了。”满朝文武，佩服崔光清廉。这是杨衒之在《洛阳伽蓝记》里讲的故事。

人生有两累，为物累，为情累。人生在世，不能吸风饮露，当然需要一定的物质生活了。可是，有人把物质的追求当成了人生的目的，以至于成为物欲的奴隶，他们捞取非分之财，恨不能生出第三只手来。结果，往往被砸伤了脚踝。更有甚者，连老命（现在贪官年轻化了，应该说是“小命”）也搭上了。致命的弱点，在于一个“贪”字。爱情从来是“排他”的，爱人不是韩信点兵多多益善，爱情是龙王庙的旗杆独一根，因此，穷人因为娶媳妇艰难，常常会有可歌可泣的爱情，皇帝老儿三宫六院七十二妃，倒罕见撕心裂肺的爱情，这是爱情规律，是不以人们的意志为转移的。

一日三餐，四季布衫，吃饱穿暖，就可以了。有了闲钱，山珍海味、穿金戴银，也未尝不可，可是，人只有一只胃，只有十个手指头，所以，再怎么着，也不能整天肉山酒海，戒指成串儿吧？至于爱人，那就更是“物以稀为贵”了，爱人就像邮票，“孤本”最值钱。为了防止“物欲横流”“感情泛滥”，人们追求精神享受，古人总结出来的“三不朽”，可以借鉴。

《左传·襄公二十四年》：太上有立德，其次有立功，其次有立言，虽久不废，此之谓不朽。至于金钱、美女，是不能使人不朽的，倒是常常使人“腐朽”。北京师范大学的校训是“学为人师，行为世范”，这是立师德，是教师的最高境界。好男儿志在四方，军功章上血染的风采，这是立军功，是军人的崇高使命。“究天人之际，通古今之变，成一家之言”“藏之名山，传之其人”，这是立言。他们分别称之为圣人、将军、文豪，他们是世界的瑰宝、人类的精英，他们如日月行天、江河行地，千代万世，永垂不朽。

# 不必都为尊者讳

以前，读鲁迅杂文单行本，因为是白本（无注释），许多文坛掌故是不甚了然的。后来，买了《鲁迅全集》（1981 年人文版），有注释了，许多疑问得到了解答。可是，仍然有应该注释而没有注释的地方。

《鲁迅全集》里收录的文章中，有瞿秋白写的，因为是瞿秋白和鲁迅讨论过，又经过鲁迅修改过，还是鲁迅找人誊写，用鲁迅的笔名发表过，所以，鲁迅在出版单行本的时候，就顺理成章地将其收入了。本来，这是一段文坛佳话，没有什么“丢人”的。可是，很长时间，我们并不知道内情。那些杂文，和鲁迅的杂文没有什么两样。我们佩服瞿秋白的模仿能力，简直是可以乱真的。

《鲁迅全集》收入瞿秋白杂文共计 12 篇。上海文艺出版社 1985 年编辑出版的《中国新文学大系·杂文集》（1927 — 1937）里收入瞿秋白杂文 16 篇，其中 8 篇（《王道诗话》《曲的解放》《迎头经》《出卖灵魂的秘诀》《内外》《大观园的人才》《关于女人》《真假堂吉诃德》）收入鲁迅杂文集，1 篇使用鲁迅笔名发表没有收入鲁迅杂文集（《〈子夜〉和国货年》）。另外收入《鲁迅全集》里的四篇是：《伸冤》《最艺术的国家》《透底》《中国文与中国人》。

本来，我以为《鲁迅全集》里就这些“假货”了。可是，今天早上，我在阅读《周作人集外文》（陈子善、张铁荣编，海南国际新闻出版中心 1995 年版）时发现，周作人的四篇杂文也“混入”《鲁迅全集》了。这就是《热风》里的《随感录》（三十七、三十八、四十二、四十三）。我再查找《鲁迅全集》，注释里没有提及周作人。

《周作人集外文》的“编注”说，《随感录三十七》发表于《新青年》，未署名；《随感录三十八》署名迅；《随感录四十二》未署名；《随感录四十三》未署名。我不知道编辑是怎么考证出这四篇杂文是周作人写的，估计不会是“空穴来风”。根据以往的经验，这种情况是“可能”的。因为，周氏兄弟是经常玩这样的“把戏”的。比如，鲁迅编辑的《会稽郡故书杂集》，就是借署周作人名。可是，1938 年版《鲁迅全集》收入《杂集》的序言落款变成了“会稽□□□记”，以后版本均承袭下来了，只是在注释里做了说明。

周氏兄弟因为选择的道路不同，所以，得到的待遇也就大异。自从周作人 1937 年落水，“周作人”三字便和“汉奸”画上了等号。所以，善良的人们如果不得不提及周作人，往往以他的笔名“知堂”“启明”“苦雨斋”等代替。1981 年人文版《鲁迅的故家》，署名周遐寿，我还以为是鲁迅的一个“本家”所写，后来才知道，原来就是周作人。

鲁迅是“民族魂”，周作人却沦为汉奸，反差实在是太大了。可是，汉奸之前的周作人毕竟也是战斗过的，他的文章也是不错的。上边提到的四篇随感录，如果不注明，简直看不出和鲁迅的杂文有什么两样。

为尊者讳，历来是一种美德。可以理解，却不可提倡。我的意思是，把周作人的著作权还给他，不会给鲁迅“抹黑”，也不会给周作人“添彩”。周作人的附逆不可饶恕，鲁迅的伟大不可动摇，明白了这一层，我们还有什么必要遮遮掩掩吞吞吐吐呢？

# 如此还鲁迅“公道”

近日翻书，看到韩石山的新著《少不读鲁迅，老不读胡适》，觉得很新鲜。因为书价太贵，银子太少，所以没有买，回到家里，上网浏览了。

书名显然是由老话“少不看《水浒》，老不看《三国》”而来。《水浒》好斗，少年人看了，容易意气用事，所以不宜看；《三国》好计，老年人看了，更加老谋深算、刁钻古怪，当然也是不看为好。可是，把这样的话移用于鲁迅和胡适，在我看来，是不恰当的。不错，鲁迅也是“好斗”的，但是，此斗和彼斗，风马牛不相及也。鲁迅疾恶如仇的品质，不正是青年人应该具备的吗？让青年们摆脱冷气，有一份热发一份热，有一点光放一点光，不正是我们所需要的吗？怎么青年人就不能读鲁迅了呢？（我对于胡适比较陌生，此处不论胡适）

韩石山在书里研究的是前期的鲁迅。1927 年，鲁迅到了上海，成了共产主义者，不在研究之列，所以省略了。这当然没有什么不可以的，分段研究嘛。可是，韩石山又说，鲁迅的文章，前期的好，后期的不好，这就未免太武断了。他的所谓好和不好，是以文章的文学性为主要标准的，言下之意：后期的文章，政治性太强了，不好读。我不知道韩石山是怎么做出上述判断的。一个作家，生在那样一个风云突变的时代，文章里带有些政治因素、时代风云，不是再正常不过的事吗？作为一个战士，鲁迅不正是在上海时期才达到了成熟的高度吗？

韩石山对于中小学课本里收录“过多”的鲁迅的作品，是颇为感冒的，觉得这样有“灌输”之嫌，有强行推销意识形态方面的考虑，是不利于青年人兼收并蓄、全面发展的。在这点上，或许韩石山的出发点有公允的一面。但是，文选从来不是幼稚园里的排排坐、吃果果。从《昭明文选》开始，到新近出版的《新诗选》《散文选》，不都是著名作家的作品吗？因为人家写得多而且好，按照比例，多选择几篇，有什么不可以呢？

书的封底还有什么“这是一本令鲁研界汗颜的书”之类的说辞，显然是一种广告术语。如此“贬低”鲁迅，也不是从你韩石山开始的。当然，更不会在你韩石山这儿打住。自从1918年鲁迅成名之后，把鲁迅作为一个沙袋子在上面挥拳的人多了，鲁迅也没有被击破嘛。不错，以前有相当长的一段时间，我们把鲁迅神化了，放到了一个吓人的高度。可是现在，难道我们就可以有理由把鲁迅搁到一个狭隘、逼仄、阴暗的地方去吗？

韩石山说，这部书是“还鲁迅一个公道”，有位评论者说，这部书反映了“韩石山的公道”，因为，韩石山历来是以“文坛刀客”闻名的，这部书，却写得“如此客观、平和、有历史、有资料”。可是，单看书名，我们便有理由认为，韩石山的“刀客”之名真不是吹的。

韩石山对当年鲁迅关于“青年必读书”的答卷，颇有微词，理由是不公道，因为鲁迅提出了“不读中国书”。现在，韩石山来了一个“以其人之术反治其人之身”。可是韩石山就公道了吗？把别人视为偏激、片面，唯有自己中庸、客观，呵呵，这也就是骗骗老实人罢了。

## 齐威王的密探

齐威王是战国时齐国的国君，在位36年，治国有方，他任用邹忌为相，田忌、孙膑为将和军师，除旧布新，改革开放，使齐国的国力日强。他还在国都搞了不少论坛，召集众多学者来此发表演说、臧否人物、信口雌黄。

齐威王还特别注意对地方官员的考核。但是，他自己并不喜欢前呼后拥地考察、调研、南巡、西视什么的，而是派遣一些特使，秘密考察地方官员，抓住要害，严厉打击，杀一儆百。

话说即墨地方长官，为政一方，臭名远扬，老是有关他的坏消息传到国都，传到齐威王的耳朵里。齐威王的耳朵都听出茧子来了，不胜其烦。就暗中派人去察看。特使返京，报告国王：即墨那旮旯，所有的田地都播种了，所有的百姓都有饭吃、有水喝、有衣穿、有房住，当官的上班就是看看报纸什么的，都在读书、考研。之所以有人说坏话，是因为这个县太爷不喜欢走门子贿赂京城的官员，因此，没有人为他说好话，反而要陷害他。齐威王知道事情的原委之后，一不做，二不休，嘉奖了即墨首长，俸禄增长了N倍。

同时，齐威王对阿这个地方的长官也留了神。因为，这厮的口碑实在是太好了，好到令人如果不把他调到中央就没法向全国人民交代的程度。齐威王善于逆向思维，也派遣了密探去实地考察了一番。

不看不知道，一看吓一跳。原来这位长官是一个善于钻营的小人。

阿地的农业生产一塌糊涂，土地荒芜，民不聊生。不仅如此，当遇到外敌入侵时，作为一县之长，竟然不抵抗，做缩头乌龟。他拿钱财贿赂京城的官员，在大王面前说好话，欺上瞒下，以求升官发财。

齐威王知道了底细，气不打一处来，欺君之罪，罪不可赦，就把阿大夫给煮了，把传话的人也一块儿扔锅里了。从此，无论是京城还是地方的官员，都战战兢兢、如履薄冰，再也不敢文过饰非糊弄大王了。这事在当时影响很大，只是随着时间的推移，今天已经很少有人知道了。

## 穆生敏感

刘邦的同父异母弟弟刘交跟随刘邦参加革命。革命成功之后，刘邦让刘交做了徐州市市长。刘交在做市长之前就喜欢《诗经》，曾经和鲁申公、白生、穆生一块儿去荀子的门生浮丘伯处做研究生。后来，因为秦始皇“焚书坑儒”，学习中断了，刘交的学历就相当于研究生肄业了，是刘邦四兄弟中学历最高的一位。

刘交做了市长之后，不忘同学情谊，就把申、白、穆三位同学请来做官，主管舆论宣传工作。平时，刘交和三位同学一块儿喝酒、打牌，感情很融洽。四人之中，只有穆生不会喝酒，于是，刘、申、白三人喝洋河蓝色经典，专门为穆要了花果山山楂酒。吃饭之前打掼蛋，吃饭之后KTV，这样的小日子过得惬意。原来，能和刘总的弟弟一块儿读书，也是一种福气啊！

刘交过世之后，刘交的儿子继承父亲的传统，对于三位叔叔，也执礼甚恭，喝酒的时候，也是准备洋河和花果山的。可是，毕竟是隔代的人，没有十年寒窗的经历，时间长了，就忘记给穆叔叔准备山楂酒了。穆生就对两位同学说：“我可以走了，人家不需要我了，如果我还不知趣，赖着不走，可能要被人家游街示众的。”于是，就请病假，不上班了。

申同学、白同学不以为然，说：“穆同学，你也太敏感了吧，我们是他老爸的同学啊，现在，老同学先走了一步，我们有义务帮助他的儿子坚持正确的舆论导向。我们实在不必因为年轻人的一时疏忽而掉头走人，那样也太显得小家子气了。”穆生反驳说：“你以为我是斤斤计较的人吗？我只是见微知著而已。如今的刘市长已经不是过去的刘市长了，过去的刘市长对我们以礼相待，那是因为他的心里有道义；现在的刘市长忽视我们的存在，那是因为心里没有了道义。没有道义的人，我们还和他待在一块儿干吗呢？”

申、白终于没有走人。也终于被刘市长拉出去游街示众了。因为，他们不识时务，没有紧跟，还讽谏，吃饱了撑的。

穆生敏感，得以保命。申、白感恩，尽失颜面。从来喝酒，都不是简单地喝酒，喝的是酒，又不仅仅是酒，酒杯虽小，可见乾坤，喝酒之用大矣。我们时常看到酒桌上有人因为被怠慢了，或者拂袖而去，或者大打出手，其实，往往并不是因为酒，酒，不过是做了一个引子而已。

# 萧规曹随

这是一个成语了，谷歌拼音输入法可以连打的，说的是汉朝的萧何和曹参的故事。萧何临终的时候，孝惠帝刘盈问：萧相国，你看谁能接你的班呢？萧何说：知我者，陛下也。刘盈说：曹参？萧何说：正是，陛下有曹参辅佐，我死了也就没有什么可以牵挂的了。这萧何真的会做宰相，所有的好主意，都要归在皇上的名下，即使是到了生命的最后一刻，也不表现自己，可谓鞠躬尽瘁，死而后已，这是做臣子的本分。此处不表。

话说曹参和萧何共事多年，都是汉王公司里的中坚力量，经常在一块儿出谋划策、喝酒打牌。到了萧何做了丞相的时候，曹参对萧何就敬而远之了，甚至，某些地方，还略有微词。曹参继任丞相之后，一切依照萧何的样子行事，还遵照萧何的遗嘱，把那些见人就低头、说话就脸红、甚至期期艾艾的呆木头，都提拔到重要的领导岗位上来了，而把内阁里面嘴皮子利落的、会来事儿的、语不惊人死不休的、喜欢到媒体露一小脸儿的主儿都辞掉或者派到老少边穷地区挂职锻炼了。

曹参每天除了喝酒，无非也就是上个网聊个天，扯张晚报翻一翻。部下有建议要提出，或者有计划要上呈，来到曹参这儿，曹参正喝着呢，就让部下一块儿来一杯。两杯酒下肚，部下有话要说，曹参又给续上，直到灌醉而后已，这样一来，来客除了喝酒，就没有说话的机会了。部下有犯了迟到早退上班打瞌睡之类的小毛病，曹参尽量装作不知道，即使有人举报，也不了了之：多大事啊，我上班还喝酒呢，怎么着？也到皇上那儿参我一本不成？搞得告状者（其实人家也是为了公司好嘛）自讨没趣，从此，也就不再多事了。

可是，皇上也郁闷啊，怎么着，你曹参是要和我玩躲猫猫吗？于是，就暗中派遣曹参的儿子曹窋（窟）回家私下里问个究竟。不料，曹窟被老子打了二百大板。第二天上朝，皇上说，这是我叫你的儿子问的，是想给你提个醒儿，让你不要影响工作啊。

曹参马上脱帽谢罪："陛下，您的文韬武略和高祖相比，谁高？"孝惠帝曰："朕岂敢和老爷子试比高？"曹参又说："那么，请问陛下，我和萧何相比呢？"孝惠帝略有迟钝，说："阁下也许可能差不多……要被 PK 掉的啦。"

曹参说："这不就是啦。想当年，高祖和萧何打天下，百姓都有了粮，法令都上了墙，如今，陛下每天操着袖子就把公事给办了，在下也只要等着陛下的谕旨下达，马上就办，不就行了嘛。"陛下说："好。"

参为相国，出入三年，百姓歌之曰："萧何为法，较若画一；曹参代之，守而勿失。载其清净，民以宁一。"这个"宁一"非常之难得，翻译成白话，就是安定统一，或者"安宁到永远"，再时尚化一点儿：不折腾。

人才有多种。有开创性的，譬如萧何，重打锣鼓另开张；有守成性的，譬如曹参，按既定方针办。领导班子换届，为了表现出自己不因循守旧，开拓创新，不仅要换掉前任的椅子，甚至，还要换办公桌，甚至办公室，有条件的能嘚瑟的，还要重建办公大楼，更加有气魄的，当然是要换内阁，换方针政策法律法规。总之，前任的一切都来个大换血，要一个全新的我，一个纯粹的我，一个有别于前任的我。前任是鹰派，我就是鸽派，前任五湖四海，我就拉帮结派，你搞万亩浅水藕种植，我就把你的藕塘填平了，栽上十万亩经济实用林，前任讲卫生，我就不洗脸。反正，不能让人说自己是亦步亦趋照猫画虎。

就这样，折腾来，折腾去，弄得老百姓无所适从，最后唯一的愿望就是：不要换届算了，我们就认一个头儿吧，宁可穷一点，但愿安静些。

# 叔孙拍马

刘邦初定天下，普天同庆，各位军国大臣每日饮酒作乐，时常拔剑击柱，开心得有点儿过头了，还和皇上吆五喝六猜拳行令拍肩搭背，弄得刘邦很烦，可是，都是自己的兄弟，又不好翻脸。这事儿让叔孙通看在眼里、记在心上、融化在血液里、落实在行动上。叔孙通向皇上献策："这些有军功的大臣啊，他们没有仗打了，精神空虚，只好借酒浇愁了，咱们先不管他们。皇上应该招揽一些儒生，可以派上用场的。在下可以做这个工作，我这就去鲁国给陛下找一些博学鸿儒，来给陛下建设精神文明。"刘邦说："这行吗？"叔孙通说："请陛下把那个'吗'字拿掉。区区小事，何足挂齿也，臣下只需要把《论语》《孟子》等等的古书和秦朝的礼仪粘贴复制杂交一下，就得了。"

于是乎，叔孙通带着一群伯乐到鲁国海选儒生，入围有三十人。有两个人自动放弃，而且，开记者招待会，把叔孙猛贬一通："你大约已经跟了十个主子了吧？靠溜须拍马，混得一官半职。如今，大汉刚得天下，百废待兴，死了的烈士还没有安葬，伤了的战士还没有治疗，你却搞什么礼乐这些劳什子。你知道什么是礼乐吗？礼乐是精神文明建设，而精神文明是建立在物质文明基础之上的，没有物质的强大，哪里会有精神的昌盛？你这是本末倒置、沽名钓誉。你忙去吧，不要玷污了我的清白。"

叔孙自然不屑一顾，笑道：“你们也太迂腐了。我这叫与时俱进，兵马未动，粮草先行，两个文明一起抓，两手都要硬。你们不跟我走是不是？有你们后悔的时候。”

叔孙带着一队精神文明建设的先进分子回国了。刘邦很器重他们，拨款给房子，让他们“建设”去了。

过了一段时间，皇上会见大臣，大臣们按照官位大小鱼贯而入，磕头拜谒，大气不敢出。喝酒的时候，也是隔着八丈远，没法子划拳，也够不着肩膀了。并且，喝酒都规定了一套礼仪，不符合规定的，就被呵斥，退下，继续学习《文明礼貌800条》，补考及格了，再来喝酒。刘邦看着这班大臣们个个都像小学生似的，排排坐，吃果果，高兴死了，说：“我到今天才觉得做皇上原来是这样的珍贵啊。”叔孙通有功，奖励黄金500斤。

原来，所谓礼仪，是别尊卑的。叔孙可谓皇上的知人。叔孙拍马，或者不妨说，尽忠，是找到了关键点了。而其他的臣子，则有点儿南辕北辙缘木求鱼了。他们觉得，和皇上称兄道弟，是对皇上亲切，是忠君的极致，因为，当年皇上也是这么以兄弟相称的。

其实，这是不懂辩证法，是形而上学。此一时，彼一时也。革命的内容都发生了深刻的变化了，你还死守着过去的形式，这是找死。过去，皇上希望有兄弟为他卖命，如今，皇上则害怕兄弟和他分封，皇上需要的是听话的大臣，而不是割头的兄弟。皇帝贵为天子，是不能靠近的，遑论拍肩膀拉衣服。后来，连皇上的名字也不能叫了，于是，有名讳，李世民皇帝不惮烦，把民部改作户部了。

现在的小孩，为了博得父亲的欢喜，常常喜欢叫父亲的名字，以为，这是民主，是多年的父子如兄弟了。父亲也是高兴的，以为这是与民同乐，是俯首甘为孺子牛了。可是，等到孩子长大了，还这样没大没小，父亲就不高兴了，斥之：不懂规矩。

有一个单位的厂长打电话到车间找人，口气有点儿生硬，接电话人一时没有听出是谁，就问：你是谁啊？厂长不高兴了，怎么着，连我的声音也听不出来了？（敢情，是听不出来呢，因为，您平时是不亲自打电话找人的呢。）就说："我是厂长！"这位厂长以为自己是皇上了。皇上是不自称名字的，一律叫"朕"。官衔是别人叫的，哪里有自个儿吆喝的？

有一个秘书，因为平时没有什么报告要写，就涂鸦一些豆腐块，混点儿零花钱。一天，这位秘书惹事了，因为，他在一篇短文里提到了厂长的姓名，并且，是和一位科长一块儿提。这让厂长很不爽，传令，让办公室主任把那位小秘书给教训了一顿。秘书非常冤枉。寄意寒星荃不察，不察人家是拍马，拍马拍到驴蹄上，蹄子味道不好尝。

# 清白吏杨震

大约是贪官太多了，所以，出现一个清官，就特别显得珍贵。杨震，算一个清官，自称“清白吏”，名副其实的。杨震是汉安帝时期的大臣，官至司徒，为三公之一，主管教化。

杨震在做地方官的时候，曾经提拔过一个干部，名字叫王密。一次，杨震经过王密的管辖地——昌邑县的时候，会见了王密。白天嘛，都是场面上的应酬，参观啦，听汇报了，冠冕堂皇的，两个人也没有机会说体己话。到了晚上，脱掉官服了，王密就怀揣着10斤银子，到了杨震下榻处，私下拜访自己的老首长了。

看到银子，杨震很郁闷，对王密说：“咱们也算是老熟人了，我很了解你的为人，你怎么就不了解我呢？”王密说：“这不是天黑了嘛，没有人知道的。”杨震说：“怎么没人知道？天知道，地知道，我知道，你知道。”王密只好把银子带回去了。这就是“暮夜却金”的来历。杨震因此又叫“四知先生”。后来，“天知地知你知我知”就经常在人们的口头流传，告诫人们，要想人不知，除非己莫为，天网恢恢，疏而不漏。可惜，以身试法者，不绝如缕。

现在政府为了杜绝腐败，经常有一些制度出台。比如，主管部门下基层督查工作，不允许一个人单独行动，必须两个人以上，这样，一人为私，两人为公。可是，这也只是对君子有效。现在都有手机，一对一的机会其实是非常方便的，也不要怀揣银子了，直接就把钱打到银行的账号上了，如大雁飞过，不留痕迹。诱惑无处不在。遇到两个人都贪，行贿者还要出双份。因此，有人说，现在高风险的职业不是警察，而是官员，尤其是一把手，或者手里有审批权的。

杨震还是一个人类灵魂的工程师，弟子三千，因此，当时有“关西孔子杨伯起”（伯起，杨震的字）的说法。杨震对自己的孩子要求也十分严格。杨震的老乡、下属都催促杨震让儿子搞一个公司，杨震就是不同意。这样，杨震的儿子和别的高干子弟就成了两种人，人家宝马轻裘，杨震的儿子则是吃萝卜白菜，走着上班。杨震对儿子说：“让后人说你的父亲是清白吏，比什么财富都值钱啊！”

# 另类拍马

从来拍马之人代不乏人，可是，像上官桀这样的拍马，属于另类，因而，值得研究。

上官桀是汉武帝的大臣，后来，还作为托孤大臣辅助汉昭帝好些年。本来，上官桀只是一个弼马温，这不稀奇，谁也不是天生就当宰相的，都是从基层做起的。

一次，汉武帝生病了，病了有一个多月的样子。龙体痊愈之后，就到了皇家车队看看，发现宝马瘦了一圈，气不打一处来，向小车班的班长上官桀发火道："你是不是认为老子从此就再也见不到宝马了？"上官桀诚惶诚恐："小的该死，小的该死，不是这样的，不是这样的。"汉武帝说："不是这样，是啥子？"说着，就要拉出去毙了。上官桀磕头如捣蒜："小的听说皇上贵恙，担心得茶饭不思，整天为皇上祷告，哪里还有心思喂马啊。"说着，哭得跟泪人似的，把皇上哭得心也软了。人家这是一片忠心啊，怎么能怪罪人家呢？于是乎，不仅没有治罪，反而连升三级，成为皇家车队的大队长，并且亲自为皇上开车，还兼任贴身秘书，每天和皇上形影不离。以后，又官至辅弼大臣，相当于副总理了。

上官桀没有尽到职责，把皇帝的马养瘦了，非但没有过错，反而成为一种资本，这是找到皇上的软肋了。皇上的软肋是什么呢？是阿谀奉承，是无限忠于，再英明伟大的皇上，也禁不住这样温柔的小刀。一语中的，马屁拍得十分到位了。把皇上这匹烈马服侍舒服了，马厩里的马，死几匹，都没啥。

就算上官桀真的是因为忧虑皇上的病儿影响了工作，也不能作为一个升迁的借口。我们不是还有“化悲痛为力量”的说法吗？为什么就不能在这样的一个特殊的时期里，把马儿养得更健壮呢？工作做砸了，不去检讨自己的失误，反而给自己找借口，还是一个美丽的借口，世上再也没有像上官桀这样巧言令色的了。这样的人，你得提防着。

现代管理制度有一个约定成俗的规则：不看过程，只看结果。马瘦了，就是一个结果。至于为什么瘦，其实并不重要。汉武帝不问结果，只看过程和动机，这是本末倒置了。

## 用忠臣还是用弄臣

说的是唐德宗一朝的事情。皇上姓李，叫李适，忠臣姓陆，叫陆贽，弄臣姓裴，叫裴延龄。一般的朝廷，不是这样的组合，是什么组合呢？是皇上、忠臣和奸臣。这样的例子每朝每代都有。我就不说了。唯有这弄臣，比较稀缺。我们只知道，汉代的东方朔是一个弄臣。其实，当我们看到程前的《东方朔》之后，我们便忍不住要给东方朔正名，人家哪里是一个弄臣啊，那是第二种忠诚，另一种忠臣啊。因此，这个裴延龄，就成为中国古代朝廷里的一个孤品，价值连城。

弄臣这个称呼，起源于汉代，是汉文帝发明的，供皇上逗乐子、取笑的人。汉文帝的身边，有一个大臣，叫邓通，很受汉文帝的赏识和喜欢。邓通得罪了申屠嘉，申要治邓的罪，汉文帝说："这是我的弄臣，请你放了他吧。"后来，汉文帝给了邓通铸钱的美差，邓通的钱，就成为一个历史传说，直到《金瓶梅》问世时代，还活在市民的口碑中，所谓"邓通的钱，潘安的貌"云云。

可是，裴延龄这个弄臣，又是一个特别的弄臣，别的弄臣寓庄于谐，他则反其道而行之，是寓谐于庄，就是说，他逗皇上开心，不是扮小丑，他是很严肃的，很庄重的。

唐德宗想修建神龙寺，需要 50 尺高的松树，寻遍山林，没有。裴延龄报告皇上："小的发现同州的一个山谷里，长着 80 尺高的松树，有好几千棵呢。"皇上说："开元、天宝年间把高树都砍伐完了，怎么又冒出来这么多？”裴延龄说：“这是老天爷专门留给您这样的圣君的，开元、天宝怎么能有这个福气？”

当然，裴延龄这样的空穴来风，并没有使皇上得到大树，可是，他让皇上比得了大树还要高兴，否则，我们就难以理解，这样明目张胆地欺骗皇上，是要灭族的。裴延龄谎报了木材储备情况，这不是目的，他的目的是要说出那句阿谀奉承的话来，因为，他知道，这样的话，比木材还要重要。不是说，好言一句三春暖，人家裴延龄这是提倡“低碳”啊，是语言发电啊，不用砍伐一棵树，就让皇上龙心大悦，这样的弄臣，哪里找？

还没完呢。裴延龄担当户部侍郎监管财政税收，他敛财有方，百姓都被盘剥得赤条条了。可是，这仍然不能让皇上满意。于是，裴延龄就又玩起了文字游戏，他盘点国库，发现一些陈年旧账，就花样翻新，说是发现了新大陆，又在垃圾堆里找出 13 万两银子，100 多万匹布，乐得皇上合不拢口，夸赞裴爱卿真能干。管事的看不下去了，就向皇上如实反映情况，可是，皇上不听。皇上就喜欢听好消息，不喜欢听坏消息。

弄臣如此糊弄皇上，忠臣不能不出面了。陆贽，这位响当当的国之忠臣，给皇上上奏：“裴延龄横征暴敛，阴谋诡计，简直就是尧时的共工，鲁国的少正卯。当年，赵高指鹿为马，到底还有一个鹿在，可是，裴延龄就是无中生有、空口说白话。”陆贽动辄数千言上书，这回也没有客气，也是洋洋洒洒的，皇上听着都要困了。可是，皇上“不悦，待延龄益厚”。

这可真是你不说，我还明白，你越说，我偏要装糊涂。陆贽啊陆贽，亏你也是饱读诗书的人，又在朝廷里混了这么多年，怎么连一点为臣之道都不知道呢？就你能？你这样兴师动众、口诛笔伐，不仅侮辱了我的人格，而且是侮辱了我的智商，我既然能看出你的一片忠心，难道我就看不出裴延龄的满肚子花花肠子吗？

陆爱卿啊，我能把你和裴延龄都搁在身边，说明你们都是朕所需要的人啊。我都能容忍裴延龄了，你为什么就不能呢？不是说，要和皇上保持一致吗？怎么在具体的事情具体的人身上就不能兑现呢？孟尝君不舍鸡鸣狗盗之徒，因为，关键时候，是用得上的。现在国家缺钱花了，你能给朕弄来白花花的银子吗？裴延龄能。家事、国事、天下事，事事烦心，你能给朕逗乐子吗？你不能，怎么就不能让能的裴延龄存在呢？这是不是也是一种“嫉贤妒能”呢？

朝廷其实就是一场宴席。大家坐在一桌吃饭，不都是拣好听的话说吗？为什么呢？为了把酒喝好啊。一桌的人，个个都像你陆贽一般正直、不苟言笑，这酒可怎么喝啊？裴延龄能变着花样哄朕高兴，让朕多喝几杯，有什么不好？

陆贽没有给自己换脑子，于是，皇上只好给他换了位子，把他从宰相的位子上拿下，贬谪忠州别驾。裴延龄却有了一个善终，死在工作岗位（户部尚书）上。裴延龄死了，同僚和百姓都放鞭炮了。只有一个人郁闷不已，就是皇上：没了裴延龄，以后这酒可怎么喝啊？

## 樊哙的口才

我们知道樊哙，是源于《鸿门宴》，樊哙陪同刘邦赴宴，刘邦就要成为人家砧板上的肉了，张良装着小解，出门请樊哙解围。项羽的卫士想把樊哙堵在门外，只见被樊哙轻轻这么一小撞，几个把门的就都倒在地上了。一个孔武有力的职业军人形象呼之欲出。接着，当然还有樊哙吃肉，而且是吃生肉的镜头，也是非常具有观赏性的。

但是，我们似乎忘记了樊哙除了孔武有力之外，还有另外的一面，那就是颇有辩才。还是鸿门宴，项羽看到樊哙已经吞下一小片猪，喝了一坛子酒了，就问："壮士，还能喝吗？"樊哙说："在下的酒量是，白酒三四瓶，啤酒尽管拎。俺死都不怕，害怕喝酒吗？只是俺不明白，俺们刘总，率先到了霸上，并没有去抢银行，也没有去找美女，而是维持好镇上的社会治安，恭候阁下的姗姗来迟。可是，阁下不问青红皂白，就要找俺们老板的碴儿，俺觉得，阁下这是步秦始皇的后尘了。俺觉得，这就是霸王的不是啦。"几句话，说得项羽哑口无言。没想到，这小子，粗不拉唧的，却能说出这样周全缜密的话来，人不可貌相，海水不可斗量，汉王的班子里个个都是人才啊。

这是樊哙的一个美丽的亮相。刘邦从此喜欢死这个二愣子了，放在身边，高枕无忧也。

刘邦晚年，身体不是太好，加之革命意志有些消退，整天躲在屋子里，不见大臣。樊哙觉得皇上有点不成样儿了，就破门而入，其他几个大臣乘机跟进了。原来皇上正枕着宦官的大腿在床上看大片呢。樊哙哭着说：“想当年，皇上多么健壮如牛，今儿怎么这样儿了呢？听说陛下贵恙，大臣们都担心死了，可是，也不能见陛下一面，原来陛下是和太监耍着呢。难道陛下也要学秦二世，让赵高专权吗？陛下，您太让俺们失望啦！”

刘邦起来，笑笑，没说什么，就上朝了。刘邦觉得，樊哙是个粗人，可以无礼的。如果是萧何也这样闯禁区，也说这些劳什子，估计要吃不了兜着走了。因为，萧何是有文化的人，是应该给人面子的。如果是韩信这样说，也不行，因为，韩信有兵，他有可能动用武力“帮助”刘邦改正错误。可见，同样的话，不同的人说，效果也是不一样的。

# 淮南王刘安

本来，作为皇亲国戚的淮南王刘安，养尊处优，舞文弄墨，优哉游哉，小日子过得挺滋润了，不幸，有谋反之心，叛逆之欲也。

悲剧不可避免。如果刘安有武帝的文韬武略，或者阴谋诡计，当然“也许可能差不多”（然而我也说不出）能够成就他的帝王之梦。但是，按其本质来说，淮南王是一个书呆子，如此而已。他不骑马，不打猎（这是帝王必修课啊），每天只喜欢读黄老，交清客，养士三千，琴棋书画，妄议朝政，信口开河而又不着边际，贻笑大方。比较典型的一个例子是，上书反对皇上出兵援助东瓯国，打击闽越国，说一通黄老的无为而治的大而无当的话。结果，弄个“自我检查”，并被皇上的钦差大臣“训话”。

刘安不懂军事。更不懂政治。念念不忘自己是高祖的孙子（高祖的孙子多了去了），本来就是朝廷的一个药引子，却要把自己当作一棵人参。一听到风吹草动，就要进京跑官。写了一部学习黄老思想的笔记，就以为可以藏之名山，传之后世了，急不可待地向窦太后献礼。心想，有了理论，将来一定可以指导实践的了。他哪里知道，司马昭之心路人皆知，何况精明如窦太后呢。不过是让他做一回药引子罢了（给刘彻树立一个对立面让刘彻锻炼锻炼）。

刘安为了打通关节，不惜让女儿刘陵充当公关，简直是浑蛋老爸，畜生不如。结果是赔了女儿又折兵。皇位没有捞到，自己则成为阶下囚，后来是自杀了。

一介书生，和一代帝王，相差何止霄壤。刘安“议政”尚可，一旦“执政”，将一塌糊涂，这是肯定的了。你看，皇上大权独揽之后，刘安是这样评论皇上的：喜怒哀乐，皆是国策；爱恨情仇，唯我独尊。这就很到位，很有概括性了。而且，懂得修辞学。但是，文章做得好，充其量，也不过是文章做得好而已。套用他女儿的话说，是公车署的文章，太医院的药方，都是面儿上的东西，不管用的。

## 汲黯犯颜

汉武帝的身边有了一个汲黯，是他的幸，也是不幸。因为，这个汲黯就像他的名字，整天黑着个脸，让人高兴不起来，只有东方朔，才能使刘彻为国操劳的脸上露出些许微笑来。不仅如此，汉武帝本来是一个不拘小节的人，他能够坐在马桶上，和卫青讨论军事问题；光着脑袋，会见大臣公孙弘。可是，有一次，汉武帝正在和部下自由讨论（自然也是不修边幅的），传报“汲黯来拜”，吓得咱们的皇上立马躲到帘子后面，赶快叫丫鬟更衣。汉武帝从来都是这样正儿八经地接见汲黯的。这个汲黯，就像当年的郦食其。因为刘邦在洗脚的时候会见郦食其，郦拂袖而去。后来，刘邦再也不敢怠慢郦食其了。这个故事，刘彻应该是知道的。因此，他也不敢对汲黯无礼。

汲黯是皇上身边的一个言官（中大夫），专门给皇上提意见的。汲黯铁面无私，似乎也不讲究语言艺术，都是胡同扛竹竿——直来直去。比如，汉武帝要做尧舜云云，汲黯就说：“陛下的心比天大，要做世界的总统，动不动就飞机大炮地教训别人，只在表面上行仁义，这样怎么能够和尧舜相提并论呢？”搞得皇上很不爽，掉头就走，连内阁会议也不开了。但是，又不好意思给汲黯难堪，因为，这是一个认死理的主儿，他能在你跟前一头撞死，你却不能堵住他的一张烂嘴。

因为如此，汲黯的官运也就到此为止了。最后，皇帝实在是不惮烦，就把汲黯调离身边，到一个边远的小地方当父母官了。武帝自然是佩服汲黯的，但是，并不喜欢，说：“汲黯是一根筋，但是，对朕，还是忠心的。”有一次，皇上和大臣们议论汲黯这个人，大臣们都说：“让汲黯做一个行政主管，可能表现一般般啦，可是，让他做一个进谏的言官，辅佐陛下开创千秋大业，那是正当防卫啊。”皇上也说：“是的，汲黯真的是一个安邦定国的忠臣！”

正直的人，自己的品德自然是没有问题的，可是，却有泛道德化之倾向，他疾恶如仇，甚至到了神经质的地步了。比如，公孙弘丞相为人生活简朴，拿那么多的俸禄，却穿布衣，吃素菜，连肉都舍不得吃，把剩下来的工资都给部下改善生活、贴补家用了。这事儿让汲黯知道了，向皇上进谏（我都觉得是进谗言了）说：“这个公孙弘，是在沽名钓誉、收买人心，陛下一定要小心！”有点儿形而上学了。因此，皇上也不把汲黯的话当回事儿，依然信任公孙弘。

汲黯这样对待自己的同僚，自然是吃不开了，公孙弘和张汤对他恨之入骨，想方设法在皇上面前参了他一本，这样，汲黯就到外地就任了。这可不是挂职锻炼，而是发配充军，七年之后，汲黯就死在岗位上了。好好的一个言官，就这样被武帝给抹掉了。这是汉武帝的一个失误。没有了汲黯的朝廷，仿佛没有辣子的火锅，就没有了免疫力了，时间长了，张汤作威作福一手遮天，让汉武帝在错误的道路上越走越远，穷兵黩武、劳民伤财，号称强大的汉武，人民的日子并不好过。

老话说，良药苦口利于病，忠言逆耳利于行；今话说，给苦药包裹一层糖衣，给逆耳增加一副耳麦。诚然。然而，你这是要吃甜的辣椒，要喝苦的牛奶，要吃热的冰淇淋，要看黑的二花脸（小丑的扮相），我们为什么就不对皇上说一声“不”？不杀言官、不疑言官、不贬言官，是谓“三不主义”，做到这三条，就真的很难?和国家社稷相比，皇上的面子，不要也罢。

## 主优臣死

不是误写。虽然有主忧臣辱、主辱臣死等等的说法，可是，这里，我不想讨论这个话题。我要说的是，主子太优秀了，大臣是要累死，或者吓死的。

中国古代帝王数百个，可是，优秀的，不超过十个；得到伟人青睐的，则只有秦皇汉武、唐宗宋祖、成吉思汗等五个，还有遗憾：不是略输文采，就是稍逊风骚，反正都不是完人。

既然如此，我们也就可以在此讨论一下其中的汉武大帝了。汉武大帝 16 岁登基，在位 54 年，文韬武略，征讨匈奴、平定三藩、改革体制、发展生产，反正是各方面工作都搞得不错。汉武帝每天工作很辛苦，宵衣旰食，司空见惯。当然，也不是每天都这样的，汉武帝是很懂得生活的，经常搞一些派对宴饮什么的。

汉武帝时期的丞相不是好干的，经常要加班加点，基本上是没有节假日的，甚至，连双休日也没有。他们在皇上面前，如履薄冰、战战兢兢，大有惶惶不可终日之感也。因为，这个皇上常常要把他们叫来问话，不管你是在醉里，还是在梦中。以至于，人家都不想当丞相了。

这不，皇上看到公孙贺这个人很有能力，就把他提拔到重要的领导岗位上来了，要他做丞相。可是，公孙贺不仅不感激涕零，反而吓得快要尿裤子了，竟然不接受皇上的委任状。这让皇上很生气，你这是抗旨不遵，是要杀头的！皇上掉头就走，让公孙贺闭门思过。公孙贺一想，皇上很生气，问题很严重，就走马上任了。

公孙贺的担忧不是没有道理的。因为，咱们这个皇上实在是太优秀了，再有能耐的大臣和皇上相比，都是弱智和低能。公孙贺的前任，就有三个，被皇上杀了。公孙弘，则是被皇上累死在工作岗位上的，都八十岁的老人了，还不让人家离休；请病假，都不允许。石庆虽然小心翼翼，也经常被皇上呵斥，跟训孙子似的。果然不出所料，公孙贺的儿子犯事了，父子俩都被皇上杀了头，不仅如此，还灭了族。伴君如伴虎，不是说说而已的。

我们都有一个愿望，希望我们的老板，伟大、英明、正确，这固然不错。可是，一旦老板真的伟大了英明了正确了，作为部下的我们就要受苦了。我们不妨这样想想，如果刘邦既有参谋长张良的韬略，又有总司令韩信的威猛，还有后勤部长萧何的经验，那么，张良、韩信和萧何的日子也就差不多要到头了。老板只要像刘邦那样，什么都不会，就会用人。如果老板事必躬亲，文像誊录生，武像救火兵，既能让卫星上天，又能让马桶畅通，我看，就不是一个好老板。

# 高欢的反腐观

高欢是北魏、东魏的权臣，也是北齐政权的奠基者，史书记载，高欢足智多谋、玩弄权术，精通权宜之计。《资治通鉴》里有一段关于反对贪污的言论，颇可看出高欢的心思。

《资治通鉴》卷第一百五十七，说，行台郎中杜弼发现许多文武官员贪污腐败，就向高欢建议，应该惩治腐败官员。

高欢说："阿弼，过来，我对你说！这天下贪官污吏，由来已久，你以为我看不出来？可是，现在，这些将军大臣，他们的家属，多在关西，宇文黑獭常常给他们小恩小惠、收买人心；江东还有一个萧衍，专门整一些仁义礼智信的劳什子，中原的士大夫都觉得萧衍有王者之相呢。我如果急着搞整风运动，惩治腐败，那么，这些将军恐怕都跑到宇文黑獭那儿了，士大夫们则都跟着萧衍了。人才都流失了，以后还怎么治理国家呢？你应该再忍耐一些时候，我不会忘记那些贪官污吏的，迟早会收拾他们的。"

我们不妨把这段话看作是高欢关于反腐败的见解，简称"高见"。高，高，实在是高。

第一，表明自己并不是一个糊涂蛋，眼睛亮着呢，谁是贪官污吏，门儿清，哪里还需要你杜弼来给老僧指点迷津啊。第二，对部下的关爱，不打击部下的工作积极性。第三，给出一个解决问题的办法，就是，不是不办，时候没到，时候一到，立刻法办。

高欢即将出兵，杜弼请求，先除内贼，再打外敌。高欢问：“谁是内贼？”杜弼说：“就是那些盘剥百姓的将军、大臣。”高欢没有再说什么，看来，不来点实际的，这小子可能还要不停地在我耳边唠叨。高欢叫部队集合，荷枪实弹，耀武扬威，夹道排列，让杜弼在队伍中间走两步，没事走两步，这一招，还真管用，杜弼吓得差一点尿裤子了。

高欢慢慢地跟杜弼说：“只是拉拉弓，搭搭箭，还没有射击呢，你就吓成这样了，这些国家的功臣啊，出生入死，即使贪污了一些，也是情有可原的嘛，关键是，现在国家正需要他们，不能和平常人相提并论的。”杜弼这才磕头如捣蒜，敬谢不敏。

现在我们知道为什么贪官污吏历朝历代都有，怎么也铲除不完，原来有这么多的讲究的。当权者其实并不在乎官员们腐败，相反，倒是“喜欢”官员们腐败，至少是，有贪污行为的官员，更听话、更便于管理。和珅够腐败了吧，可是，皇帝特喜欢。因为，腐败是一根小辫子（大腐败就是大辫子），皇帝一抓就着。而像岳飞、包拯似的两袖清风一尘不染的大臣，则很让人伤脑筋，不太好控制。

还有，就是，如果官员们有一点儿贪污行为，你就抓住不放，也显得皇上太小气，不能容人，还有过河拆桥、卸磨杀驴、兔死狗烹等等大帽子等着。现在，等着你自己把蛋糕做大，把罪恶积累到了十条，皇上再办你的事，那就是为民除害了，就是铁面无私了。

# 无聊才读书

也是个读书人了。读过的书和吃过的米一样，没法计算了。现在想想，带给我快感的、有收益的读书，不是在课桌上，也不是在图书馆，而是在公交车站、包装车间、我家的厨房。

小时候太爱整洁，几乎所有的课余时间都用来整理家务了。中午，父亲休息，鞋子没有摆放整齐，我要整理一下。晚上，母亲做针线活儿，针线笸箩有一些没怎么用的废布条儿，我要清理一下。父亲上班了，床单有个褶子，我要理平了，这才可以放心地去上课。学校距离我家100米，我以刘翔速度飞奔而去。张老师向我母亲打小报告：他啊，迟到不迟到，打铃正好到。

直到高中毕业，我读过的书，屈指可数。课本之外，无非《青春之歌》《野火春风斗古城》而已。林道静的纯，金环和银环的美，让我有了青春期的挥霍。看电影，走很远很远的路看电影，八个样板戏看了八百遍，永不厌倦。

1976年，一特殊的年份。那一年酿出来的酒，一定是醇香的。我得到了一个炮弹箱子的书。那是我的一个表哥转业返乡，暂存我家的。不曾想，三年不到，就成遗物了。我现在还能记住那些书的名字：《马克思传》《共产党宣言》《路德维希·费尔巴哈和德国古典哲学的终结》《国家与革命》《呐喊》《彷徨》《三闲集》《伪自由书》……诚如高老爷子所言，那是我的精神面包，我扑上去了。

我有四年是乘公交车上下班的。那时候的车子少，等车就成为一种考验耐性的测试了。很多人不及格。我也不例外。焦虑，像热锅上的蚂蚁。因此，我的军用挎包里就多了几本鲁迅杂文的小册子。小册子，不好包封皮。不忍心抹脏了鲁迅的头像，就把封面撕了收藏。时间长了，扉页也烂了，内页都卷了。

文章短小精悍，车子开得也不算太快，这样，每天 4 趟，可以读 8 篇文章。就那么几本薄薄的小册子，禁不住这样读的。别的书，又看不上眼。于是，重读。我有多年，走不出鲁迅的城池。一开口，满嘴的“鲁菜”味道，顶风都能传十里。我很得意。又很失望。

高中毕业就进了工厂。拿工资了，每月 18 元。交给母亲 15 元。留下 3 元，送给书店，把自己装扮成一个“爱好文学”的青年，开始淘书的历程。海州、新浦、锦屏、猴嘴、连云……我能记住又进什么新书了。钱少书多，颇费精神的。哪像现在的有钱人，买书就像买菜，往篮里扔。痛快是痛快了，却也少了一份淘书的乐趣。

电大三年，其实并没有怎么读书。那是恋爱的季节。春天不是读书日，夏日炎炎正好眠。秋天萧瑟冬天冷，不知不觉又一年。电大给我的最大收获是从此我知道该读哪些书了。

毕业之后，我以为我可以做秘书的。厂长让我到车间锻炼锻炼。这一竿子撑远了，锻炼了十年。说面壁，那是太不自量力了。到底还是花了一点功夫的。我觉得，这是我读书的黄金时代。做的是打包工作。每天只上半天班。这个半天，又只干两小时的活儿。颇有半工半读的意思了。我的更衣柜里放满了书。军用挎包里从来没有离开过书。生活越无聊，读书越有瘾。不打牌，不喝酒，不抽烟。

打包十年，仿佛读了一个“专升本”。然后，就进了办公室了。上班是不允许看书的，但是，厂长对于我特别优待。当然，不能把《收获》摆在写字台上。但是，《读书》是可以的。我跟踪《读书》三十年，受其影响，可谓大矣。读有趣的书，写好玩的字，是《读书》

给我的启发。20世纪90年代，张中行风靡一时，《负暄琐话》以及《二话》《三话》读得如痴如醉。

忽然发现，文章是可以这样写的。怎么写呢？就是说话嘛。有一天，我在论坛里写了文章，有个网友一下子发现了我的来源，叫我“张老”，别人不懂，我莞尔一笑。

文章误我。我从办公室调到宣传科。元旦、春节、三八节、劳动节、青年节、七一、十一等节假日，除了出黑板报、刷大标语之外，基本上没事可做。淘的书干脆就不往家里运了，直接背办公室里。上班即读书，读书即上班。弄得我都不好意思了。

一度迷恋钱钟书。钱读《韦伯斯特大辞典》，我读《简明不列颠百科全书》，从A字开始，一路下去，到C刹车了。学不来。后来，又对《汉语大词典》花过一点儿的童子功。也是无功而返。

阅读的快感，读来读去，还是鲁迅。《鲁迅全集》十六卷，卷卷有嚼头。纵然是肉麻的《两地书》、枯燥的《日记》，都是那么吸引人。我都被他迷死了。最爱《野草》那种奇崛的文字。喝醉了似的，吃错药似的。“当我沉默的时候，我觉得充实，我将开口，同时感到空虚。”多么矛盾。“日日斟出一杯微甘的苦酒，不太少，不太多，以能微醉为度，递给人间，使饮者可以哭，可以歌，也如醒，也如醉，若有知，若无知，也欲死，也欲生。”多么诗意。这样魔鬼一样的语言，看了是要中毒的。

文章的评判标准也许有若干条，可是，我以为，列入头三条的，是有趣、有趣还是有趣。本来，我们是因为无聊才读书的。我们总不能读无聊的书吧？

在科室混了十年，单位就破产了。我也像破落户子弟一样。一方面是顾影自怜，另一方面，又沾沾自喜。作为留守人员，留了半年，做点善后。以前的车间，现在辟成了羽毛球场地。上班即打球。打球即上班。弄得我还是不好意思。

回到家里，开始读岳麓书社白文版《资治通鉴》。四册，砖头似的。晚上八点半就挺尸，什么电视剧也不看了。早晨四点半起床。不敢太张扬了，躲进厨房，坐小板凳。坐了一年，四块砖头终于拿下了。写了一点儿读后感之类的文字，风格是《百家讲坛》模样儿的。发了几篇，算是收获。

现在，忙得没有时间读书了。偶尔翻翻《读书》，翻翻《三联生活周刊》。不是因为无聊，而是因为喜欢。

# 观影

# 朕不喜欢

淮南王刘安说，如今的皇上大权独揽为所欲为今非昔比了：喜怒哀乐，皆是国策；爱恨情仇，唯我独尊。按照马克思主义的经济基础决定上层建筑理论，皇上的“变脸”，实在是无可厚非，情有可原，符合规律的。

当皇上还不是皇上，还是彘儿的时候，喜欢阿娇的假小子样子，疯疯癫癫，活泼可爱，必欲“金屋藏娇”。可是，当皇上不叫彘儿，而叫刘彻，登基称“朕”之后，阿娇的大大咧咧风风火火没有女孩子的样子，皇上就不喜欢了。不喜欢，你就得改。不改，朕就把你给废了。陈皇后之被废，实在也怨不得皇上的，完全是阿娇之咎由自取也。阿娇会觉得冤枉：我从来就是这样子的啊？阿娇错了。作为阿娇，你可以这样子；作为陈皇后，你便不能这样子。这叫“与时俱进”。不进则退，没有什么道理可讲的。也许你委屈，也许你不服气，但是，你被淘汰了。

当皇上还不强硬的时候，还有太皇太后掣肘的时候，皇上需要智囊，需要人才。于是，董仲舒脱颖而出，成为皇上的座上宾，每事征询意见，一副礼贤下士、任人唯贤的样子，采纳了董仲舒提出的罢黜百家，独尊儒术的国策。可是，这个董呆子，也是一个“拎不清”的人，皇上只不过是拿他做了一回药引子，他倒拿自己当一棵人参了，信口雌黄，议论朝纲，甚至把天灾（黄河大水）也说成是人祸，矛头直指皇上。皇上喜欢叫你建言献策，但是，不喜欢你信口开河。对付董仲舒这样的知识分子的办法，很简单，关起来，然后，再找个理由放了。这一抓一放，大有讲究。这叫脱胎换骨。老实多了。

皇上要重用卫青，委以重任，给他提供接近自己的机会。可是，卫青这小子，总是谨小慎微，若即若离，好像对朕有所防范似的，弄得朕很不开心。朕不喜欢这样。于是，皇上逮着个机会，问卫青道：难道你是害怕别人说闲话（靠裙带关系加官晋爵）？害怕朕刚愎自用喜怒无常？卫青说，非也非也，臣这是怕给皇上添麻烦啊。怕皇上让人家说是“任人唯亲”啊。爱卿多虑了。谁敢议论皇上？不想活了？倒是你自己要注意了，不要再这么放不开了，你落得个清高的美名，难道要朕担当昏君的恶名不成？卫青同志，你这样做，朕不喜欢。

汉朝峨冠博带宽厅阔堂，大江东去黄钟大吕，大气得很，庄严得很。可是，最近后宫流行一种叫《长门赋》的靡靡之音，搞得宫女个个寻寻觅觅冷冷清清凄凄惨惨戚戚的，很不好嘛，朕不喜欢。查一查，这是谁作的赋谱的曲？这是舆情啊，是“民心”啊，如果熟视无睹，放任自流，是很危险的啊，是不利于安定团结的啊。后宫造反，朝廷能安稳吗？不要靡靡之音嘛，要主旋律。主旋律，懂吗？

朕即国家。朕不喜欢，就是国家不喜欢。皇上爱细腰，后宫多饿死。皇上的审美趣味，就是时代的审美标准。皇上的道德取向，就是社会的指导思想。

说一个单位的例子。老板不喜欢有人总是一件衣服，而且，还有点邋遢。于是，在一次中层干部会议上，和这位“不修边幅”的科长开了一句玩笑：这个月的奖金比上个月高，××× 可以买一件新衣裳了。从此，不仅 ××× 衣着光鲜了，其他所有的中层，个个西装革履，一丝不苟，特别是开会，简直是服装的一次大展示、大比拼了，成为企业的一道亮丽的风景线。

总而言之言而总之，一言以蔽之，朕不喜欢的你必须弃如敝屣，朕喜欢的你必须趋之若鹜，跟上时代步伐不为落伍之人也。

# 卫青拍马

正像一个财主需要上保险一样，一个大官也需要拍马屁的。耿直如卫青，也开始了拍马生涯，那是因为，卫青已经升至大将军，手里有军权，后宫有姐姐，姐姐还有了一个儿子。这些，都是卫家的荣华富贵，来之不易，所以，他便格外小心。当初，卫青并没有把皇上当皇上的，皇上只不过是一个羽林军的指挥官，卫青有话敢说，有事敢为，一路建功立业，加官晋爵（封侯），成为“副统率”了。

卫青在成长的路上，和皇上都是披肝沥胆，取长补短的。到了大将军的位置，也还是忠心耿耿绝无二心的。但是，因为权力太大了，功高震主了，于是，双方就都多了一分小心。卫青说话小心翼翼，皇上用人也如履薄冰，生怕让卫青“篡党夺权”“江山易主”。

皇上最近心情不好，觉得在皇宫里太郁闷了，太不开心了。于是，出去“调研”了。不知道怎么的，这事儿给匈奴知道了，于是，伊稚斜派赵信去袭击皇上的行宫。卫青得到情报，心急如焚，准备“救驾”。可是，皇上有话，卫将军留守京城，不要乱动。而且，京城离行宫也太远，远程行军，来不及了。于是，卫青拿着半边的虎符，就去调动皇上的羽林军了。

卫青将赵信赶走，向皇上请罪。皇上说，你这是护驾啊，还是逼宫啊？简直是屈原再版啊。怎么说的？信而见疑，忠而被谤。荃不察兮，卫青之心。本来，卫青是可以不动的。至少，他还是执行了皇帝的命令，坚守岗位。如果皇上被害，那么，卫青正好取而代之。如果皇上逃生，卫青至多被撤职（大约不会被杀头吧？皇上的心如夏天的雨，什么时候下，我也说不清楚）。本来，卫青还有一个方法“证明”自己，那就是和赵信的部队“象征性”地打几个回合，损失几个弟兄而已。这样即说明赵信的确来过。可是，卫青太为皇上着想了，因为，羽林军是皇上的眼珠子。然而，这回，是皇上自己瞎了眼了，误会了我们的卫大将军。

皇上的怀疑，是有道理的。富翁对于肚子痛，远远比穷汉的肚子痛看得严重。因为，富翁都想长命百岁的。穷汉则不然，他希望早点死掉，这样，“下辈子”可以托生一个富家子弟。现在，你卫青可以违背朕的命令，擅自调兵遣将来“护驾”，有朝一日，难免不会兴师动众来“逼宫”。必须防着点儿。

对付卫青的最好方法，当然是让他赋闲，即，不安排他的工作，就让他在长安享受荣华富贵吧。代替卫青的是初出茅庐的霍去病。皇上起用年轻将领，其实是出于不得已。皇上当然知道姜是老的辣。但是，皇上更知道，新秀更容易创新，更会勇猛杀敌，因为，他的胸前还是空白，他需要用军功章点缀。

卫青遇冷，有些紧张了。皇上冷卫，也有些不自然。于是，双方都需要“搞好关系”。现在的上下级为了缓和紧张气氛，一般是吃饭或者洗澡。这是多么俗而又俗的事情啊。即使是山珍海味，纵然是美女如云，又能怎样？浪费银子不说，还会搞坏了身体。银子是百姓的血汗，咱们可以不管，可身体是革命的本钱，不管可不行。看看皇上是怎么将关系融洽的，把下级摆平的：一盘没有下完的棋。

下棋和吃饭洗澡一样，不是目的，只是手段，这个古今一样，中外皆然。皇上开始问话了：“卫大将军，你觉得，我们为什么会取得对于匈奴决战的胜利？”这本来是一个八股文章，只要按照程序写作，不能说能得满分，至少也在 98 分上下。卫青马上不假思索地说："主要是皇上的英明决策，抓了三件大事：一是马匹，培育了良种马，能够长驱千里，这样，把匈奴的优势抵消了；二是人才，不拘一格选人才，起用了霍去病，给军队带来了崭新的作战观念，增添了新鲜血液；三是银子，任命理财高手桑弘羊掌管国库，凑集资金，积极备战，打仗打的就是钱啊。"

卫青怎么还是一个愣头青？还是一个小秘书？什么时候才能熬到老奸巨猾或者是秘书长？卫青把话说得太满了。皇上说，现在，咱们的卫青也学会拍马屁了。皇上的话错了（这是我说的），卫青的拍马水平尚处于初级阶段。卫青道（设计台词）："难道皇上不喜欢拍马屁吗？"卫青也错了，皇上喜欢被拍马屁，正像猫儿喜欢吃鱼，那是与生俱来的。皇上不喜欢十全十美的马屁、天衣无缝的马屁。卫青的话，实事求是，实话实说，有一说一，哪里还是马屁嘛，简直就是皇上的"年终鉴定"，甚至，可以做"盖棺之论"的。把马屁拍得不像马屁，你卫青也太注意自己的形象了。所有的王公大臣、文武百官都溜须拍马没羞没臊不把自己当人（都是奴才），只有你卫青牛，到了这个时候（小命都快保不住了），还这样"威武不屈""言行一致"，保持"独立人格"，也太把自己当棵人参了。

善于拍马的，是从来不把话说满的，说正确的，要留有余地，要留有破绽，而且，一定要是明显的破绽，不多的余地。这样，皇上可以锦上添花，修改你的破绽，显示皇上的明察秋毫。现在，你端出来的是一条全鱼，烹制得恰到好处，让皇上有从未吃过的感觉，简直提不出一点儿意见，好像皇上没有见过世面似的，唯有你吃遍全球，你是美食家了。应该"忘了"放鸡精嘛。如果卫青给皇上的马屁，三条之中，随便拿下一条，只说出两条来，再让皇上"补充几句""朱批"两字，就皆大欢喜了。

卫青拍马，还有"用词不当"的错误。什么"体察"，什么"明白"，好像你是万能的上帝，皇上倒是白痴。皇上需要你来"体察"吗？

你比皇上还“明白”吗？皇上找你下棋，是要给你放松放松，这些天来，咱们的卫大将军，有些失宠了，快要和外甥（霍去病）争风吃醋了，这样很不好嘛。当初，你卫青也是从年轻走过来的。肚量要大一点嘛。这样，怎么能做宰相呢？下棋嘛，就要说一些轻松的话嘛。即使是问你国家大事，也要“寓庄于谐”，插科打诨，都无不可嘛。你现在整得像一份政治报告、法律文书，严肃有余，活泼不足嘛。最可气的，是不给朕一点面子，朕简直是在听你做报告、讲课了。朕刚说了一句，你就“明白”了，甚至，朕还没说，你也“明白”了，你都“明白”了，这棋还能下吗？你能怨朕摔棋子吗？

卫青到底是奴才出身。奴才尽忠，也如猫儿吃鱼一样。但是，尽忠不仅需要忠心，也需要技巧。有时候，心倒并不重要（口是心非的人多了去了），重要的是技巧。历史上的弄臣，如东方朔之流，便是伟大的语言学家。不管白猫黑猫，抓住老鼠，就是好猫。不管雅言俗语，说到点子上，就是好话。有话好好说，不容易；有话说好好，更难哪。

鲁迅说过，如果你要和皇上说话，要装作“偶有不懂”的样子。什么都不懂，那是白痴，一半不懂，也是一个弱智，朕不喜欢。什么都懂，那是神仙，你难道还要比朕“明白”吗？所以，朕也不喜欢。偶有不懂，恰到好处。卫绾就比卫青“明白”。我就纳闷了，同是姓卫，这拍马的差距，咋就这么大呢？

## 不妨拿《汉武大帝》做反面教材

《汉武大帝》的播出，有人雀跃，有人感冒。前者觉得，这是扬我大汉之雄风，原来我们也曾阔过的；后者认为，这是皇权意识、奴才思想的流毒不散。仁者见仁，智者见智，各执一端，莫衷一是。我的意见是无可无不可。那是一个历史的存在，只不过是现在有了电视剧将那段历史搬到了荧屏上，如此而已。津津乐道于祖宗的威武，忘却了自己的软弱，这是不肖子孙；耿耿于怀祖先的愚昧，喊着只有现在才是现代化，只有自己才是革命家，这是民族虚无主义。两者都不会有什么出息。

皇权不好，这个我们早就知道了。但是为什么皇权意识至今不绝，甚至大有愈演愈烈之势呢？这就要深究了。责备电视剧的“张扬”，这是让电视剧受过。没有电视剧的年代，我们的皇权意识难道就没有了吗？恰恰相反，是更加厉害。

正因为我们知道了皇权意识、奴才思想的有害，所以，我们才要揭露它、批判它。看那些人高马大的王公大臣，在朝廷好像被抽了脊梁骨，磕头如捣蒜，我们深恶痛绝，应引以为戒。看看太监那种人不人鬼不鬼的样子，我们情不自禁地要按一按自己的“命根子”，庆幸它还在的同时，我们是不是该更加深恶痛绝那个时代惨无人道的做法？

裙带关系、外戚篡权、宦官主政，是中国历史的毒瘤。这是制度所为也。破“家天下”，为“民天下”，辛亥革命完成了历史的使命。当然革命尚未成功，同志仍需努力。民主政治，回避制度，这些都是针对封建制度的弊病而设立的。丞相是皇帝的叔叔，太尉是皇帝的舅舅，什么玩意？不腐败才怪！现在，我们规定书记的老婆不能在自己的手下任职，市长的儿子不能在周边经商，都是历史的教训。虽然，内举不避亲，外举不避仇，是一种器量，但是，瓜田不纳履，李下不脱帽，更是一种智慧。我们应该更聪明一点才是。

鲁迅说，我们看优秀作文，学的是“应该这么做”，我们看不优秀的作文，学的是“不该那么做”。《汉武大帝》里的封建糟粕、皇权意识，里面的“三陪”榜样（淮南王之女刘陵）、阴损妈妈（王美人）、浑蛋爸爸（刘安）、哈巴狗儿（春陀）、腐败分子（严助）……都在告诫我们：不该那么做。

# 姚启圣的软肋

电视剧《康熙王朝》又重播了。当姚启圣被康熙投进大牢的那一集再次重现的时候，我忽然想到，应该以姚启圣为题，写篇短文了。

在我看来，康熙的文韬武略，不在收复台湾，也不在征服边关，而在于把姚启圣改造得服服帖帖。

姚启圣是颇有些傲骨的，才高八斗，却只做一个小官，而且“随遇而安”，是那个时候的一名“特立独行”的知识分子。唯有他，敢于大胆议论朝纲，臧否人物，即使对于皇上，也不盲目崇拜，是有着自己的思想和看法的。这让皇上很不舒服。

康熙安排手下的人，把姚启圣投入大牢，杀杀他的傲气。大臣说，怎么定罪呢？皇上说，不是说，十官九贪吗？就判他一个贪污罪得了。大臣说，皇上有所不知，姚启圣两袖清风，何贪之有？皇上说，那就定一个渎职罪。大臣说，姚启圣为官业绩突出，有目共睹，这个恐怕也不行。皇上说，那就什么罪也不定，就把他关起来，关他三个月，不告诉他犯了什么罪，不允许任何人和他说一句话，朕就是要杀杀他的傲气。

皇上到底是皇上，牛人如姚启圣，也不能逃出康熙的英明决策。康熙找到了姚启圣的软肋，姚启圣一刀毙命也。

你姚启圣不是能言善辩吗？现在让你有口难说。你不是廉洁自律吗？现在给你一个有嘴说不清楚的惩罚。十恶不赦，总归还是可以列举出来的；罄竹难书，也总是可以书写的，不过是多砍伐一些竹子而已。现在只是说有罪，却并不坐实，便可以是“无穷罪”。

当然，仅仅靠这样的惩罚，只能征服姚启圣的身，却并不能征服姚启圣的心。康熙还有更厉害的。首先，就是不给姚启圣看书。不仅不给书读，而且，连一张带字的纸头也不允许流入牢房。康熙是要姚启圣的头脑一片空白，让他发疯。

酒徒不喝酒、烟鬼不吸烟的难受和书生不读书是一样的。姚启圣开始守不住了，他要崩溃了。三个月没有读书的姚启圣，一旦上了康熙的专车包厢，赏他一本“御览”的书，姚启圣的感激之情便溢于言表了。

不仅如此，康熙还和姚启圣谈论儒家学说，谈论历史政治，博闻强识,真知灼见,不同凡响,原来皇上也没那么讨厌嘛。姚启圣服了，终于答应出山了，当大官了。收复台湾，他是前线总指挥。

孝庄皇后有句名言，让老百姓磕头，不难，只要让他们丰衣足食就可以了。但是，要让知识分子归顺，给吃给穿都不管用，你要征服他的心。可谓一针见血啊。

征服心灵的最好办法，便是找准知识分子的软肋。知识分子的骨头不是硬吗？现在，我绕开你的硬骨，专挑你的软肋下刀，就可以事半功倍了。无欲则刚，有欲就软。放倒他们的捷径，是了解他们的爱好，然后，投其所好。爱财的，送钱；爱色的，送人；爱虚名的，送谀词；爱风雅的，送字画。喜读书，爱清名，就是说明知识分子还是“有欲”的，有了软肋，就可以下刀。

据说，当年钱钟书杨绛夫妇下放农村，杨绛指着一处农舍，说，在这儿过日子，远离尘嚣，也许会很惬意的呢。钱钟书说，不可，没有书。这就说明，博学鸿儒钱钟书，也有软肋啊。所以，他不是圣人。孔圣人怎么说？孔子说，伯夷、叔齐不降其志，不辱其身；柳下惠、少连降低自己的意志，可是，言语合乎法度，行为经过思虑，那也不过如此，虞仲、夷逸逃世隐居，放肆直言，行为廉洁，被废弃也是他的权术。我就和他们不同，没有什么可以，也没有什么不可以，这便是“无可无不可”，有些“刀枪不入”了。当然，孔子也有软肋，那便是“克己复礼”，因此，才有那种颠簸、劳碌，惶惶如丧家之犬的滑稽样子。

# 大长今

每天晚上熬夜看韩剧《大长今》。其实，也就是看到十一点半。可是，对于我这个通常十点半睡觉的人来说，也就是熬夜了。湖南卫视斥巨资引进长篇巨制，这回肯定是赚得盆满钵满了，广告实在是太多了。没办法，因为是免费收看，我们没有理由要求人家赔本嘛。

超级女声演唱过《大长今》的主题歌，很好听。百事音乐风云榜介绍过陈慧琳版和汤灿版的《大长今》主题歌，也各有千秋。我觉得有点“阿里郎”的曲调。相反，电视剧里的歌曲便不怎么好听了，仿佛当年的《泰坦尼克号》主题曲。

宣传片说，《大长今》是青春励志片，是描写长今怎么由一个“罪犯”子女成为御用女医生（保健医生，药膳医生？）的。女孩叫“长今”，不是因为长大了，才叫“大长今”，而是因为取得巨大的成就而在名字前面加上一个“大”字。日本出版的鲁迅全集，就叫《大鲁迅全集》。我们说一个人有成就，也说是一个“大写的人”。

韩剧讲究生活细节。《看了又看》《人鱼小姐》都是以细节取胜。《大长今》亦然。月夜串松子，木炭去异味，连续几天打水而不喝、一天采摘一种药材一个月内不准重样……都是长今成长道路上的历练。公主发现饭菜有异味而不吹毛求疵，因为，父皇都没有挑毛病，作为女儿，是没有理由不满的。不满而不说，也不吃，太孝顺也太刁钻，但是，却逼着御膳房进步，这样的细节，令人称奇。有些老板也是这样锻炼下属的：下属拿来一个方案，老板不说哪里不行，就是不拍板，自己琢磨去吧。

有人总结韩剧受欢迎的两大理由：一、干净，没有搂抱的镜头，和床更是不沾边，适合家庭成员一齐观看，不尴尬，不耳热；二、拖沓，总是有“回忆”的镜头，一个镜头不拍个十分八分钟是不挪机位的，适合妇女，尤其是适合中老年妇女观看，中途上个厕所，淘个米什么的，也不会接不上剧情的。其实，让我更觉得好的，是生活，是细节。有细节，就文学了。

# 当皇上横刀夺爱

《大长今》是一部好戏。某导演说“没意思”，那是泛酸，不可当真。我觉得，《大长今》里面的人物个性鲜明，不只是长今，今英、连生、阿昌、阿烈、韩尚宫、崔尚宫……都呼之欲出。这里，我想谈谈闵政浩闵大人。我觉得，闵大人也是可以称得上一个大写的人的。别的方面，我就不说了，如今单表当皇上爱上自己的女朋友之后，闵大人是怎么处理这个棘手的问题的。

我们知道，闵政浩和徐长今在长期的宫廷工作中，产生了爱慕之情。可是，他们以事业为重，把儿女私情掩藏得很深、很深。当然，没有不透风的墙，他们相好的消息，还是在宫女们之间有所传闻。徐医女是闵大人的女朋友，已经成为事实了，地球人都知道。只有皇上不知道。

皇上嘛，除了美食之外，对美女当然也很感兴趣，连生被收入内宫，自然是顺理成章的事情了。皇上看上长今，也是经过一个认识过程的，这一点，皇上不是那种不严肃的人，也不是以貌取人的人，皇上是被长今的心灵美折服了。当皇上知道长今已经名花有主之后，很郁闷。皇上和闵大人做了一次长谈，其结果是，皇上“认识”长今比闵大人还要早。那意思是说，你闵大人是“加塞儿”的。但是，闵大人并没有要退出的意思。于是，皇上要和闵大人比赛射箭。如果闵大人输了，将把长今送给他的定情物（袖珍笔墨盒子）转送给皇上；如果皇上输了，将把一支御用弓箭送给闵大人。一言既出，驷马难追。

比赛开始了。都是老手，都是志在必得。前四箭，射了一个平手。决胜局开始了。裁判员过来提醒双方，PK 到了关键时刻。皇上太想获胜了。心有杂念，箭走偏了，差一点脱靶，大失水准呢。看闵大人的了。皇上使用了心理战，说一句干扰的话（“难道你就不怕失去徐医女吗？”）。闵大人有点激动，手在颤抖。然而，闵大人强忍着激动的心情，还是射出了一个十环。皇上掷弓而去。

到了这里，我们发现了一个情种。作为人臣，闵大人当然知道，是不能和皇上共爱一个女人的。可是，作为男人，闵大人实在是放不下长今。换了别人，皇上看上了自己的女朋友，还不屁颠屁颠地给皇上献上？不是有个贪官，为了晋升，把自己的老婆都给上司送上门了吗？那个上司不过是一个小官，而人家是一个皇上啊。闵大人之“拎不清”，是显而易见的了。可是，闵大人说（代拟台词）：“不可以！因为，长今不是物，是人，是一个有血有肉有情有义的大写的人，是自己的女朋友。”闵大人必须尊重长今的意志，他没有任何权利把长今“拱手相让”。

其实，皇上知道自己给闵大人出了一个难题。采用比箭的办法，无非是给闵大人一个台阶，你只要“失手”，把爱情的信物输了，长今自然是要和你“分道扬镳”的了。可是，我们的闵大人把信物看作是爱情，必须誓死守护。他顶着巨大的心理压力，硬是赢了皇上。这是需要何等的勇气啊。和皇上比赛，依照惯例，是没有开赛，便已经输定了。“老子天下第一”，谁能赢皇上呢？谁敢赢皇上呢？中国版的故事说，太监和皇上下棋，太监说：奴才杀主子一只马。皇上说：朕杀你全家！当然，中宗没有杀闵政浩，只是把他流放了。不是报复，而是保护。因为，大臣们要办闵政浩。

后来，皇上得了不治之症，驾鹤西去了。闵大人和徐医女结婚了，生了一个小长今。一段可歌可泣的爱情故事画上了一个圆满的句号。我们为闵政浩的坚贞爱情所感动，同时，也很赞赏中宗的不糊涂、不胡来。当然，还有处于事件中心地位的当事人长今，富贵不能淫，威武不能屈，贫贱不能移，很有大丈夫的气概，又颇有“天子呼来不上床”的自爱。

## 你阿凡达了吗？

过去我们见面常说的是“吃了吗？”后来改了，说“离了吗？”现在，又改了，说“阿凡达了吗？”

一部电影引发的问候革命，以《阿凡达》为最。阿凡达，本来是梵文，拉丁写法是 Avatar，读曰“阿凡达”，化身的意思。

不好意思，我也阿凡达了。更不好意思的是，我看到的是三个版本中最低端的那种，普通的二维画面，尤其不好意思的是，我还是在小厅里看的，银幕比我家的窗帘稍微大点儿。三维画面的，本地尚未上映，大画幅（70mm 胶片）、大银幕（22m × 16m）高清版的，就更没有福气观看了。因此，影片最有噱头的一块——视觉冲击力，我这里免谈，我只谈谈影片的内容。在形式大于内容的今天，我的短文显然是不合时宜的。

影片的宣传造势非常了得。据说，导演詹姆斯 · 卡梅隆 14 年精心打造这样的一部电影，预算高达 5 亿美元，用于宣传上面的，和用于拍摄方面的不相上下。这是一个什么概念呢？好酒也要大声吆喝，好电影一定要大声吆喝，否则，好酒就卖不上一个好价钱，《阿凡达》是，《泰坦尼克号》也是。当然，大声吆喝的，不一定是好酒，这样的例子很多，随手抓一大把，我就不举例了。

《阿凡达》的主题词是：动作、惊悚、科幻、冒险，当然都占了一部分。其实，风景之美丽，也是不言而喻的，虽然是普通版本，也掩盖不住她的魅力。我这人喜欢“透过现象看本质”（当年学哲学的时候学坏了脑子，一根筋了），我看到更多的不是动作不是科幻，不是惊悚不是冒险，我看到的是拆迁，强行拆迁。

人类的欲望是没有边际的，这不，地球上没法搁了，要到外星球上（潘多拉星球）折腾了。到底是文明人，不能硬来，要温文尔雅，于是，造出了“阿凡达”来了。外星资源开发中心主任要阿凡达去和纳威人套近乎，劝他们搬迁，因为，地球人看好他们的居住地下的矿藏了，要来开发。

阿凡达动之以情晓之以理，可是，纳威人就像美国的那位老太太，就是不为所动，认定了，要做一个名垂千古的钉子户。杰克没有完成老板交给的任务。问题很严重，老板很生气。文的不行，就来武的。老板派出了海军陆战队，风驰电掣地开进潘多拉了。

纳威人虽然也有弓箭，也有龙马，还有大鸟，可是，面对人类这样的钢铁战士，显然还是弱者。铁蹄所到，树毁人亡，一片狼藉。有一种说法，詹姆斯·卡梅隆来中国考察过，中国的房地产建设给他印象深刻，“中国式拆迁”尤其过目难忘，以至于他不惜冒天下之大不韪，把“拆迁”这档子事整到《阿凡达》里面，虽然是打着“科幻”的幌子，可是，地球人都知道，“说的就是阁下”。

强行拆迁，不仅激怒了土生土长的纳威人，而且，也让领着任务来的阿凡达倒戈。不是因为阿凡达爱上了纳威的一个女孩子，而是这片风景太美丽，纳威人太善良也太冤枉，地球人太贪婪。阿凡达和纳威人一块，组成了反拆迁的钢铁长城，誓死捍卫美好家园。

为了捍卫美好家园，纳威人献出了宝贵的生命。可是，拆迁队员个个都是“铁臂阿童木”，都是大马力推土机。正当纳威人绝望之际，连畜生都看不下去了，来了一个“动物总动员”，野牛顶翻了铁甲，大鸟抓飞了战机，天怒人怨，人神共愤，终于赶走了地球人，纳威人胜利了。小剧场里响起了几声掌声。我看了一下，是两个中学生模样的孩子发出的。久违了的掌声，记得小时候，看包场电影，洪常青捉住南霸天，就曾经响起过热烈的掌声，经久不息。

# 《孔子》的境界

因为工作关系，连续看了几个大片，《2012》《阿凡达》和《孔子》。大片好像名牌，一分钱，一分货，屡试不爽。看完电影，得交作业，一个片，一篇文，当仁不让。

本来没打算看《孔子》的。因为，看过《论语》了，没有什么还需要到电影里去寻找的了。可是，当韩寒对于《孔子》大放厥词，尤其是指出颜回之死和子路之死的两个桥段之滑稽可笑，我决定，非看不可了。

我对于韩寒一直抱有好感，这小子有胆子，也有眼光。文字像刀子，刻骨铭心。韩寒的结论是，《孔子》没有必要拍摄，花那么多银子（1.5 亿元人民币），糟蹋了。

我到了电影院，远远地看到一条长龙，心头一热，久违了的热闹场面啊，就是《阿凡达》上映也没有出现过的。韩寒这回一定是看走眼了。然而，走到跟前，发现原来人家是买《喜洋洋与灰太狼》的票。卖《孔子》票的窗口，没人。

当我走进小厅，电影刚好开始，灯还没有关闭，我扫了一眼，连我，8 个人。每人 25 元，二八一十六，五八四十，200 元一场，够电费吗？都像这样，能收回成本吗？

电影采取倒叙的手法，就像当年的阿崎婆一样，白发苍苍的孔子坐在书院的地板上，回首往事、娓娓道来……

看过胡玫不少电视剧，像《雍正王朝》啊，《汉武大帝》啊，都比较喜欢。看了《孔子》，尤其喜欢。场面之大，自然是一个看点，子路攻城那段，超过《英雄》了，齐鲁会盟那段，超过《阿凡达》了。一个女导演，能有如此手笔，实属难得，张艺谋、陈凯歌们有危机感了，就像男足之于女足。

这些毕竟是视觉盛宴，有钱就行。至于心灵的探索、人性的揭示、情感的把握，可圈可点的地方就更多了，可谓不胜枚举。可是，写作文，不举例，是不行的。我举三个例子。韩寒说的两个桥段（颜回和子路之死）算是一个吧，我觉得这是一个妙笔，并非如韩寒所言是败笔，是笑话。小孩子家，哪里知道大人们的心思。胡玫这是在弘扬孔孟之道啊。读书人把书看得比生命还要重要，这事儿，韩寒不理解，钱钟书理解，他们不是一个层次的。颜回几次三番地潜入冰河的底部捞取竹简，他捞取的不是竹简，而是老师的心血、儒家的精神。至于子路，临死之前整衣冠，也是孔子的精神传承。要体面地死去，这是做人的尊严。看到这儿，我很沉重。我佩服韩寒的轻松洒脱，他竟然能够笑出声来。

第二个例子是孔子见南子。南子是卫灵公的夫人，貌美，并且“淫荡”，孔子周游列国，来到卫国，作为孔子的忠实粉丝，南子要求接见孔子。孔子到了人家的地盘，自然也不好意思拒绝。南子真美啊，美到连孔子都快抵挡不住了。孔子和南子促膝谈心好几分钟（这在一部史诗性的大片中是非常奢侈的），南子希望孔子留下，在卫国讲学，传授儒家思想，孔子应该也愿意的，可是，面对这位南子，他谢绝了。南子不解，问：是不是听了我的一些绯闻？孔子说：不是的，因为，我没有见过像您这样好德如好色的人。

卫灵公好色，孔子丑之。南子尚德，孔子避之唯恐不及。孔子也是人，爱美之心人皆有之，他也有“私字一闪念”，他不能留下来做宫廷诗人。孔子天生就是要做一个思想的跋涉者，一个长着尧舜一样的额头、子产一样的双肩、怎么看都像是丧家之犬的传道者。兵荒马乱之际，有这样一个温柔富贵之乡不待，这需要多大的毅力啊。士不可以不弘毅，任重道远，孔子只能勇往直前。因此，当南子说道：“世人都知道夫子的痛苦，可是，很少有人知道夫子痛苦所达到的境界”。孔子遇到知音了，眼睛湿润了。周润发和周迅演绎得十分到位，不愧是国际巨星，不服不行。

第三个例子是，孔子在外颠沛流离十几年，终于回到了鲁国，孔子叩拜国门，亲吻国土，老泪纵横：“鲁国，我的母邦，游子回来了！”说句丢人的话，我鼻子一酸，差点儿就要掏手绢了。

孔子是一个理想主义者，孔子周游列国，常常被驱逐，让人常常情不自禁地想起后来的马克思。理想常常要和现实碰壁。可是，理想终究是要照进现实的。历经两千年的漫漫时空流转，孔子又一次进入我们的视线，这是理想的永恒魅力。孔子是一个理想、一个符号、一个操守。孔子不懂有奶便是娘，孔子不饮盗泉之水，孔子痛苦并且坚持着。《孔子》就像一壶香醇浓郁的西湖龙井，需要慢慢品尝。因为，作为大片，《孔子》不仅有恢弘的战争场面，而且有细腻的情感纠结，这是胡玫带给我们的一份饕餮盛宴。

走出小厅，发现大厅里发出笑声，进去看看，放的是《喜洋洋与灰太狼》，快要座无虚席了。热闹的大厅、寂寞的小厅，快乐的灰太狼、痛苦的孔夫子，他们的境界是如此不同。

# 廷　议

看电视剧《汉武大帝》有感。景帝从汤泉宫回来，马上召开内阁会议，要和大臣们议一议朝政大事。皇上在温泉里泡得很舒服，身体恢复了，思路也清晰了不少。许多谋划，已在胸中。但是，也不好自己说了算，还是要拿到朝廷上议论一番的。

“有什么事情，报上来吧！”皇上发表开场白。马上，有栗妃的哥哥（负责皇宫礼仪的官员）报请皇上尽快立皇后。因为，太子已经立了，皇后之位还空缺着。周亚夫随即响应。本来，皇上对于栗妃就有一脑门子火，现在再听到这两个人的建议，更是气不打一处出，下令把大舅子拉出去打屁股（“廷杖”）。

皇后没有立。皇上又要废太子（刘荣）。仍然是“廷议”一下。这回，周亚夫又提出反对意见，太子太傅窦婴跟着声援。景帝顿时火冒三丈，怎么了，我一提出个方案，就有人唱对台戏，这还得了！“就这么定了，退朝！”皇上龙颜大怒，大臣不欢而散。

史书记载，周亚夫因为平定吴楚七国叛乱有功，由大将军提升为太尉，后来又提升为丞相，但是，还是因为儿子的一个过错，受到皇上的发落，绝食而死。窦婴（魏其侯）也官至丞相，也因罪被杀。这和他们的“抗上”有关。

本来，皇上已经有决断了，之所以要拿到朝廷上议一议，完全是走个形式而已。既然“本朝”有廷议这个制度，便不能荒废了，皇上“自觉”拿来议一下，是给大臣们一个事情做做，反正闲着也是闲着，大家坐在垫子上面，磨磨嘴皮子，拍个马屁儿（所谓皇上圣明，臣罪当诛，或者吾皇万岁万岁万万岁），就算办公了不是?你周亚夫、窦婴倒好，给个棒槌就当针（真），竟然和皇帝老子“较真儿”，这不是自己找抽吗?

有些自以为特立独行这种忠诚那种忠诚的人，实在是有点儿“拎不清”。他们往往有着一种为主分忧的冲动，怀着一种武死战文死谏的情结。所以，常常做出一些让皇上头痛的事情。皇上的衣角有个洞，自然有皇后给指出来，作为大臣，你就当没有看见吧。即使皇上的衣领子有个褶子，你也不可伸手去理平的。这在外国，有个故事，叫《皇帝的新装》，人家既然能无中生有，你也得有而化无，没有这点本领，就别吃朝廷这碗饭。

## 窦太后

《汉武大帝》里的关键人物。中国的皇帝，因为外要君临天下，内要宠幸后宫，所以，多短命；即使不短命，也抗不过皇后。因此，“太后现象”，成为中国历史上的一道“亮丽的风景线”。秦朝因为短命，还没有太后掌权。汉朝开始，便有了吕后篡权（达 15 年）。这位窦太后，实际上也掌握半个江山，刘启对她有所畏惧，关于立太子还是立储君（弟弟刘武），母子俩僵持了好久。康熙皇帝身边也有这么一位太后，叫孝庄皇后。威风凛凛的康熙，回到家里，还要讨孝庄的欢喜，获得她的支持。至于慈禧，则统治清朝长达 47 年。因此，可以说，中国历史上的当权派，有一半是女人。

窦太后虽然双目失明，可心如明镜。因为历经两代皇帝，过的桥多，吃的盐也多。汉朝以孝治天下，景帝对于窦太后便孝敬有加，有时简直到了唯命是从的地步。皇上给母亲下跪，这在别的朝代似乎少见。

女人，夫贵妻荣。丈夫死了，便母以子贵。所以，窦太后主张立储君，是情有可原的，她要保持住自己的话语权，必须让儿子掌权。儿子掌权，母亲说了算，这是多么微妙的关系啊。在朝廷，你是皇上。可是，退了朝，你便是儿子。既然国事便是家事，那么，家事也就是国事。老母亲不高兴，皇上便也不会有笑脸。落得个不孝之名，是有碍于皇帝的威信的。

但是，皇上毕竟是皇上，只有他才有“颁诏”的权力。所以，窦太后也不得不“迁就”一下皇上。金虫子跑了，和侍女们忙作一团，但是，当听到“皇上驾到……”还是有点紧张，要肃立，要恭候。这是君臣之礼，不能乱套的。行完了君臣之礼，便是老娘说话的时候了，角色转换，在一瞬之间，行云流水，天衣无缝。

关于立皇后，因为栗妃骄横跋扈终于被废于前，女儿（长公主嫖——怎么叫这么一个名字？剧中人物由苏小明扮演）深明大义游刃有余地做工作于后，母子俩达到了空前的统一，所以，王美人成为等额选举的幸运儿。但是，作为儿子，刘启还是要征求母亲的意见。作为太后，虽然正合自己的意思，但是，决定权还是给儿子：“你是皇上，你看着办吧！”母子俩，这个时候，说的都是君臣话，或者说，外交辞令。

太后虽然在内阁里没有席位，但是，因为是皇上的老娘，所以，起的作用还是不小的，有时，简直可以和皇上分庭抗礼。所以，聪明的大臣们，如果皇上这条路走不通，便要走走太后这条道儿，这叫曲线救国。正像如今，在谈判桌上谈不妥的合同，一旦挪到饭桌上，便很顺畅。

皇位传子不传弟，有违窦太后的心思，却是“合乎”历史的潮流。因为，新的皇帝往往都是小孩，没有什么主张，所以，大臣辅政，可以保证政策的连续性，也不至于马上便改朝换代，使更多的人人头落地。可以想想，如果是刘武继位，那么，当初反对立储的大臣，乃至于皇上的未亡人、儿女将会是怎样的一个下场？正像美国人的自由选举制度一样，中国汉代的这种传子不传弟的世袭制度，在某种程度上，也是“保持稳定”的一个因素，刘邦的“制宪”，也是功不可没的啊。

## 功高震主

昨晚的《汉武大帝》有两个悲剧发生，一个是雁门太守郅都被逼自杀，一个是丞相周亚夫被逐出宴会厅。

郅都本来是可以不死的。因为，皇上还是用了他，而且，用得是地方。有他把守雁门，边陲安定，匈奴闻风丧胆也。但是，匈奴强攻不下，采用智取，借刀杀人。一封家书（以南宫公主的口气），传到瞎老太太耳边，这郅都就完了。完得悄无声息，甚至，有点窝囊：毕竟，不是战死在敌人的手里。

皇上对于郅都的评价还是很高的，太子说郅都是酷吏，皇上都曰不可。郅都是忠臣。郅都也这么评价自己。忠而被谤，功成身亡，也是历来忠臣的下场，郅都当然也不能例外。郅都死后，雁门失守，将士死亡两千，尸横遍野，惨不忍睹。“一将难求”可见一斑。“一夫当关”，谁曰不然？

如果说，郅都的死，是祸从天降，那么，周亚夫的失势，便是咎由自取了。周亚夫平定七国之乱，立了头功，皇上嘉奖他，提拔他，由将军到大将军进而太尉（相当于国防部长），可是，他居功自傲，目空一切，有时候，简直不把皇上放在眼里。这还了得！于是，圣明的皇上再奖励周亚夫一把，部长不干了，让他当总理。这叫“架空”。你想，一介武夫，上马是条龙，下马便只能是条虫了。皇上问他，目前国家有几宗刑事案件，国库收入多少钱粮，丞相的岗位责任制是什么，一问三不知。不知，你学习啊，总是惦记着他的北营，他的辉煌。这点，不如阿蒙。

已经让你做到丞相了，一人之下，万人之上，再也不可嘉奖什么东西了。物极必反，高处不胜寒，都是说的周亚夫啊。尤其是，革了军职，穿上布衣，和太子检阅北营部队，将士们的眼里没有太子，只有太尉，振臂高呼：大将军威武！大将军威武！功高震主，何其嚣张。而周亚夫不仅不制止，反而喜笑颜开，沾沾自喜，不能自已。这就显出“村相”了，换了宝钗姐姐，人家肯定会“藏拙”的。

噢，错了，周亚夫不可能读过《红楼梦》，但是，他难道不知道自己的前辈张良的故事吗？张良的丰功伟绩哪一点比你周亚夫差呢？你看人家，夹着尾巴做人，自始至终，摆正自己的位置，辅佐刘邦，建言献策。张良曰：饼子再大，也大不过锅。窗户再大，也不是门。CEO再有能耐，也是一个打工仔。张良按部就班，恪尽职守，寿终正寝，谥号“文成侯”。

即使周亚夫不读书，不看报，不知道历史上发生的故事，那么，至少也该看着卫绾怎么做官吧。人家卫大人，也是前朝遗老，是伺候过景帝的老爸文帝的。光是文帝赐的尚方宝剑就有6把。可是，人家藏之密室，从不张扬，因为，他知道，宝剑只能代表过去，景帝不是文帝。这样，从零开始，再立新功，才能立足于当代，开创于未来。

我们看到，廷议或者闲谈的时候，卫绾总是只带耳朵，不带嘴巴。有时，被皇上点名发言，也是一句“请皇上裁定”，仿佛“语音提示”，敷衍过去。但是，当皇上派卫绾去处理梁王的案子，获得了卷宗，卫绾一改“早请示，晚汇报”的做法，擅作主张，把卷宗付之一炬。这叫为皇上分忧。你想想看，皇上如果看了卷宗，是办呢，还是不办？办了，得罪了老太太，自己也落得个同室操戈的罪名；不办，又违宪违法包庇叛逆了。这一把火，烧得有水平。

相比之下，周亚夫的政治嗅觉简直是迟钝到了是可忍孰不可忍的地步。你看他奏的两档子事情，一个是立皇后，一个是立太子，都和皇上背道而驰。你这不是诚心找抽吗？尤其不应该的是，皇上请客，你竟然迟到，而且，不换礼服。重要的宾客都是最后到场的。你难道比皇上还要重要吗？皇上等着你，你还不死定了？吃肉，没有餐具，你就下手抓嘛，怎么能大喊大叫呢？难道你不知道吃饭不能说话喝汤不可出声是绅士风度淑女懿范吗？周亚夫之被逐出宴会大厅，是肯定的了。

活该！

# 文韬武略

《汉武大帝》里，太子要试试梁王的骏马，梁王说，男人的天堂在马背上，在女人的胸脯上。其实，他还忘了一条，在圣贤的书本上。

帝王忙碌一生，其实，也就是这样的三件事情。马上得天下，后宫失天下，书本传天下。打江山的时候，戎装在身，弯弓在握，气吞万里如虎。坐稳了江山，便要偃武修文，最爱的，是和文人握手，和诗人唱和，歌舞升平，文质彬彬，郁郁乎文哉。当然，翻牌的事情，也是在所难免。然后，盛世修典，劳民伤财，殃梨祸枣，整出一些劳什子，藏在七个阁里，等着兵燹，反正和传播知识无关。

为了锻炼身体，现代的，是打高尔夫，古代的，是去上林苑射猎。那叫什么射猎啊，派几百人，把鹿啊，兔子啊赶到一块儿，让皇上捏支箭，从容捕射，如囊中探物，每次当然是所获颇丰，皆大欢喜。总而言之，狩猎，已经不在于吃肉，有时，也和锻炼身体无关，而是一种姿态，一个宣言：看看，皇帝还能狩猎，可见，身体健康，万寿无疆。明白了这个，你就不会奇怪，老人家一把年纪了，还要搏击长江水了。

皇上出身高贵，享受丰富的物质生活，又有博导言传身教，学富五车，才高八斗，也是应该的。历史上，也不缺乏文韬武略的皇上，比如，秦皇汉武，唐宗宋祖，成吉思汗，乾隆皇帝，伟大领袖……但是，皇帝，说到底，还是一个政治家，是学有所专的。时间有限，精力有限，不可能处处拔尖，事事领先。做十项全能，那得多大的体力啊。

可是，我们的皇上不这样认为。既然是天子，便与俗人不同。即使不是三头六臂，至少也是文武双全。武像救火兵，文似誊录生，可以亲民，可以临河，可以指导科学种田，可以号召全民植树，反正，上至天文，下至地理，没有不懂的，没有不会的，简直就是一部大英百科全书。

因为，有皇上的参与，文坛热闹，创作繁荣，百花齐放，百家争鸣，一派太平气象。这个时候，文人便不知天高地厚，要和皇上切磋商榷，简直还要称兄道弟，弄得皇上没有一点儿尊严，君不君，臣不臣，舆论哗然，主义横行，旌旗挥舞，哪里还有什么“最高指示”，都是学术争鸣了。怎么得了？于是，“罢黜百家，独尊儒术”，世界归于一尊，这样，就好管理了。

不能怪皇上。本来，陪首长消遣，那个“陪”字是万万不可省略的。纵然你是韩愈再世，雪芹重生，也要夹着尾巴做人。绿叶再怎么着，也不能抢了红花的风头。

都说猫没有记性，搁了爪子就忘事儿，必须不断地打脑袋。我看，文人（现在叫知识分子）也是属猫的。不管白猫黑猫，不长记性，就不是好猫。网友或曰：阁下是白猫乎？黑猫乎？答：吾非猫，我是老鼠。

## 灌夫醉酒

《汉武大帝》的“灌夫醉酒”当然没有梅兰芳的“贵妃醉酒”来得潇洒飘逸玲珑剔透，但是，也自有其豪爽仗侠，颇有看头。

国舅田蚡权至丞相，官运亨通，桃花运也亨通，中年纳妾，也好趁机多捞一些钱财，送礼的都是车载斗量的。还有的送田地。田蚡爱田，也是名副其实嘛。搂草打兔子，顺带着，田蚡还要羞辱羞辱窦婴和灌夫。

田蚡和窦婴结怨，由来久矣。当初，窦婴做丞相，田蚡做太尉，两个人就经常要斗一斗的，谁也不服谁。现在，田蚡做了丞相，窦婴却退居二线乃至三线了。但是，皇上因为黄河大水，请窦婴出山，而窦婴这个老东西，给皇上出“馊主意”，扒了黄河北堤，淹了田蚡 6000 亩良田，从而使南堤的黎民百姓的生命财产免遭灭顶之灾。田蚡自然不会善罢甘休的。于是，田蚡要向窦婴“借”田 500 亩，而且，一借 100 年。和窦婴交善的灌夫看不过，教训了田蚡的走卒。这样，田蚡又迁怒于灌夫。

灌夫对于田蚡还有更大的威胁。原来，皇上要惩治豪强，田蚡要办灌夫的事。灌夫的哥们大侠李解告诉他一个关于田蚡和淮南王刘安谋反的秘密，要挟田蚡，使田蚡不敢动他。田蚡也不是软柿子，当然要“先下手为强”。这不，机会来了。

本来，田蚡是不必请窦婴和灌夫的（请了两位“遗老”“冤家”，连皇上也感到意外）。但是，田蚡就是要在这样的社交场合下羞辱窦婴和灌夫，把事情闹大，让这两个老家伙自己往套子里钻。

窦婴还能忍辱，灌夫则受不了一点儿委屈了。主人向客人敬酒，挨个儿的，何等谦逊、礼貌。可是，到了窦婴和灌夫这桌，绕过去了，而且，连正眼也不看。这是何等没面子的事情啊。一人不喝酒，两人不赌钱。这酒还能喝吗？灌夫要闹事，窦婴制止了他。窦婴离席，向邻座敬酒。这回是窦婴“拎不清”了。主人丞相不待见的客人，便会成为所有客人都不能待见的客人。马克思说，一个时代占统治地位的思想都是统治阶级的思想。丞相疏远乃至仇恨的人，谁敢接近？

自己被羞辱，也就算了；被丞相羞辱了，也就算了。现在，这些在位的奸佞小人，也狗眼看人低，竟然侮辱我大哥，是可忍孰不可忍，老子如果不教训教训他们，还是人吗？于是，我们的灌夫“该出手时就出手”，“灌”了邻座两位一杯，算是捞回了面子。

本来，取得了阶段性的胜利，见好就收，灌夫也还是可以平安回家的（至少是今天）。可是，灌夫“得寸进尺”，还要想从田蚡那儿找回丢失的面子。这就有点病牛追兽医——找扎了。果然，田蚡不予理睬，而且，连眼睛也不转过去，灌夫自讨没趣，连喝三杯，田蚡这才端起酒杯，示意了一下，并不喝，挥挥手，那意思是，你可以走了。

如果到此打住，灌夫也还是可以走出这个筵席的。虽然丞相没有和他喝酒，但是，人家也向你示意了，而且，和你说话了。至于说话的内容，并不重要，重要的是和你说话了。阿 Q 不是因为赵太爷和他说了话而“高贵”起来了吗？其实，赵太爷说的话还没有田蚡说得好听：滚！

灌夫终究不是未庄的阿 Q，灌夫更像贾府的焦大。借着酒力，灌夫开始骂人了，骂田蚡不是东西。这就是灌夫的不对了。田蚡不是东西，那是你能说的吗？田蚡是谁？是丞相啊，是皇上的亲舅舅，是太后的亲弟弟啊。炙手可热，不可一世，一人之下，万人之上啊。下面，灌夫被拖入马厩，也就顺理成章了。幸好，没有给他吃马粪。田蚡比贾政还算“厚道”。据史书记载，后来，灌夫被诛族了。

# 借力打力

《汉武大帝》中刘彻的一个策略，是“借刀杀人”的“柔化”效果。汉武帝的文韬武略，在这个策略中达到淋漓尽致的表现，堪称“经典”，值得“赏鉴”。

从来皇上，坐稳了江山，都是要“收拾”功臣的，所谓“狡兔死走狗烹”，所谓“过河拆桥”“鸟尽弓藏”。没有例外的。因为功臣的使命已经完成了，如果他们不识趣，还要站在政治的舞台上指手画脚，不自动解甲归田，退隐山林，那么，就只好皇上亲自动手了。有武动，杀头；有文动，杯酒释兵权。

刘彻没有那么雅致没有那么温良恭俭让。当然，他也不会剑拔弩张，亲自上场。刘彻是有文韬武略的。他要借力打力。

首先，他让田蚡去收拾土豪劣绅。结果，先办了一个灌夫，又牵扯出了田蚡，所谓拔个萝卜带出泥也。灌夫是窦婴的同僚和部下，臭味相投。灌夫坐牢，窦婴不会不管。可是，田蚡和窦婴又是冤家对头，窦婴赞成的，田蚡肯定要反对。这就好，这就好，皇上要的就是这样，狗咬狗，一嘴毛，一个一个收拾了。皇上把怎么处置灌夫的廷议挪到东宫，让太后听着。廷议上，果然，田窦成为水火不相容的两派。在进攻和揭发中，两个人都暴露在光天化日之下了：一个贪婪，一个谋反，都要办。

这个诏，皇上不主动拟的，那样，就俗了。皇上被太后“逼”着，下令灭灌夫三族，查抄窦婴。窦婴深陷囹圄，这才傻眼，搬出了先帝的遗诏救命。遗诏分正本和副本（和现在的营业执照一样，一份挂在店堂，一本收在抽屉）。窦夫人多了一个心眼，没有遵照窦婴的要求，将遗诏送到廷尉府，而是交给了长公主。但是，廷尉张汤审讯窦婴之后，马上报告皇上。皇上自然很快就得到了遗诏的副本。可是，皇上并不赶快去找正本，而是透了一个风给田蚡，于是，有了田蚡和太后去国家档案馆销毁遗诏正本一幕。

皇上这一手厉害。如果是自己烧，显然是“违法”的。遗诏是先帝的“身后圣旨”，是同样要执行的，具有国家法律效力的。如果承认，无疑给自己又找了一个爹，窦婴随时可以“相机行事”，夺了自己的权。如果不承认，那样，便是“不孝之子”“不忠之臣”，道德失范，良心失衡。现在，假母亲之手，将遗诏正本销毁，那么，副本就可以定为“伪诏”，就可以堂而皇之地办窦婴的事了。

皇上对窦婴是很感冒的。皇上不怕田蚡，因为，田蚡一没有军功，二没有才能，只不过是靠了姐姐的裙带关系，在朝廷里腐败而已，完全构不成威胁。对于这个舅舅，皇上是拿他当小丑，当弄臣看待的，实际上，皇上常常戏弄田蚡，勾手，呵斥，恐吓，随便得很的。而对于窦婴，则是“尊敬”的，正经的，委以重任的（比如治水），时不时地，要“顾问”一下的。要动这样一个三朝元老，不是一件轻松的事情，弄不好，会坏了自己的“一世清名”。

皇上还要“沽名钓誉”，去监狱看望窦婴。其实，皇上这次弄巧成拙了。聪明的窦婴，在皇上即将离开监狱的一刹那，明白了：自己看轻了皇上。如今再不是先帝所说的“母壮子弱”了，皇上的聪明和坚强，是别人所不能比的，包括自己在内。那一刻，窦婴完全失望了。一代丞相，灰飞烟灭，而且，搭上了窦氏一百七十三口（本来是一百七十四口，皇上给窦氏留了一口，算是留下一个“标本”，已经不可能再形成“燎原之势”了）。

鲁迅说过，皇上没有一个好东西。我们有时“同情”皇上，那是因为皇上还处于“弱者”的地位，还要受皇后管，受皇太后管。甚至于，还要受大臣们的廷议、告状的约束。有些人觉得，皇上也很可怜的，甚至替皇上着急，还有“恨铁不成钢”的意思，盼望着皇上赶快长大，赶快成熟，赶快掌握着国家的命运。可是，一旦皇上排除了异己，获得了权力，呼风唤雨，为所欲为，草菅人命，烧香拜佛，生灵涂炭，我们就会发现，我们先前的一些“美好愿望”都是幼稚的、可笑的。田蚡说，我们看上去好像是皇上的舅舅、表叔，其实，只不过是皇上的子民。一旦强大，皇上是不把任何人放在眼里的，包括“一向尊重”的母亲。

绝对权力产生绝对腐败。反腐败，只有从制度入手。否则，窦太后死了，有王太后。景帝死了，有武帝。生生不息，没完没了。中国封建社会的专制，到了明代，达到顶峰。明代废相，连表面上的“分权”都消失了，皇上统揽一切，事无巨细，全权负责。明太祖朱元璋很勤政，也很暴政，杀人如麻，灭族如蚁。这是后话了。

# 李广为何难封

冯唐易老，李广难封。冯唐，不说他了。现在单说这李广。李广战功赫赫，为什么总是没有被封侯呢？机遇使然也。就是说，李广总是和机遇失之交臂。幸运女神不青睐李将军啊。同时，不封李广，也是皇上的一个用人之道也。

李广生于军事世家，父亲李信，秦时为将，逐得燕太子丹者也。李广是有着光荣传统的。孝文帝十四年，匈奴打入萧关，李广杀首虏多，为汉中郎，为武骑常侍，秩八百石。文帝曰：“惜乎，子不遇时！如令子当高帝时，万户侯岂足道哉！”

文帝是爱好和平的。自然不太重视军功。李广刚刚干出点成绩，天下太平，文景之治，李广自然也像一张弓似的，被收藏起来了。做了许多地方的太守（军区司令），因为名声太大了，吓得匈奴不敢来犯，李将军也就好长好长时间没有驰骋疆场，再立新功了。

等到武帝攻打匈奴，李广也如冯唐般，老了。又加上多年和平环境，养尊处优了，身体也发福了。特别是军队训练撂荒，马匹也跟不上作战的要求，李广出师不利，差点儿做了俘虏。铩羽而归，皇上治罪，贬为庶民，罚金五千，够惨。

但是，皇上知道，李广还是要用的。皇上只不过是要杀杀李广身上的傲气。李广是太狂妄了，仗着自己是三朝元老，倚老卖老，瞧不起后起之秀，也不学习新的作战方法，有些因循守旧，固步自封了。经过这次失败的教训，这才算服了卫青，在其麾下做一员大将。李广真的不行了，和卫青再次出征，迷失道路，良心上受不了了，自杀身亡，完成了一个将军的军旅生涯。

李广为人清廉，得赏赐辄分其麾下，饮食与士共之。终广之身，为二千石四十余年，家无余财，终不言家产事。太史公对于李广，不吝溢美之词，说：传曰“其身正，不令而行；其身不正，虽令不从”。其李将军之谓也……谚曰“桃李不言，下自成蹊”。此言虽小，可以喻大也。

最后，要说，汉武帝为什么不封李广了？汉武帝是要用李广的。李广也发挥着余热的，做卫尉，还是有成绩的嘛。重要的，是李广的性格，是不能享福的。如果封其为万户侯，不过是又多了一个灌夫，却少了一个将军。李广虽然战败，但是，他的自杀，维护了他的尊严。李广终其一生，是一条硬汉，是一个大写的人。李广不需要封侯。李广好像是右手，挥刀杀敌，建功立业，有目共睹，已经很卓越了，很完美了，所以，戒指一般和右手无关，都是戴在左手上的。

## 汉武帝不如丈母娘

刘半农说过，男人过了四十岁，就应该死掉，否则，就是祸害。汉武大帝在四十多岁的时候，摆平了匈奴，可谓功德圆满了，可以笑傲皇陵了。可是，这个“老不死”的，还待在皇位上，还“好大喜功”，于是，便“难免”要做出一些“伤天害理”的事情，犯一些“低级错误”。对付博士狄山，便是一例。

皇上召开内阁会议，讨论还要不要和亲的问题。正方说，要，主辩手是太子，副辩手是博士狄山，理由如下：经过一番征伐，匈奴已经大伤元气，汉朝也需要与民休息，和亲，可以保持汉匈之间的和平局面，是双赢；以前的和亲是委曲求全，如今的和亲是皇恩浩荡，不可同日而语也。反方说，不要，主辩手是将军李广利，理由如下：狗改不了吃屎。匈奴亡我之心不死。现在的服帖，只是一种假象。我们千万不可为其所蒙蔽。宜将剩勇追穷寇，不可沽名学霸王。要痛打落水狗，不要再让上了岸的狼狗抖落得一身泥水。

本来，这是一场多么精彩的辩论会啊。可是，因为“主持人”的偏袒，“正方”明显处于劣势，皇上不仅要消灭正方的言论，还要消灭辩手。当然，主辩得先留着，就拿副辩开刀吧。你不是说匈奴已经安稳了吗？好，就让你去戍边吧。给你一个郡，你嫌大了，管不了；那么，就给你一个寨吧。还嫌大？好，给一个哨卡吧。自然，我们的博士，上任之时，便是捐躯之日也。

我对于汉武帝的“好感”，就此打破。这是一个“损招”“阴招”，至少是不厚道。刘彻明明知道书生除了读书以外，是不能言军国大事的。可是，偏偏要博士带兵，这和让将军讲课一样，是赶鸭子上架嘛。当然哪，皇上这是为了诊治太子的软弱病而用的一个药引子，博士也算“死得其所”吧。我这里想说的是，皇上的肚量问题。

汉武大帝，应该很大气、很大度的了，那是在其“创业”阶段。当初，面对匈奴问题，皇上也曾经召开过类似的“辩论会”，卫青是主战的，自然龙颜大悦。韩安国是主和的，皇上也并没有给他小鞋穿嘛。就是说，那时的皇上还是大气的，大度的，对于自己充满了信心的。如今老了，又“略输文采”，所以，对于自己的“长项”（打仗）便格外地看重。太子不肖，本来皇上就窝火了，博士还要翻出祖宗无能的老账来，皇上当然更加气不打一处出了。综上所述，博士之死，实在是活该。

然而，皇上到底是“大人”，是要干大事业的，不该和“小人”（不，奴才）计较的。人家不就是提了一点不同意见嘛。何况，还是你叫提的。不是说过言者无罪，有则改之，无则加勉嘛。怎么能够说话不算话呢？你这样对待不同政见者，以后谁还敢说话呢？一个朝廷，全部是一个声音，你一开口，下面全是“是”，又有什么意思呢？

再说了，就算你攻打匈奴是对的，难道就是十全十美的、无可挑剔的吗？你的国内方针，政治主张，经济手段，文化思想，环境建设……就没有可以讨论可以商榷可以更上一层楼再添新花朵的吗？谦受益，满招损。看来，你就不如后起之秀唐太宗有智慧了。

甚至，不如我的丈母娘。我去丈母娘家吃饭，已经有二十年了。每次饭桌上，对于丈母娘做的饭菜，大家都是评头论足、畅所欲言的。老丈人说，米硬了，丈母娘说，下次多蒸些时间；小舅子说，肉腻了，丈母娘说，以后少搁点油；妻子说，凉拌菜不要放酱油的，丈母娘说，记住了；儿子也不客气，说，姥姥烧的菜什么都好，就是数量较少。

我们家的公子属虎的，标准的食肉动物，于是，以后丈母娘烧菜，都是大盆装出来的，买烧鸡，都是两只。鲢鱼肉丸子，多么鲜美，多么可口啊，可是，丈母娘的孙子（我该叫侄儿）说，不如酸辣汤。丈母娘仍然是谦虚谨慎戒骄戒躁有则改之无则加勉。从来没有说："你说不好，那么，你倒是给我做一碗看看？"

所以，丈母娘的饭菜与时俱进；饭桌上的"意见"越来越少。每个人都成为美食家兼评论员，对于厨师来说，是个"麻烦"，但是，又何尝不是一种"挑战"。这样，丈母娘继续主政，食客们也继续参政议政，每个人都有事情做着，没有闲人，其乐融融，这不就是太平盛世了吗？

不是说治大国如烹小鲜吗，由此可以推断，丈母娘如果当皇上，其水平当不在汉武帝之下也。

## 长今不寂寞

同样是宫廷戏，中国的宫廷戏和韩国的宫廷戏还是有所不同的。首先，韩国宫廷戏画面是明丽的，不像中国的宫廷戏，比较灰暗，这是韩服的功劳，尤其是宫女们的服饰，大红大绿的，怪好看的，其次，就是建筑、道具的颜色丰富，就是菜肴，也是五彩纷呈、争奇斗艳的。当然，既然是宫廷戏，也就免不了钩心斗角。两股势力（或者说是两种人格）的斗争，贯穿始终，这是宫廷里的家常便饭，中外皆然，古今一律的。

因为选择最高尚宫，把韩尚宫和崔尚宫推向了 PK 台。台上是两个人，台下是两帮人，也叫亲友团，或者叫 Fans。韩派有长今、连生、郑尚宫；崔党则有今英、令路、提调尚宫。闵尚宫和阿昌（内人）本来是不结盟的，只要有好东西吃，就行了，可是，当崔党采用不正当竞争手法的时候，闵、昌也倾向于韩了。

最高尚宫的位置，只有一个，而竞争者有两人，这一上一下之间，便有着天壤之别也。胜利者，领导御膳厨房，失败者，只好打发到酱园子里去了，这是游戏规则，事先就是这么定好了的。作为有着四代最高尚宫家族的崔尚宫，志在必得。而手艺、人品俱佳的韩尚宫，也立志要改一改御膳厨房的面貌，所以，全力以赴。最终，韩尚宫独占鳌头，如愿以偿，崔尚宫功亏一篑，黯然神伤。

崔氏家族的后代今英，本来是长今的好朋友，宫女时代，她们切磋厨艺，共同进步。可是，因为家族的利益，使今英和长今之间产生了距离。更因为内卫侍官闵政浩，使今英产生了怨恨。今英长期暗恋着闵大人，可是，进了宫，就是皇上的人了，她只能把暗恋继续藏着。可是，长今的出现，使今英的暗恋对象变得缥缈和虚无，因为，闵大人显然是把注意力全部投入到长今身上了，这是争强好胜的今英所不能容忍的。所以，她要把竞争对手赶出宫里，给崔尚宫出了不少馊主意，而且，屡试不爽，一剑封喉。今英是一个聪明人。聪明人使坏，是非常可怕的。

生活在皇宫，享受着荣华富贵，这是宫外的人们羡慕不已的，所以，一旦宫女们被惩罚驱逐出宫，便伤心欲绝。最高尚宫病退出宫，也就走到了人生的尽头。可是，正如张爱玲所说，人生是一袭华美的袍，里面长满虱子。后宫表面的繁华，掩盖不住内心的空虚和寂寞。虽说都是皇上的人，可是，皇上的人实在是太多了，要成为真正的皇上的人，谈何容易。连生有幸成为皇上的人了，可是，又不幸被皇上遗忘了。被皇上遗忘了的尚宫，连内人也要瞧不起的。如果你是好人，怎么皇上不喜欢你了呢？皇上不喜欢你，就说明你不是一个好人。不是好人，我们就有理由欺侮你，你还委屈了不是？连生没有以怨报怨、以暴制暴，那是性格使然。连生是一粒没有被污染的善良的种子。就是对于今英和令路，看法是有的，但是，当今英和令路落难的时候，连生还是去看望她们了，出宫陪皇上洗温泉的时候，还特意给他们捎来两瓶矿泉水。

皇上是一个美食家，整天就是吃饭，在吃饭的时候办公，在办公的时候吃饭，吃饭之用处大矣。吃饭的时候，左右丞相分坐两边，御膳大人、提调尚宫、最高尚宫、内人肃立一旁。皇上说好吃，他们的脸上便阳光灿烂。如果皱了下眉头，他们便诚惶诚恐。在这样高度紧张的气氛中工作，心脏是要受不了的。所以，他们需要释放紧张，寻求补偿。

皇上是至高无上的，不能觊觎的。一人之下，万人之上，还是有可能争取的。所以，左右丞相从来都是冤家对头，这很容易让我们想起《康熙王朝》中的明珠和索额图。韩尚宫和崔尚宫之争，今英和长今之争，阿烈（女医官）和长今（作为医女——相当于护士的长今）之争，便都成为一种“理所当然”。竞争本来是一件好事，可是，不正当的竞争，往往使人性扭曲、道德沦丧。诗外功夫，最终出场。

郑尚宫病退的时候，向韩尚宫作临别赠言，披肝沥胆，语重心长。长期生活在宫内，难免有些利欲熏心。因为寂寞，难免要争宠；因为寂寞，难免要夺权；因为寂寞，难免要捞钱；因为寂寞，难免要给人使绊子。这些都是应该“理解”也是可以理解的。不要因为自己坚持了正义，就对别人不宽容。如果郑尚宫坚持自己一贯的主张，凡事一定要搞个水落石出，那么，长今或者今英就要掉脑袋了，因为，她们之中必然有一个人说了假话，做了错事（这就是今英藏符咒和长今找册子那段）。郑尚宫采纳了韩尚宫的建议，以“不了”了之，实在是一种智慧。如今，长今历经磨难，又“杀回”宫里来了，两股势力的斗争，又被摆上了议事日程。以长今的智慧，是不会报复的了，至少不会置对手于死地。这才是强者的做法，也是仁者的姿态。为什么，因为长今不寂寞啊。她的目标，就是要实现母亲的遗愿，成为最高尚宫，成为皇上的保健医生。

# 天子呼来不上床

长今和闵政浩暗恋多年，情投意合，相互提携，共同进步。正当事业有成、爱情成熟之际，不料皇上横插一杠。皇上明确告诉他的情敌：朕也爱慕长今。作为人臣的闵大人当然知道臣是不能和君争女人的。可是，面对自己心爱的长今，闵政浩又实在不能“激流勇退”。两个男人和一个女人的故事，已经被小说家演绎滥了的一种故事，可是，在韩剧《大长今》里，却能够别出心裁，另辟天地。

作为当事人的长今，显然处于关键的地位。搁在别人，能够得到皇上的宠爱，做梦都能高兴得坐起来呢。可是，长今对于皇上有尊敬、有忠心，却没有爱情。面对皇上的发自肺腑的求爱（作为皇上，我命令你不要走开；作为男人我请求你接受我对你的爱），长今没有忘记和闵政浩在患难之中建立起来的情感，婉言谢绝了皇上的求爱，很有“天子呼来不上床”的气魄了。

每一个宫女，在理论上“都是皇上的人”，作为宫女时代的长今，当然不能越雷池一步，向政浩表露爱慕之情。可是，现在长今成为医女了，医女则不是“皇上的人”了。因此，长今的拒绝是有理论根据的。可是，皇上只要把长今的身份由医女变成内宫，就名正言顺了。然而，长今说“不可以”。本来，君要臣死，臣不得不死。皇上要一个女人，没有办不成的事情。可是，我们的中宗实在是一个“好皇上”，他忍受着不被接受的郁闷、愤懑，没有采取强迫的办法（那样，可以得到长今的身却不能得到长今的心），而是非常理智地“退一步”：任命长今为皇上的主治医师（官至三品）。

这是一个多么美好的结局啊。长今虽然没有和政浩结合，也没有成为“皇上的人”，但是，政浩和皇上都可以在心里爱慕着长今，长今虽然牺牲了自己的爱情，但是，因为有了自己的事业，也足以名垂千古了。可是，几个一心维护正统的大臣，联名弹劾了闵政浩，皇上也顺水推舟，公报私仇：“就这么办吧”，把自己的情敌就这么轻而易举地给解决了，所谓眼不见，心不烦。皇上没有杀闵政浩，已经是皇恩浩荡了，我们不能再有更高的要求。因为，作为皇上，有点小气；可是，作为男人，也只能这么做了。倒是那几个道貌岸然的大臣，真恨得我牙根痒痒的呢。

# 伍子胥的尴尬风流

电视剧《卧薪尝胆》塑造的人物鲜活，伍子胥是一个。伍子胥身为两朝相国，一人之下，万人之上。大王尊重，大臣畏惧，一言九鼎，呼风唤雨，可谓人臣之极也。可是，即使是这样一个忠心耿耿的相国，也难以逃脱失宠被赐死的命运，可见，伴君如伴虎的古训是多么英明正确。可是，我们在痛恨大王的不仁不义的同时，也不得不检讨一下作为大臣的伍子胥本身存在的问题，因为，不如此，就不是辩证地看问题。

孔子曰，与人谋，忠乎？伍子胥可谓忠也。而且，不是愚忠，而是“智忠”。可是，最聪明的谋臣，也有“拎不清”的时候。伍子胥的“拎不清”，不是看国家，看别人，而是看自己。就是说，伍子胥始终没有看清楚自己到底是一个什么“东西”。

伍子胥是从楚国来到吴国“参加革命”的，可谓“国际主义战士”了。他不把自己当外人，为了吴国，可谓宵衣旰食，呕心沥血。因此，才得到先王阖闾的重用，凡事必问相国，临终遗言把选择国家接班人的大任也交给伍子胥了，这实在是对于伍子胥的最大的肯定。阖闾死后，伍子胥在一定程度上，甚至行使了大王的职责。即使夫差当上了大王，伍子胥也仍然没有把夫差“放在眼里”。这时候的伍子胥，真的把吴国当作自己的国家，把自己当作吴国的国君了。这，就犯了一个为臣的大忌：越俎代庖，主奴颠倒。伍子胥的杀身之祸迟早会到来，只是时间问题。

阖闾时代的伍子胥之所以安全，是因为有大王阖闾在那儿压着他，他的一些治国方略还不会说施行就施行。夫差时代的伍子胥之所以危险，是因为夫差在一定程度上压不住伍子胥，这样，伍子胥的表现就没有了约束，伍子胥就难免锋芒毕露、咄咄逼人了。羽翼未丰的夫差也许还能够忍受一时，可是，一旦夫差建功立业了，翅膀硬朗了，他还会听命于这个聪明的相国在一旁指手画脚、决断乾坤吗？倘若如此，大王的颜面何在？

在对勾践是杀还是不杀的问题上，君臣之间产生了极大的分歧。这时候的夫差已经是打败越国的圣主了，在某种程度上，也被胜利冲昏了头脑了。伍子胥执意要杀勾践，便是存心和夫差过不去，存心要坏了夫差作为大国君王的信用。是可忍孰不可忍也。

历史经过几千年的沉淀，我们当然觉得伍子胥是对的，这有后来的越国的复兴，吴国的衰落，夫差的自杀为证。夫差拔剑自刎的那一刹那，肯定是领悟到伍子胥的建议是对的，肯定是追悔莫及的。可是，历史不能重新来过。更加奇怪的是，后来的君主也仍然不听大臣的劝阻而犯了一些常识性的错误，后来的大臣也仍然不能吸取教训，仍然多嘴多舌给自己招来杀身之祸。

悲剧在所难免。因为，这是身份所决定了的。国家是人家的，你伍子胥只是人臣，而且，还是客卿。所有的“打工仔”都不会得到老板百分之百的信任，为越王勾践出谋划策，为越王勾践复国雪耻的文种，也没有得到勾践的绝对信任，一边委派文种守国，一边又暗地里派大将军石买监督他。从制度上讲，这是勾践的聪明之处，他已经知道现代企业制度的设置了，有董事长，有总经理，有监事。勾践就是董事长，现在要出国打工了，文种是总经理，石买就是监事。可是，从内心讲，勾践是不信任文种，犯了用人不疑，疑人不用的古训。所以，才有后来的赐死文种的暴戾做法。

这样看来，为人臣者要想善始善终，也太难了。其实，说难，当然是难；说不难，也不难。关键在不贪。伍子胥当然不贪污受贿。可是，他贪功。贪功有时候比贪污受贿更容易引来杀身之祸。因为，作为大王，他是不太在乎你的家里金山银山的，就像乾隆不在乎和珅。可是，大王太在乎大臣、将军功高盖主（震主）了，就像汉武大帝在乎卫青、就像汉高祖在乎韩信。

我这里有一个法子，是从钱钟书那里偷来的，是：不太尽心。或者，是从鲁迅那里借来的：偶有不知。钱钟书说，尽信书，则不如无书；尽不信书，亦等于无书。不尽信书，斯为中道也。鲁迅说，与大人谈，应当装作偶有不懂，什么都懂，遭人嫉恨，什么都不懂，让人瞧不起，只有偶有不懂，这才让大人欢喜，让领导有威信。（以上引用都是“大意”）。如果（如果能够如果，历史就将改写了）伍子胥对于吴国的国家大事，不太尽心就好了。太尽心，往往会急躁冒进，恨铁不成钢，甚至不把大王放在眼里，这样给大王一种压迫感，大王当然是不会高兴的；太不尽心，便是没有融入国家，而是以客卿自居，就是对吴国不忠，对吴王不孝。自然也是不能得到好果子吃的。唯有不太尽心，便好了。好便是了，了便是好，没有好，哪来了，没有了，哪来好？伍子胥关于杀勾践之事是没完没了地和吴王夫差唱对台戏，吴王对于伍子胥的嫉恨已经埋下了种子。大王向臣子问政，作为臣子，不要什么事情都和盘托出，仿佛就你能，有些英明决策，也要留点儿给大王，这样才能够使大王有颜面。你不给大王颜面，大王就不会给你性命。你看，颜面和性命是何等的攸关啊。人人都有知识的盲点，大王也不例外。许多公司里的业务骨干（总经理、总经理助理、业务主管）最后不得不走人，就是因为他们对于公司的决策、经营、管理太尽心了，把公司当作自己的公司了。其实呢，公司是人家董事长的，你呢，不过是一个打工仔，至多，是一个高级打工仔而已。

# 作为贪官的太宰伯嚭

吴王夫差身边有两个大臣，其一为相国伍子胥，其一为太宰伯嚭。《史记》里有《伍子胥列传》，没有《伯嚭列传》，可见太史公是没有把伯嚭“列入课题”的，但是，既然伯嚭大小也是一个人物，所以，在《伍子胥列传》里，也提到了伯嚭。电视剧《卧薪尝胆》里的伯嚭，和司马迁笔下的伯嚭基本上是一致的，就是说，是贪官，是佞臣，喜欢在吴王面前打小报告，最终把伍子胥送上了死路，而伯嚭自己呢？据说是降越为臣了，一说是，被勾践所杀也。

如果说，越王身边的大臣范蠡、文种都是好人的话，那么，吴王身边的大臣子胥、伯嚭就不是这样了。两个好人有时候并不能长久地在一块儿共事，所以，范蠡才有功成身退之举。当越王勾践在吴国为奴的时候，本来是要范蠡和文种一块儿守国的（因为，他们两位并非越国人，犯不着受此侮辱），可是，范蠡主动要求随越王勾践一道前往吴国为奴。因为，一个好人就够了，两个，显然是浪费。

伍子胥和伯嚭则“一个都不能少”，这是“最佳搭档”，就像后来的和珅和纪晓岚。水至清则无鱼，人太正直、廉洁，也并不招人喜欢，至少是吴王不喜欢。寡人不喜欢，就是国家不喜欢。国家不喜欢，就是百姓不喜欢。当越国要挽救国家的时候，文种首先想到的是贿赂伯嚭，当越国要营救勾践的时候，文种首先想到的还是伯嚭。可见，如果没有伯嚭，也就没有越国的复兴，没有勾践的从头再来、再度辉煌。贪官之用大矣。

贪官伯嚭对于吴王夫差的用处也不可小觑。因为，伍子胥的力量太大了，大到可以和吴王分庭抗礼的程度。吴王说，不许杀勾践，伍子胥则背着吴王，要置勾践于死地。如果没有伯嚭从中“捣乱”，吴王还被蒙在鼓里。伍子胥这是犯了“欺君之罪”啊。这是作为臣子应该做的事情吗？不和中央保持一致，你这是另立中央，你这是架空皇帝，罪在不赦。伍子胥的遭嫉恨，伯嚭的被宠信，是有道理的。所谓顺王者昌，逆王者亡。

本来，作为总理的伍子胥和作为副总理的伯嚭，都是来自楚国，是客卿，同是天涯沦落人，相逢何必相嫉恨？纵然伯嚭有千万个不是，人家也是一个副总理，是你的同僚，你当朝骂人家小人，实在是太不给面子了。面子对于中国人意味着什么？你这是逼良为娼啊，你这是自掘坟墓啊。是你先不仁，伯嚭才不义啊。一个人的能力有大小，即使你伍子胥再聪明，也不能不给比较不聪明的伯嚭分一杯羹吧？现在，你要砸人家的饭碗，人家还不跟你拼命？贪污受贿怎么了，那也是“正当防卫”，我不远千里来到吴国是为什么？说白了，我就是为了荣华富贵，为了金钱美女。我为吴国做出贡献了，吴王都没有把我这点贪污的事情放在眼里，你凭什么就不能容忍呢？

夫差当然不是瞎子，更不是笨伯，他当然知道伍子胥比伯嚭人格高尚，谋略高强，性情高傲。可是，正因为有这三高，才使我们的吴王眼晕，不好对付。一个没有把柄捏在吴王手里的伍子胥，越来越成为吴王推行全球霸权主义的一块绊脚石了。而伯嚭则见风使舵，揣摩吴王的心思，迎合吴王欲称霸天下的雄才大略，主张“北进”。作为臣子，大王打个哈欠就把枕头递过来，这样的大臣，咱不宠信，谁宠信？把伯嚭放在身边，也是为了制衡你伍子胥不可一世的强硬政策，否则，你还不把尾巴翘上了天？

况且，伍子胥也不是没有缺点，他的性格是有缺陷的，这才导致了他在选择接班人等方面的失误。伯嚭在向吴王进谗言的时候说，伍子胥这个人啊，性格刚暴、寡情少恩、猜疑心重，而且，太看重自己的意见了，稍有不合，就佯病不行。这些都是司马迁在《史记》里记载的。抛开伯嚭的“小人心肠”不提，伍子胥也的确存在着这些问题的。因此，越王假装贿赂王子累，来个声东击西、欲擒故纵，结果，如愿以偿，让夫差为王。伍子胥被人牵了一回鼻子，还自以为得意。可见，性格的缺陷，是多么误国坏事啊。

对于勾践，是杀是放，伍子胥和夫差产生分歧。历史证明，伍子胥是正确的，可是，这样的证明也并不是必然，吴王的“王道”理想也不是没有“道理”的，只不过夫差的运气不佳罢了。谁又能够知道，越王勾践能够忍受那么大的屈辱而不坠青云之志呢？一个国王，做了一回夫差的马夫，如果不是“臣服”，谁能做到这样“心平气和”？勾践不是人，他是神。和神打交道，输掉是正常，不输才是反常。因此，伍子胥也是神，是神，就不能见容于人，也不能和人一样有世俗的感情和眼光。世人皆醉你独醒，痛苦的只有你自己。

## 大臣们的静坐

《卧薪尝胆》昨晚奉献了两出好戏，吴国大臣们为了劝谏吴王杀勾践而集体静坐请愿；越国的大臣们为了杀范蠡而集体静坐于王府请求勾践接见。这是我们在电视屏幕上看到的关于静坐、请愿的最早的画面，发生在春秋时代，距今约 2500 年。

相国伍子胥劝杀勾践，已经不止一次，不止一年了。可是，都因为吴王的那一份诏书，许下了不杀越王的愿，还因为吴王要做王道的霸主，不能失信于天下，所以，不能动杀戒，眼看着勾践就要回国了，伍子胥要做最后一次努力，他让行人府大人（相当于现在的外交部礼宾司司长）找来了众多的文员大臣，来了一个集体静坐请愿，看你夫差怎么办。

这一招还真的使吴王头痛。这是公然叫板啊。这是叫大王和大臣们针锋相对啊。相国这是在将大王的军啊。还没有等到自己出手，就先输了。来硬的，搞镇压，显然是不行的，又不是请愿的学生，这可是功勋在身的大臣们啊，都是国家的栋梁啊，杀了他们，怎么能够实现我吴国称霸天下的宏图远略呢？来软的，搞绥靖，大约也是不行的，因为，这些老臣，不是小孩子，好欺骗，个个老奸巨猾，如果不能满足他们的实质性的要求，他们是不会善罢甘休的。

已经主持国政多年的夫差真的是成熟了许多。既然软和硬都不能解决问题，那么，就来一个软硬兼施、双管齐下。首先，他把因为在和晋国使臣签约中违规操作被革职的将军官复原职，让他带领500卫队驱赶大臣们。将军多年在相国的关怀爱护之下，显然下不了手，抗旨不遵。吴王给他两个选择：一、干；二、不干，灭你的九族。将军服软了。因为，即使自己不怕死，也不能让自己的家人也搭上啊。因为是被逼的，思想上还没有和相国划清界限，所以，驱逐不力。其实，吴王早就料到将军的屁股是坐在相国一边的，吴王只是给相国一个姿态：老子已经不怕你了，可以和你叫板了，即使你是两朝元老，又是寡人的亚父，但是，君臣是永远也不能颠倒的。

接着，开始各个击破，分散瓦解。传旨，叫司农大人（农业部长）到大殿候着，可是，大王并不接见，司农害怕了，差一点吓破了胆子，只能向相国请假回家压惊了。对于比较死心塌地的行人大人，吴王是在办公室里接见的，训斥了一通，撵出去了。而对于相国、亚父，就要礼貌得多了，为相国准备了一桌丰盛的夜宵，然后再苦口婆心地劝告相国，理解自己的王道政策。大约相国也没有什么理由再说动吴王了，就宣布撤了。

静坐，是不冒硝烟的战斗，问题很严重，吴王很生气。如果你来逼宫，倒是好办，一个字：杀！可是，你手无寸铁，以柔克刚，这不是让我处于不仁不义之地吗？你这是人海战术，是法不责众，是装孙子其实是做大爷，让我做大王的，既不能动手，又不能不动手，动手了，世人便说我太残暴；不动手，后人又说我太心软。真让本大王头痛啊。也会让今后所有的王不舒服。伍子胥发明的静坐，实在是厉害啊。始作俑者，其无后乎？

静坐虽然厉害，但是，更厉害的，还是大王。相国的这一次静坐，为自己埋下了杀身之祸。也给后人带了一个不好的头。很快，越国的大臣们就学会了。越王勾践刚刚回国，身体还很虚弱，作为大臣的石买，就来给大王添堵了，他纠集了一些不明真相的大臣们来到王府门前静坐，要求大王杀了给大王出馊主意的楚人范蠡。因为，大王正是听了范蠡的话，才到吴国为奴的，也正是听了范蠡的话，才向夫差屈服的，范蠡让越国和越王丢尽了脸面，所以，范蠡罪在不赦，必须死掉。

越王还没有发话。估计今晚也不会同意石买他们的建议的，即使勾践要杀范蠡，也不会是在这个时候杀，更不能是因为大臣们的静坐、请愿就杀。倘若如此，也太不把本大王放在眼里了。随便一静坐，就让大王听了你们的，今后，大王的威严何在？动辄就来静坐、请愿，搞给谁看？我们不是有言路的吗，不是有朝会吗？不是有觐见、进谏吗？你现在集体跪门，这不是建言献策了，而是威胁要挟。是可忍孰不可忍也。

作为臣子，如果不能为大王分忧，至少也不能给大王添堵，这是臣子的本分。相对而言，太宰伯嚭就很聪明。伯嚭也有进谏而不被吴王采纳的苦恼。可是，伯嚭不来静坐，不搞绝食，他采取曲线救国（也许是误国，但本意大约不是危害国家的），为了使吴王不杀勾践，以此来灭一灭不可一世的伍子胥的嚣张气焰，伯嚭即使知道了伍子胥欺上瞒下给勾践用刑，也没有直截了当地向大王告密，而是通过王子，委婉地传达了这个消息，把越国行贿的锆石作为玩具送给了王子。大王当然知道这是变着法子让大王受贿。可是，心里显然是非常高兴的。这说明伯嚭是忠心的，是有诚意的。送礼，从来是一种心意的表达，礼物的多少贵贱倒在其次，尤其是下向上送。作为大王，缺什么呢？缺的只有作为臣子的一份孝心而已。伯嚭投其所好，不硬来，同样达到了自己目的，这是怎样的政治智慧啊，又是怎样的委曲求全啊，把自己当孙子，和王子一块儿玩那种低级游戏，还要玩得浑然天成，容易吗？大王说，难得你的一片忠心！

春秋之后几度春秋、几度夕阳红，静坐请愿的流弊大有愈演愈烈之势。具有深邃洞察力的鲁迅先生发出沉痛的劝告：不要请愿。刘和珍君们的鲜血也仅仅成了为了忘却的纪念。有人说，鲁迅不是大师，不是思想家，谬也。不是思想家，能够说出“不要请愿”的话吗？不是大师，能够让一帮又一帮的小人抡起板斧来“灭”吗？钳制思想家、灭大师的事情还会发生。因为，有些人永远也摆脱不掉那种与生俱来的奴才思想以及不可救药的隔膜。

# 乱弹

# 不要灭大师

我一直认为，鲁迅遭人嫉恨，是因为他论时事不留面子，贬痼弊常取类型，因此，得罪了一些人。余秋雨挨人板砖，是因为他满口文化四处顾问，一上镜便侃侃而谈，一出书便洛阳纸贵等等。可是，一向温和得如绵羊一般的钱钟书，也被人作践，便有点儿匪夷所思了。我在长沙的《书屋》杂志里发现了这样一段惊世骇俗的言论：

“杨绛的《我们仨》，一听名字就觉得无聊。过去读她的《干校六记》，一直觉得此人对人尖酸小气，自己清高自负。他们这一家，总觉得全中国只有他们仨才是真正的文化精英，颇有些居高临下而又画地为牢的意思。写这样的回忆无非是把逝去的家人把活着的自己把玩一番，跳不出那自恋的圈子。”

“钱钟书有一流的智慧和学养，但没有一种傻劲。他的小说中充满对所有人，包括对儿童的讥刺，有足够的幽默、机智或者油滑，却没有大作品的庄严，没有真正打动人的力量。没有深刻的悲哀和美感，《围城》中没有一个真正有个性的人物，没有刻骨铭心的感情，只有一种从头至尾犬儒主义和投机主义的氛围。”

这便是一直流行在文化界内的所谓“灭大师”了。有些人，为了吸引眼球，推销自己，是不惜胡说的。墙角抹屎，无人问津，佛头着粪，万众瞩目。《我的先生王蒙》出版，他（一个叫“伍国”的评论家）不无聊；《嫁给刘欢》的畅销，他不无聊；付笛声、任静在舞台上那样的眉来眼去的亲密爱人，他不觉得无聊，怎么杨绛出了一本被追捧的书，在书里表达了一点儿对于逝去的亲人的思念之情，他便觉得无聊呢?

《我们仨》我是翻过的。《干校六记》我是读过的。杨绛一家受过那么大的不公平待遇，表达一点儿郁闷，怎么就是“尖酸小气”呢?《诗》都是可以“怨”的，文怎么就不能“恨”呢?一副“我不生气”的模样，就是宽容大气吗?如此说来，鲁迅的“我一个都不宽恕”简直就是“十恶不赦”了?就是特尖酸特小气了?要说尖酸小气，我看伍国这篇信口开河别有用心的文章才是尖酸小气。

钱钟书的智慧和学养，连伍国也不得不承认的。但是，伍国又说钱钟书没有“傻劲”。这有点像当年有人说鲁迅为什么不指名道姓地骂蒋介石,为什么不为了革命的事业抛头颅洒热血一样荒唐。《围成》里的幽默是那么沁人心脾,那么温暖人心,可是,伍国却视而不见,总是盯着所谓的“讥刺”。即便是“讥刺”，那也是对于人生的爱的表达。只有冷嘲，才是“没有感情”的什么什么主义的……氛围。

现在言论自由了，但是，这并不代表我们就可以胡说八道的。对于大师的起码的尊敬，应该是我们这个民族的一种美德。我们不能为了一时痛快，为了标新立异，今天把圣人逐出文庙，明天把领袖拉下神坛，今天灭这个，明天灭那个，弄得这个世界没有一点儿“庄严”，弄得人人都像某些人似的猥琐不堪，一地鸡毛，似乎这样，才是天下太平，万寿无疆。因此，我对于文人们的一个希望是：

不要灭大师。

# 文人的穷

孔乙已说，君子固穷。孔乙已穷得只剩下一件长衫了。为了读书，还做起了“窃书”的事情，让人给打折了腿。曹雪芹的公子时代，是富裕的，到了“家道中衰”，步入作家时代，则穷得“举家食粥酒常赊”了。鲁迅本来也是一个“食利者阶级”，因为祖父犯事，由“小康人家坠入困顿”，也就开始了文字生涯，进入文人的行列了。司马迁就“更穷”了，穷得连赎命的钱也拿不出来，最终被汉武帝变成了“刑余之人”。上面三位，是我最崇敬的文人。

文人也有不穷的，甚至富裕的。但是，文人纵然是有着金山银海，过的日子也只能是粗茶淡饭。比如托尔斯泰。因为，文人手中的笔，也仿佛是身体里的血管一样，若要保持通畅，便不可以“油腻”了，“脂肪”高，会堵塞血管；奢侈的生活，也必将扼杀文运。现在的网络写手、畅销书作家，比如韩寒，比如郭敬明，比如北京女病人，他们与其说是文人，不如说是商人。就是金庸大侠，也不再是纯粹的文人了。

文人为什么穷呢？一个“固”字，是“有道理”的。这和文人经营的品种有关。

文人经营文字。“千字百元”，如今的“行情”就是这么定的。虽然也有“千字千元”的买家（比如《女友》《知音》等等），但是，那样的文字，一般不是出自于文人之手，而是出自文贩之手。而文贩贩卖的已经不是自己的心血，而是别人的隐私，冠冕堂皇的说法，也只是别人的“经验”。

真正的文人，不卖隐私，不卖军火，不卖毒品，只是经营着自己的文字，燃烧着自己的才华。靠手艺吃饭，凭良心做人，在这个世界上，是不能发达的了。或许有人说，二月河不是也挣了几千万的稿费吗？那是一个“特例”。我这里只“研究”“众案”“通例”。再说了，二月河也不是一个文人了，他是个“编剧”。

文人的穷，历来为富家子弟所瞧不起，也让老婆孩子看轻。文人自己也常常有妄自菲薄的意思。文人憎恶这个穷，又离不开这个穷。因为，这个穷，是文人的安身立命的所在，是文人的注册商标，是文人的营业执照，是只此一家，别无分店。文人开始的时候，有点顾影自怜，时间长了，便沾沾自喜。开始的时候，还想要一夜暴富，后来，便安之若素。文人之瞧不起大款，正如大款之瞧不起文人一样，根深蒂固，牢不可破。

猪往前拱，鸡朝后刨，各有捞食的招。不必“统一”的，也不能“统一”。有了这分清醒，我们就不会像某些大款有了银子，买一部黄金印刷的配备了特制书橱的《二十四史》，摆在客厅里。我们也不会像某些穷光蛋，把祖传的古籍拿出去卖了，在地摊上买了一件“皮尔·卡丹”以此步入上流社会，却被人耻笑为冒牌货而成为不肖子孙。该是什么，就是什么。离开了本分，就掰。

## 文人的酸

正像“为富”之后跟着“不仁”，“穷”的后面也常常有个“酸”做伴儿。当然，富贵而又仁义的人也有，比如比尔·盖茨先生。穷且不酸的也有，比如司马迁先生。司马迁因为交不起赎金而丢了命根子，可是，他并没有因此而瞧不起金钱。他的《货殖列传》，是一部相当深刻的经济学著作。

当然，更多的是为富不仁和穷酸。有些富翁，经过了原始积累，挣得金山银山，盆满钵满，可是如果要让他做点善事，仿佛是从铁公鸡身上拔毛。他们总是觉得自己还很穷，总是说等他挣更多的钱，像比尔·盖茨一样富裕了，保证捐款，搞一所希望小学。他们不知道，比尔·盖茨像他这么“贫困”的时候，就已经开始做善事了。

酸是穷的一个防腐剂，一个保护层。自己得不到的东西，有两个办法可以将它“摆平”，一个是想方设法创造条件去得到它，这样比较费事，也比较艰辛。倘若懒，就采用另一个方法，否定它，把它说得一钱不值，咱不稀罕，老子从前也曾经阔气过，人参还没有胡萝卜清脆可口而又价廉物美呢。

文人穷，那是“职业本色”，没什么丢人的，也不必妄自菲薄。可是，自己没有钱，却瞧不起有钱的人，甚至连谈钱字都觉得是俗不可耐，就丢人现眼，就是酸了。不蔑视金钱，应该是文人的一个底线。否则，你不仅穷，而且酸。穷，是一个能力的问题；酸，便是一个立场的问题了。穷，还只是没本领；酸，便是没品格了。穷酸，就俗了。你想，谁愿意和俗人打交道呢？

要做一个彻底的不泛酸的文人，除了过朋友这一关，还得过老婆这一关。女人嘛，总是希望过得好一点的。这没有错。可是，女人错在把好的生活全部寄托在了男人的身上，弄得男人很沉重，很有使命感。这时候的男人（作为丈夫的男人）常常会守不住最后一道防线，泛酸了。比如，女人不高兴了，就说人家的男人如何能挣钱，自己的老公是个窝囊废。这个时候，一般的男人便会原形毕露，会反唇相讥说：“你看人家有钱，你去跟人家过好了，还守着个穷光蛋干什么呢？我虽然穷，但是我能文，那个大款也有作品发表吗？”

维特根斯坦《逻辑哲学论》最后一句话说：“一个人对于不能谈的事情就应当沉默。”我想，一个文人不能谈的事情，就是瞧不起钱以及有钱的人。对于金钱和大款，如果我们管不住自己的嘴巴，不能保持沉默，那么，我们至少也要做到：只唱颂歌，不下檄文，否则，便是酸了。

# 文人的病

鲥鱼多刺，《红楼梦》不完，历来是一个遗憾，现在，我愿意再加上一条，文人多病。其实，说是遗憾，其中也含有自满或者自负。正因为鲥鱼多刺，味道才最为鲜美；正因为《红楼梦》不完，那韵味才最值得品咂。文人的多病，也就仿佛是河蚌的孕珠，病，实在是不可或缺的一道“程序”了。

我考察了中外文学史，发现，疾病对于文人中的个体，是一个灾难，可是，对于文学事业的整体，则是一个幸运。这和我们看小说、看电视一样，喜欢看悲剧。越是悲恸得惊天地，泣鬼神，让我们哭得泪人儿似的，越是好戏。

如果说，司马迁被处以腐刑，也算是一个病，那么，司马迁无疑是病得最重的一个文人了。所以，《史记》是有史以来最伟大的文字也就不足为奇了。不是说，人一旦成为“刑余之人”就文思泉涌（如果那样，太监将是中国文学史上的一支有生力量了），而是说，“疾病”实在能够使我们的文人“戒骄戒躁”，深入思考，对于生命，对于生活，有着突飞猛进的感悟。

我们知道，鲁迅是患有肺病的。贾平凹是患有肝病的。巴金的《随想录》写作时代，他已经进入老年多病阶段了。张中行写《负暄琐话》系列，也是这样的情况。当然，这里说的病，不是大病，不是卧床不起，不是病入膏肓。只是，需要吃药，需要挂水，这样。就有了闲暇，有了对于生命的意义的思考，有了对于“立言”的追求。人之将死，其言也善。这时候的文字，便少了些浮躁，多了些平和。少了些肤浅，多了些深刻。我们阅读鲁迅晚年的杂文，比如《病后杂谈》《病后杂谈之余》《这也是生活》《死》，常常会感受到满篇浮动着人生的智慧，通透、通达、痛快淋漓。是的，都是快要死的人了，说话自然是少了些顾虑，多了些洒脱。瞿秋白的《多余的话》、赵丹的《最后的话》，都是因为这样，才那么振聋发聩，不同凡响的。

贾平凹体弱多病，一段时间，每年待在医院里的时间比待在家里的时间多，每天吃的药比吃的饭多。贾的多产，贾的悲悯，和病绝对有关系。病了，便少了些应酬，多了些孤独。孤独，是文学创作的一个条件，当然不是唯一条件，不是绝对条件。否则，皇上都应该是文学家了。因为，皇上是这个世界上最为孤独的人，皇上总称自己为“孤家寡人”。当代文学史上最为著名的例子，是史铁生。因为双腿残疾，成为轮椅人生。可是，就是因为这样的遭遇，创造了一个文学史上的奇迹。史铁生的文字，通灵剔透，大彻大悟，充满了人生的睿智，读来，如醍醐灌顶。这使我们相信，文字的力量是如此之大，我们因为能够阅读，是怎样的幸福。《我与地坛》是我看过的最为优美的文字，每次阅读（我不记得读过多少次了），都要流泪的。后来，在《钟山》杂志上，又读了史铁生的《病隙笔记》（摘选），更加坚信了疾病对于有着“不断地努力”的人，永远不是灾难，而是财富。

如果文人自己是健康的，那么，文人的亲人的疾病，也往往成为文人的一笔财富。鲁迅童年时代因为父亲的病而出入当铺和药铺之间，从而使他看清了世人的真面目，已经是文学史上的一个典故了。哲学家周国平的女儿妞妞的不幸夭折，也给周国平“带来了”无限的创作灵感，对于他的哲学思考，起到了“点化”似的作用。是的，生命的无常，人生的短暂，幸福的人和不幸的人的隔膜，种种感触汇集心头，我们的作家夜不能寐了，病蚌孕珠了，发人所不能发了。于是，一种现象，经过反复强调，终于越来越清晰了：文人的病，文学的命。文学，永恒的主题是什么？是生老病死，是爱恨情仇，是喜怒哀乐，作家体验得越多，收获得越多。

我们当然希望父母常在，子女平安，一个都不能少。但是，人有悲欢离合，月有阴晴圆缺，当不幸来临，我们也不必怨天尤人，一蹶不振。幸福的人，如果要体验生命的无常、疾病的缠绕，最好的办法是阅读以上作家的作品。只要读了，就有收获。虽然是纸上得来的，对于我们是“间接”的经验，但是，对于司马迁、曹雪芹、鲁迅、贾平凹、史铁生、周国平……则是直接的经验，同样也是深刻的。

## 文人的用

农民种粮食，可以果腹；工人盖房子，可以居住，都是有用的。文人码字儿，有什么用呢？你会说，文字，可以逗闷子，可以让生活过得舒服啊。可是，搞笑，文人不如马季；舒服，文人又不如巩俐。这当然是“气话”。其实，文人还是“有用”的。只不过，这个“用”，不太好把握，常常被忽略，以至于有“百无一用是书生”（书生也是文人）之感慨。

农民种田，工人做工，他们的“产品”，是可摸、可感的。再说了，马克思早就说过了，人们只有吃饱了，穿暖了，才能从事批判（大意）。可见，吃饭穿衣，是多么大的事情啊。连“批判”，都要以“吃穿”为基础、为条件。一般人的错误，便是走了一半便停止了脚步，以为人只要吃饭，只要穿衣，就行了。这样，当然是农民有用，工人有用。因为，还没有“用”到文人嘛。

如果说，农民是安抚我们的肚子的，工人是安稳我们的身子的，那么，文人则是安慰我们的心灵的。饿着肚子，光着身子，当然不会有愉悦的心灵。可是，你能够说，吃饱了，穿暖了，甚至于，吃上山珍海味，穿上绫罗绸缎，心灵就快乐了、崇高了，也像山珍海味一样鲜美了，也如绫罗绸缎一样华丽了吗？显然，不是一回事情。

不是说，作家是人类灵魂的工程师吗？建筑工程师用砖头盖房子，灵魂工程师用文字铸精神。他们在两个不同的领域，为了一个共同的目标：那就是打造一个大写的人。鲁迅说，文艺，是引导国民向上的炬火。那么，文人，便是这炬火的播种者。每一个文人也许只是星星之火，但是，无数个文人便可以成为燎原之势。

有一段时间，文人被搞得灰头土脸的，很自卑，很不好意思了，成为手不能提篮，肩不能挑担的“废人”。他们总觉得，自己有罪，简直罪该万死，是农民养活自己的，是工人温暖自己的，自己简直就是一个寄生虫、一个窝囊废。只能讲一讲“马尾巴的功能”。其实，这不能怪文人的，而应该怪“伟人”的。因为，伟人把文人搁错了地方，文人的舞台，在课堂，在书房；农民的天地，在农田，在谷场。这里，不好乱调换的。

当年，方鸿渐同志和一行人跋山涉水，从上海赶往湖北三闾大学任教，一路上，赵辛楣找旅馆，孙柔嘉跑邮局，李梅亭还“贡献”了两粒人丹，方鸿渐呢？除了说些笑话，简直是没用。可是，这“没用”正是方鸿渐的“用”。它是精神层面的，是“形而上”的，是不可或缺的。如果没有方鸿渐，这段旅程将是何等乏味、何其漫长啊。文人，便是给乏味的、漫长的、寂寞的、彷徨的人生以趣味、动力和欢乐的，这个“用”，还小吗？

文人之用大矣。

## 文人的自负和自卑

农民也是自负的，所谓“庄稼是自己的好”（老婆是人家的靓），但是，没有文人的自负来得高：“文章永远是自己的棒”（不是第一，因为“文无第一”，这个“棒”就算是“第二”吧）。农民的自负，到底还是可以“检验”的，一亩地，几垄苗的，拔拉拔拉，总是可以秤出斤两的。文人的自负，便没有边儿了。因为，农民生产的不过是“材料”，而文人生产的是“才气”，材料是有形的，而才气，你见过是方的还是圆的吗？于是，“大象无形”“大音希声”，文人的牛皮是可以吹破天的，而且，不负责给补漏。

拿破仑够牛的了，他用宝剑，征服了世界。可是，拿破仑也有“滑铁卢”。于是，我们的文人巴尔扎克同志说，拿破仑用宝剑没有完成的事业，他要用笔来完成。法兰西政府办公室里即使有一个秘书处，也不过是给一个总统当秘书，可是巴尔扎克要给整个法国社会做秘书，他要记录一个时代。

汉武大帝文韬武略，南征北伐，打击匈奴，收复东瓯。可是，他也有力所不及的地方，也有没有得到的阳光。最后，下“罪己诏”，承认“失败”了。可是，我们的文人左拉同志，在投身文学事业之初，就在火炉的墙壁上刻上一行金字：或者没有，或者全部。一部《卢贡马卡尔家族》（包括《萌芽》《娜娜》《小酒店》等二十几部长篇小说），让左拉获得了全部的荣誉。

正像大俗就是大雅，每枚金币都有两个面，自负的文人也都有着自卑的一面。虽然学富五车，才高八斗，但是，都是自学成才的，还没有文凭。于是，为了不让有文凭的教授小看了，为了不使把文凭看作是文化的存折的父亲母亲岳父岳母伤心，所以，方鸿渐还是买了一个假文凭。文章，自然是自己的好。可是，大家好，才是真的好。只管播种，不问收获，只不过是一种拿腔作调而已。文人拿出一部作品，便仿佛郭达的小品《产房》，那个紧张，比生孩子的老婆还要紧张。因为，播撒的是龙种，收获的是跳蚤，那是命不行。可是，如果酿造的是美酒，却被不识货的人当成酸醋倒掉，那可就冤屈死了。更加不幸的还不是这个。是什么呢？是——写不出；或者，发不了。难产，对于孕妇来说，当然也是一个痛，但是，毕竟肚子里还有货，还是一个实在的痛。可是，难产，对于文人来说，则常常是因为肚子里没有货，这就是一个虚无的痛了，是没着落的痛了，简直是要痛不欲生呢。这时候的文人，最自卑，最脆弱。善良的人们是不会在这个时候给文人以打击的。因为，那样等于谋杀。

文人是一株苇草，是脆弱的。文人很自卑，常常是低着头，仿佛要从地上捡钱包似的。可是，文人是一株有思想的苇草，他自卑，又充满了自负，他相信，只要盯住了一个目标，上下求索，总会发现宝藏。苇草的尊严，是因为其有“思想”，也因为是其有“立场”：苇草只生活在河畔、池塘；不生长在墙头、庙堂。

# 苛论猛于虎

题目没有错，不是“苛政猛于虎”的误写。政者征也，税也。论，分析、判断事物的道理也。提出这个话题，是因为最近阅读了某作家关于钱钟书的言论而想起来的。

某作家撰文说，钱钟书是一个“麻木”的学者，是担当不起“文化昆仑”这个称号的，在全国人民都为吃饭发愁的时代里，他经过老同学胡乔木的介绍，谋得了一个“毛选”英译小组成员的饭碗。更早些时候，在全国被日本人蹂躏的时候，他还能够幽默，写《围城》，真是有些“没心没肺”了。还有，作为博学鸿儒，钱钟书竟然和邻居林非大打出手。

坊间流行的作文秘诀是在汉奸走狗身上挖掘尚未泯灭的良知，在正人君子身上寻找缺德少义的蛛丝马迹，以显示他们立论的公允。可是，我怎么越看越像是没事找事、唯恐天下不乱、躲避崇高、一地鸡毛？

不错，我们佩服面对国民党的残酷统治拍案而起的闻一多先生；佩服宁愿饿死不吃美国救济粮的朱自清先生。至于仗义执言的胡风、耿直不阿的聂绀弩，也是令人钦佩、崇敬的。可是，我们完全没有必要因此便要求所有的教授、文人都“宁为玉碎、不为瓦全”，大家死干净了，就说明我们的文坛太平无事了吗？

这样的劝人跳火坑，自己站岸边的说辞，其实我们并不陌生。

当年，不是也有人劝鲁迅出来骂蒋介石的吗？可是，鲁迅“不傻”，他没有那样做。因为，鲁迅更知道斗争的艰巨性和复杂性，他更喜欢韧性的战斗、壕堑战；而对于李逵似的赤膊上阵是持保留意见的。正因为如此，鲁迅才能在那么恶劣的环境里求得生存，保持战斗力。为了发挥杂文的匕首、投枪的作用，鲁迅不断地换着笔名，尽量使用曲笔，不给舆论督察老爷以口实。就是说，鲁迅有时候并不是“硬来”的，倒是常常“软磨”。这在激进的革命者那里，也是要被耻笑的。可是，鲁迅不在乎这些。鲁迅要的是实际的效果。

钱钟书生活在“万马齐喑”的时代，三缄其口、沉默不语、埋头学问、规避风险，这有什么大逆不道的呢？怎么就令我们的批评家不共戴天、深恶痛绝呢？钱钟书已经死了五六年了，他们还要挖坟、鞭尸，一定要把钱钟书从昆仑山上拉下来，掩入茅坑，这样才心平气和、国泰民安吗？

说《围城》没有表现全国人民抗战的风貌，只是写一些知识分子争风吃醋、鸡毛蒜皮的事情，因此，不配列入经典云云，这是我们耳熟能详的题材决定论的逻辑了，不值得一驳。牛肉自然是一块非常好的“题材”了，可是，如果厨师把它烧成不堪入口的东西，也能算是一道好菜吗？现在，钱钟书能够把几只萝卜、两把青菜做成如此可口的佳肴，我们有什么理由非要把它从餐桌上撤下去呢？

再说和邻居争执、动手的事情。有谁规定教授就不能“动粗”呢？受了别人的委屈，损着别人的牙眼，却主张宽容的人，鲁迅说，千万不要和他接近。一个谦和如钱钟书一样的人也能够动粗，从另一方面不是也说明实在是到了“是可忍孰不可忍”的地步了吗？纵然是林非占理，钱钟书不占理，动口而又动手了，又有多大的事啊，就一定要弄得地球人都知道才善罢甘休啊？斗嘴打架，不过就是一个斗嘴打架而已，张山和李四斗嘴打架是斗嘴打架，钱钟书和林非斗嘴打架也只不过仍然是斗嘴打架，如此而已，岂有他哉？一定要在鸡毛蒜皮里找出微言大义然后上纲上线发出一些莫名其妙的诛心之论，除了说明你“厉害”，还能说明你什么呢？做人要厚道。

钱钟书在中国文学史上是一个“异数”。当我们看惯了慷慨激昂、大江东去之后，忽然领略到一种温婉蕴藉、小桥流水，我们是多么欣喜若狂啊。自从“发现”钱钟书，传统的文学史的写法被打破了，可以说，钱钟书开创了一个时代、一种文风，这是一个有别于鲁迅的时代、不同于鲁迅的文风，钱钟书和鲁迅，合成了一个完整的中国现代文学史，这样才刚柔兼备、乾坤和顺。

一个大师的确立，总是会遇到小丑的捣蛋。鲁迅如此，钱钟书亦然。钱钟书拿了一点国家的俸禄，怎么就好像处女失贞似的让正人君子耿耿于怀呢？当年鲁迅每月拿国民党三百大洋，有谁敢说过什么？吃柿子拣软的捏，这帮孱头们！

先立一个高不可攀的标杆，然后把“论敌”挂上去，让他出洋相，以显示自己的高尚，其用心何其阴险啊。苛论猛于虎也。鲁迅敏锐，从来就不接受什么“青年导师”等等的头衔。钱钟书也不糊涂，也没有笑纳“文化昆仑”的高帽子。但是，我们并不因此就不承认鲁迅作为青年导师的地位，钱钟书作为文化昆仑的威望。因此，如果有人要在导师头上抹黑、在昆仑山上动土，我们是不能保持沉默的。

## 车牌被盗之后

上午，听了一档子电台节目，说的是，海州某小区，一夜之间，七八辆小车的车牌被盗。玻璃上统一贴着一张纸条，上面是索牌指南，有联系电话、银行卡账号、索回车牌的价格等等。

显然，这是近来在城市出现的一个行当从业者所为。他们在黑夜里悄悄行动，把小车的车牌卸下来，然后，坐等车主把钱存入他们的账号，然后，把车牌藏在某处，让车主去拿，于是，“游戏”结束。

不知道有多少车主，为了能够及时上路，采取息事宁人的做法，哑巴吃黄连，有苦说不出。可是，海州的这几个车主没有这样窝囊，他们到派出所报案了。可是，令他们意想不到的是，公安人员说：这么一点小事，也值得报案？派出所没有人手，还是你们自己解决吧。几句话，竟然把他们给打发了。

车主觉得委屈。可是，又不能和民警理论。于是，只好求助于电台（交广节目，为司机服务的）。主持人很热心，向有关部门反映了。并且，还专门录了一段车主和盗牌者的电话内容，十分搞笑，大意如下：

车主：我的车牌在你手里吗？

盗贼：知道还问？

车主：是这样的，我刚买的车，还没有挣到钱，能不能少打一点钱？

盗贼：你说打多少？

车主：你看，80元可以吗？

盗贼：不行。最少100元。不再讨价还价了！

车主：我把钱打到你的卡上，你能保证还我的车牌吗？

盗贼：你说呢？

车主：我是怕钱交了，可是车牌却拿不到……

盗贼：这个，你尽管放心，我们出来混，是讲究道义的。

这最后一句，可谓点睛之笔，有黑色幽默的味道。所谓盗亦有道，大约就是这个意思了。盗贼拿到钱，就给你车牌。看起来有点蛮不讲理，可是，和我们的同样拿着纳税人的钱，却不为纳税人办事的某些公安人员来说，盗贼还算是“敬业”的。

都说，人民警察为人民，可是，一旦人民有了困难找到警察了，警察却以“小事”为由，把人民拒之于大门之外。都说是人民的公仆，可是，当主人请公仆办点事情的时候，公仆却如此拿大。老话说，店大欺客，奴大欺主。如今的仆人财大气粗，如今的衙门门槛儿高可三尺。作为主人，我们却常常理不直、气不壮了。花了钱，却要求人办事。

小事不屑管，大案呢，又破不了。你让我们说什么是好呢？温总理说，群众事情无大小。就是说，群众的事情都是大事，都是应该“马上就办”的。我就纳闷了，记者都可以想出办法，和盗贼联系，录音取证，可是，我们的公安，拿这帮小蟊贼，就这么束手无策？不是留了电话号码了？不是有银行账号了吗？怎么就抓不着呢？公安说，即使抓住了，也判不了刑，至多罚几百块钱，拘留几天完事。我们也没有说，抓到就拉出去枪毙啊？小的犯罪，那也是犯罪啊。出租车没有车牌上路被扣证，一家子还指望跑车吃饭呢，司机耽误不起啊。

还有，我们的交警部门、车管部门的办事效率似乎也不高，换个车牌要过五关斩六将，收费可能还不低。我想，如果能够在两个小时之内、花20块钱把车牌补办，那么，撬车牌发大财这个“行当”，大约会销声匿迹了：因为没有“买”主了。

# 假唱门

正当国人为奥运会开幕式欢欣鼓舞的时候，网络上突然爆发了一场假唱风暴，依照媒体惯例，我们不妨把这叫作“假唱门”，两个孩子牵涉其中，而幕后导演，当然是张艺谋。我觉得，这是张艺谋在2008年带给我们的一个幻灭。

一曲《歌唱祖国》，让九岁红裙女孩林妙可迅速蹿红。甜美的歌声、纯真的形象，完美绝伦，叹为观止。然而，我们万万没有想到的是，这是假唱，为林妙可配音的是杨沛宜，一个七岁的可爱女孩。

这个惊天内幕是开幕式音乐总监陈其钢披露的。而导演团队在接受记者采访的时候，并没有提及此事。就是说，我们被蒙了好多天。

孩子没有错，错的是导演。当然，也有人说，导演没有错，错的是“国家形象”“国家利益”，因为，是为了国家利益，导演才这样做的。原来，为了国家利益，是可以假唱的。以前，为了国家利益，运动员是可以假打（让球）的，从此以后，为了国家利益，还有什么不可以呢？

要问什么是国家形象呢？导演说，妙可形象好。是的。沛宜因为换牙，就形象不好，以至于有损“国家形象”了吗？真唱会出现差错。可是，既然青年人犯错误，上帝都可以原谅，那么，孩子出点差错，不是更应该原谅吗？有人看到和姚明并排的汶川小英雄把国旗拿倒了，我们不是没有责怪他嘛。

审美标准是什么？真善美，美为什么放在最后？一真二善第三美。如果我们事先知道林妙可是假唱，我们还会像当时那样为她欢呼吗？现在知道了内幕，我们对于林妙可当然无可指责，但是，我们对于张艺谋是不是有点失望呢？不是有点失望，是很失望，相当失望，严重失望。这是张艺谋的一个败笔。也许，张艺谋也有难言之隐？但是，无论如何，假的就是假的，伪装应该剥去。

像张韶涵一样，歌声和形象都完美，当然好。可是，韩红歌声和形象有些分离，我们不是同样接受她喜欢她吗？因为，这是唱歌，不是选美。刘欢显然不如解小东好看，然而，张艺谋为什么选择刘欢而不选择解小东？双重标准嘛。

奥运会比的是真本事，是真枪实弹，是更快更高更强。没有想到，一开幕，张艺谋就给我们玩了一个假唱。作假作到奥运会的开幕式了，张艺谋是真能作啊。当然，他为开幕式做出的贡献，也不要一笔抹杀。

此假唱非彼假唱。歌星的假唱是放录音，声音还是自己的。张艺谋导演的假唱是现场配音，是双簧。孩子就像开幕式上的四个京剧木偶。木偶还在台上，操纵者也在台上。杨沛宜只能在幕后。张艺谋对不起杨沛宜。如果在第一时间，张艺谋能够说明真相，也许失分会少一点。现在，所有的解释都晚了，张艺谋要为假唱付出代价的，不信，咱们骑驴看唱本——走着瞧！

# 网友见面守则

以前说网络是虚拟的世界，现在不这么看了，网络其实很现实。因为，人们现在已经不能忍受寂寞，已经从网络中走出来了，就是说，网友见面了。网络成为大家联系的桥梁，沟通的纽带，再也不是化装的舞会，虚拟的世界。

网友见面，以前还是一个传说，现在则成为稀松平常的事情了。开始的时候，人们总是把自己捂得严严实实的，生怕别人看出自己的真实身份，甚至男女性别，因此，常常有男士起了女性化的网名（昵称），女性起个男性化的网名，明明是温柔敦厚的知性女性，偏偏有一个“母夜叉”的网名。至于地球人都知道的芙蓉姐姐，其实早已经不那么芙蓉，不再是姐姐了。

随着人们生活水平的提高，就是说，“不差钱”了，网友见面不再困难了。同城网友见面，当然只要打个车就行。即使哈尔滨和广州的网友见面，也不过是半天的飞行（连同候机）的时间而已。网友见面，一般是AA制，但是，现在绅士增多了，一般又不会让女士破费。男人管这样的为女士买单，叫作“我骄傲”。

开始的时候，女士们还觉得不好意思，可是，一旦形成了一种“潜规则”，也就心安理得照单全收了。不吃白不吃。白吃谁不吃？当然，也有吃了不白吃的，比如，被人家“揩油”了，至少，“秀色”“可”能被人家“餐”了。男性网友每人掏个三五百元的，不痛不痒的，没有多大的损失，因此也就不算是个事情。

然而，精明的女士们渐渐发现，网友见面是一个不错的商机。于是，已经发展成为不是简单的一顿饭了，饭前泡澡，饭后唱歌，甚至还要住宿，提供往返车票等等，可谓“吃喝拉撒全报销”了，这样的网友见面，何乐不为？因此，网友见面，女性永远比男性积极，人数也永远比男性为多。有时候，还能落一些“报名费”。男人当冤大头，是网友见面的一个代价。这属于周瑜打黄盖，一个愿打，一个愿挨。

至于以色骗钱的，则属于犯罪行为了，这里不做讨论。还有一些占一点儿小便宜，弄些车马费的事情，也屡有发生，这个时候，男人就只好哑巴吃黄连，有苦说不出了。比如，借出差之机，或者旅游之便，联系上一个网友，让网友招待，这个尽地主之谊的网友，就有点儿郁闷了。如果分手之际还要向你借 200 块钱，那就是又给你柔弱的心再加上一小刀儿，只好你自个儿受着啦。

做这样的冤大头的男人们，可能会感叹做人难了。扪心自问，我们内心深处，有没有一点儿非分之想？就是说，有没有想“吃豆腐”的意思？有没有一点儿英雄救美的情结？以及死要面子的思想？有些不地道的网友（女性居多，男人也有）正是钻了这个空子，混吃混喝，甚至，坑蒙拐骗（钱）。

网友见面，本来是一件美好的事情，最后弄成这样不三不四不尴不尬，是因为没有一个《网友见面守则》。这里，我做好事之徒，先拟出几条，仅供参考。

其一，坚决彻底地实行 AA 制，无论男女，不分贫富。如果一定要体现绅士风度，也仅仅在酒水这一项上，不让女士分摊。男人没有多掏钱，也就不好意思有多的要求；女士因为没有吃人家的，也就没有嘴软的负担，大家好聚好散，都有面子。

其二，见面费用透明，要有专人负责，在网站、论坛或者群里公布，接受网友的监督，杜绝一切腐败，还网友见面一个干净的世界。

其三，网友私下不见面。就是说，两人不见面，至少三个人才见面。见面不谈爱情（以相亲为目的的见面除外），只谈天气。不为钱财，只为爱好（吃饭、唱歌、摄影、旅游、掼蛋……都无不可）。

# 小沈阳蹿红的国民性研究

2009年的央视一台的春晚，捧红了一个小沈阳，春节过去两个月了，神州处处小沈阳。开谈不讲小沈阳，宴席没有上甜汤。一个本来身价只有500元的二人转演员，一夜之间，身价就飙升到30万元，比火箭还要快，比师傅还要跩。有人颇不理解，凭什么就让小沈阳火得那么快？为什么要让小沈阳赚得那么多？恨不得中央下一个文件，把小沈阳给封杀了。可是，喜欢小沈阳的人更多，他们就像久旱逢甘霖，他乡遇知音，不惜血本、不辞劳苦，成为小沈阳的拥趸，为小沈阳而疯狂。

其实，只要我们稍微冷静思考一下，小沈阳的蹿红，是有着深厚的民族基础的，是符合国民性格的。小沈阳之前，其实，已经有“沈阳”了，小沈阳之后，还会有“小小沈阳”。

就说《星光大道》吧，捧红的最大的明星，可能不是阿宝，而是李玉刚。李玉刚的出名，是他的扮相，男扮女装，非常吃香。很容易就让我们想起了梅兰芳。当然，和梅大师相比，李玉刚还是一个小学生。但是，李玉刚的天生的扮相和嗓音，使他在当今的娱乐圈里成为一个稀缺物种，星途灿烂，简直是没有悬念的。

我们再把眼界放宽一点儿，小品界的巩汉林，影视歌三栖明星张国荣，还有，费玉清、蔡国庆、毛宁等等，不都是有一点儿女性化，或者阴柔吗？“超女”之后的“好男儿”选秀，那些粉嫩得要滴水的男孩儿，个个涂脂抹粉的，让人以为我们进入了大观园。这好像是和“超女”唱反调。“超女”最红的是李宇春，李宇春略显中性的身材和歌喉，可能也是出奇制胜的一个法宝。

中国是一个中庸的国度。中庸之道，就是不剑走偏锋。李逵、关公，自然也是有拥趸的，黛玉、宝钗自然也是有粉丝的。可是，更加让人不能忘怀的，可能是诸葛亮和贾宝玉。诸葛亮的儒雅，贾宝玉的多情，都和他们的性格和容貌相协调。这种男人有一个别名“奶油小生”。曾经一段时间，奶油小生不吃香了，唐国强甚至都没有戏接了。可是，从长远来看，还是奶油上餐桌。麻辣，只是一种调味，站不住的。当然，最最让我们中国人引以为傲的，是我们的国粹京剧。京剧的旦角，比如，四大名旦，都是男人。

鲁迅说过这样意思的话：这男人扮女人，有讲究。男人看到的是扮女人；女人看到的是男人扮，都看到了异性。

同性相斥，异性相吸，不仅是一个物理现象，而且也是一个心理现象。文艺是苦闷的象征。现代社会，生活很累，人们需要放松，需要娱乐。男人需要，女人也需要。屠洪刚是女人的最爱，男人未必喜欢；张韶涵是男人的心肝，女人可能嫉妒。而李玉刚、小沈阳，是男女都爱，天下通吃：因为，男人看到的是扮女人，女人看到的男人扮。

# 网络实名制之我见

杭州实行网络实名制，再一次掀起关于网络管理的话题。一种制度的出现，有人叫好，有人骂娘，是一种很正常的现象，倒是出现一边倒（学名叫舆论一律）的情况，最糟。

赞成网络实名制的，有N条理由，主要是，可以杜绝散布流言、诽谤、攻击政府等等，对于净化网络，教化民风善莫大焉。反对网络实名制的，则有N+1条，其中一条就是，人们不敢说真话了，不敢批评了，因为，动辄获咎，不如闭口。因此，才出现一种五一节前有话赶紧说，过了五一，就没有说话的地方了云云。

我觉得，双方未免都走极端了。其实，完全没有必要搞得这样紧张。谈网色变，和谈虎色变一样，都是不自信的表现。把网络当作菜市场、垃圾箱，自然也是不太健康的现象。网络不是有网管吗？公民不是有自律吗？法网恢恢，疏而不漏，怎么在网络这儿就不管用了呢？君子不欺暗室，怎么到了网上就非要为非作歹呢？其实，这和网络本来是没有太大的关系的。什么藤结什么瓜，什么树开什么花，什么人说什么话。喜欢造谣诽谤的人，既然在现实世界不能杜绝，我们又怎么能够期望在虚拟的网络世界里消灭呢？我们跳舞，有时候还有化装舞会（假面舞会）呢，怎么在网络上就不能有一个网名，一个昵称，一个别名呢？作家可以有笔名，写手为什么就不能呢？

其实，完全可以自由选择，你可以建议大家使用实名制，但是，不可强求，让大家自由选择。有些人现实和网络一体化，从来都是实名制出现的，有些网站还进行验证（比如价值中国网），这是为了分发股份，自然不得不如此。可是，你一个一般的松散论坛，不过是大家茶余饭后在一块儿聊天，也一本正经地要人家自报家门，带着户口本身份证，这就有点儿小题大做了。有些是有身份的人物，平时工作很严肃，也很辛苦，现在，下班了，脱下制服，换上马甲，在网络上释放一些郁闷，抒发一点儿牢骚，又有什么大逆不道的呢？有些爱名如命的人，是不喜欢把自己的姓名挂在网上，让满世界的人叫的。我们应该尊重人家的选择。

我是用实名上网的人，但是，我反对网络实名制。因为，我觉得网络实名制有一种非常危险的倾向，就是打净化网络的旗号，逃避管理的责任，甚至为某些方面规避（逃脱）一些监督和批评，甚至是钳制言论。我们应该看到，网络其实已经变得规范多了，传统媒体常常是从网络上面寻找素材，或者，通过网络传播信息。网络正在逐步取得和纸质媒体同样可信的资格认证，因为，在这样一个开放透明的时代，任何谣言都是站不住脚的，谎言绝对掩盖不住事实，网络的谣言也逃不过法律的大网。既然如此，我们还有什么理由视网络如猛虎，把实名当武松呢？

现实世界有匿名举报，这自然给查证带来一定的难度。可是，人们为什么要匿名呢？还不是因为你的保密工作做得不到位。为了举报一个贪官污吏，结果先把自个儿搭进去了，这样的冤大头谁愿意做？如果你一刀切，凡是匿名举报，一律不受理，那么，我们的反腐倡廉工作会受到很大的影响。同样，网络实名制实行的那一天，也一定是网络萧条的日子，真话变少的时刻。因为，它不好玩。

## 磕碰之后

本来是想写车祸的，觉得这个题目太惊悚，于是，就换成了磕碰。并且还要预先告知关心我的人们，不是我的磕碰，是路人。

早上上班，走到某小区，不远处发现一辆从小区里驶出来的轿车和一辆走下道的电瓶车发生了磕碰，骑车人跌倒了。

司机打开车门，后座上同时下来一位女士。骑车人坐在地上良久，自己爬了起来。这个时候，司机来劲儿了，看来是无碍了，不问伤，只看车。车子的右侧保险杠被磕碰，接口处有翘起的痕迹和摩擦的划痕，估计要花去修理费 250 元。

骑车人是外地人，而且是少数民族，戴着白色的小帽，留着乌黑的络腮胡子，说得恐怖一点儿，有“拉登”的模样儿了。

可是，“拉登”并没有玩恐怖，也没有撒泼，他只是“据理力争”，责备司机不该把车开得那么快，说的是不太标准的普通话，但是，句句真切，这是一个老实巴交的人，估计是来本地开餐馆的，出门在外，本着和气生财、息事宁人的哲学，没有要“碰瓷”的幺蛾子。他可能是害怕司机要他付修理费，这才提高了嗓门儿。

司机当然知道，这笔钱有人给付，是不需要难为这个不识时务的外地人的。但是，嘴巴不能软。并且，还要摆出揍人的架势来。同车的女子觉得有点儿过了，就劝阻司机，算了吧，算了吧，好在没有受伤。司机还不依不饶：你可以报警啊，你走下道了啊等等。

我们往好处想，这个司机也是出于一种自我保护才表现得这样撞了人还要横的派头来的。因为，有前车之鉴，有被人敲诈的经历或者别人的遭遇迫使他不得不这样做。我们不责备这个司机。我们只好责备世风日下、人心不古。这样最安全，没有人来抽你的大嘴巴子。

走进任何一个小区，你都可以看到路边楼旁停满了各式各样的轿车。轿车是男人的宠物，电视是女人的玩具。宠物在院子里关了一夜，一旦放风，就会撒欢地奔跑。在小区还能保持每小时 5 公里的车速，出了小区、踏过减速障碍板，就立马提速到每小时 100 公里了。

碰了人，应该先问人，这才是文明人。我们的圣人就是这么做的，马厩失火了，先问人，不问马。汽车是现代文明的标志，可是，里面坐的人，为什么还有野蛮的人呢？可见文明和野蛮并不在于你是坐牛车还是宝马。

# 我在线上

我生于1960年。我学电脑是在2001年，古人曰四十不学艺，我不以为然，应该是活到老、学到老；我上网是在2003年，今人说，不要上网，网上有黄毒，上网容易学坏，我不以为然，我出淤泥而不染；我用QQ是在2005年，可是，这个QQ号对我来说就像聋子的耳朵，一年也用不上两次，我这人不喜欢和陌生人说话，和朋友说话，都是当面说，这样才能促膝谈心。有什么需要传的，也用网易信箱，不用腾讯。常常是，朋友来电话，要我上网，其实，我已经在网上了，可是，没有登录QQ，不好聊天。我觉得，QQ是小孩子玩的东西，大人是不应该在那儿花费很多的时间的。有时间多浏览一些网页，多读点书。天，有什么好聊的呢？

然而，2009年7月以来，我换了一个人似的，天天挂在线上了。因为，我下岗了，成了一个自由职业者，在家写稿子，兼做婚庆跟拍、广告摄影等。我需要和外界保持联系。QQ的妙处，这个时候我才体会到的。

每天早上，打开电脑，第一件事情就是登录QQ，保持“我在线上”的状态，只有在出门的时候关闭电脑了，才下线。和人联络，给人家的，除了手机号码，还有QQ号码，这是现代生活必备，加起来刚好是20位阿拉伯数字（这是我的，有人只需要19位或者更少）。我觉得，很多人更喜欢QQ联络，这样，不打搅，又节约，还绿色环保。

有消息来，电脑会响起嘀嘀的声音，这样就可以在家办公了。有编辑约稿的，有广告公司派活的，口说无凭、打字为证，明明白白、清清爽爽，很喜欢这样的工作方式，简直爱死了。

原先参加过几个“组织”，一个是户外俱乐部，一个是摄影网，一个是文学论坛，再有一个就是婚庆网了，早就知道他们都有一个群，可是，一直没有参加。我喜欢单挑，不喜欢群聊，一群人叽叽喳喳吵吵闹闹能聊出什么东西呢？无非是今天天气哈哈哈之类而已，浪费时间罢了。

可是，我自己不群聊，并不妨碍我听别人聊天啊。于是，我就加入了这四个群了。因为是熟人，一个请求，立刻获准。原来，他们都是在线的。一个人有了这样四个沙龙，在家上班，就变成了快乐，而不是寂寞。

这样一来，我就能够在第一时间里知道我的朋友们在做什么。我忙的时候，任务栏再怎么闪耀，我也不理不睬，因为，我不参加聊天，他们聊他们的，和我无关。等我忙完了一段之后，需要休息一下了，点击群标，他们说得好热闹啊。于是，我快速浏览他们说话的内容，在插科打诨调情骂俏中捕捉一些有益的信息滋养我的大脑，补充我的内存。

我发现，文学群的朋友都是夜猫子，常常聊到凌晨一点多种，户外群的人都是早睡早起身体好的人，他们说话少，走路多，摄影群里，图文并茂，最好看了，还常常能够获得一些外拍的即时信息，以前偶尔会错过的，因为，有些即兴的拍摄活动，来不及在网站发帖子，发了帖子，我也可能没有看到。婚庆群最寂寞，常常好多天没有人聊天，看来，大家的生意都很好，没有工夫聊天，倒是我隔三岔五地问候几句，其实，是在做广告，我希望他们有忙不过来的生意分一点儿给我。入婚庆群，我是有功利的，不像文学群，是纯聊天。

一根网线，连接你我。我在线上，说明我在家里。我不在线上，说明我在路上。这个时候，我希望我的手机也尽快更新换代。等我有了钱，换一部3G手机，这样一来，我就可以24小时在线了，无论是在家里，还是在路上。

## 谷时生活

因为是在家上班，和上班族就错开了许许多多碰撞的机会，用电有高峰和低谷，我现在的生活，就是处于“谷时”。

谷时生活很省钱。不用穿正装，不用擦皮鞋，一身休闲，一双拖鞋，连制衣费都省了。不用坐车，甚至连自行车都派不上用场了，也就不会丢车了，这样就又省了一笔费用。

谷时生活很悠闲。无案牍之劳形，无老板之烦人，做的都是自己喜欢的事情，写的都是心情，自己就是老板，自己的事情自己说了算，想做就做，想干就干。喝不起五粮液，就喝白开水，吃不上鲍鱼肉，就吃玉米粥。

谷时生活很方便。理发永远是第一位，洗澡常常独占一池清水，看电影不愁买不到好座位的票，愁的只是没有人买票，以至于电影院不得不把那一个场次给取消。看过一个人一场的电影，不知道可不可以写入数字影城的《2010 年鉴》。

谷时生活很低碳。可以尽情享受阳台上温暖的阳光，实在太冷，还可以往被窝钻，操手看书，快乐如神仙，反正不用开空调。这是冬天。夏天呢，简化到只需要穿一条裤衩，坐在电脑前面，动动手指，也就不会流汗，仍然不用开空调，不仅如此，连电扇也不许它转。支持环保，彻底低碳。

谷时生活很养颜。接触不到紫外线，也没有雨打风吹面。即使是徒步或者毅行（30 公里以上的徒步谓之毅行，坚毅的行走，每小时 6 公里），也是包头盖脸，宁选细雨飘飘，不选日头高照。

## 被追尾

“马六”上手快一年了，一直平安无事。咱是小马，别说距离悍马百米之内都要停车让行，就是遇到本家小弟“马三”，也减速慢行。小三脾气大，也碰不得的。

可是，我不惹事，事儿惹我了。你懂的，被追尾了。

事情发生之后，我们常常希望时光倒流，希望重新走过。我的回放过程是这样的。如果那天我等到大家喝完酒散场再走，就不会遇到我的粉丝了（追我的难道不是我的粉丝吗？）我从来都不提前离席的啊。如果我在路上加速走10米或者减速走10米，也不会发生被追尾了。

然而，所有的假设都被现实打得粉碎。追尾发生在报社门口以西100米。就是说，我就要进报社了。眼瞅着，就可以像往常一样，按时按点上班了。可是，我的粉丝偏偏不让。他把我拦在了门外。其实，他也就要到目的地了，是到江山大酒店接人的。

只听见砰的一声，身体有所震动。我知道，被追尾了。下车，一看，果然。后备厢被撞出了一道裂缝。对方的车子前杠变形了。我一看车牌号，乐了：苏G××149，感情这位仁兄本来是要把我拉医院去吗？谢谢了，毫发无损。车子也能开动。只是，需要进修理厂了，因为，不能落锁了。

你猜肇事司机第一句话是怎么说的？不问人，也就算了，他没有孔夫子的胸襟。可是，他竟然也不问“马”（我的心爱的“马六”啊）。只说，我有事，要接人，你的车也没坏，让我走吧。

这真是，你不说，我还没准备发火，你这一说，可把我的无名之火给点燃了。就你有事，我是没事上路找撞来着？知道不知道，组版室、校对室的十几个妹妹在“等米下锅”呢。我是报社的编辑、记者（特聘）。小子，你中彩了，撞到名人了，从此，不朽了（依照古人之“三不朽”敷衍一下子吧）。他终于要成为我文章中的一个人物，大约他是想不到的吧。

他要私了。我看看，肯定有难言之隐了。要么没有驾照，要么酒驾，要么没买保险。后来知道，前两条推翻，后一条成立。他问，赔多少钱？我想了想，应该得花1000块修理费吧？就说，1000元。他开始诉苦了。是打工的，没有这么多钱。我说，那就报警吧。他不报。只好我报了。

“122”来了。都拍照、登记完了。他说，还是希望私了。我说，行，2000元。他说，开什么玩笑？我说，你看我是开玩笑的人吗？给你机会，是你失去了。现在，人赃俱获，你又要私了，这还可能吗？单子开出来了，对方全责，我无责任。等着修车就行了。

闲言少叙，言归正传。“122”打电话，叫来了停车场的司机。没让我开车，人家开车。两辆车进了海连路上的一家停车场。原来，这里是“122”的一个定点停车场。看门人登记、贴标签、收钥匙。我们可以走人了。

第二天上午，追我尾的人没有和我联系。我也没有他的电话。下午，我徒步，到停车场，看看，车子还在。就到报社上班了。刚进大楼，接到他的电话，要我去二大队处理事故。我坐6路车。车到海昌路口，只听砰的一声，乘客吓了一跳，司机马上说，车胎爆了。我也太帅了，也是花见花开、车见爆胎吗？还好，是后胎，双轮，不耽误行驶。

到了交通事故处理地点，那天接警的警察，和蔼可亲的，办理了提车手续。又通知4S店来车接我们，顺畅得让我有点不适。可是，到了停车场，追尾者又给我添堵了。不想交停车费。嫌人家收了拖车费。说，没有拖车啊？废话，去拖车就不是100元了。停车费2天40元。多乎哉？不多也。可是，这位仁兄的钱袋子真的捂得太紧了，要打折。只给100元。100元和140元有什么差别吗？

然而，等到门卫把车钥匙给我，那位仁兄（不知道仁在何处了）又反悔了，不交钱了，要我再停一天。明天他找修理厂替我修车，不上4S店了。

开什么玩笑？你以为我整天没事陪你玩儿？他似乎找到我的软肋了。死活不交停车费。无奈，我只好掏腰包了，140元掏给门卫，开门，放车。车到4S店，我拎包进门。车丢在外边，他和修理工在讨价还价了，那个抠劲儿，真的可以惊天地涕鬼神了。修理工算是开了眼了啊。

办理好了手续，撒丫子走人了。我还有版面等着呢。他是带车来的。我走出院子，连声招呼都不打。我打的14元到报社。第二天，就这样过去了。

第三天，等待电话。第四天，等不及了，自己打电话到4S店，说下午可以提车了。正在编版，弱弱地问一声：可以在六点钟过去提车吗？答：不可。五点就要下班了。无奈，再打的过去，14元。还行，服务态度挺好。还免费洗了车。我看了看修理单据，1750元。多乎哉？不多也。

追尾过去一周了，肇事司机没有一点儿道歉的话。当时，他说，他是一个打工仔，没有钱赔付。难道我是一个老板吗？不该我花的停车费我付了，总得说一声谢谢吧？我如果不郁闷，说明我有病了。可是，也不能总这么病着啊。终于找到解药了。

第一剂药：4S店的员工说，在我之前，有台“马六”也被追尾了，花了7万。可见，被追得比我惨烈了。第二剂药：我的朋友说，上周，上海机场，一辆1000万元的豪车被一辆价值12万的破车追尾了，修理费80万元。全责只能赔付30万元。剩下的50万元只好肇事司机自掏腰包了。围观者开始道德赞助了。结果是，豪车主人说，一分钱也不要人家赔了，自己修理吧。

两个故事给我的教育是，我不是最惨的，我很幸运。我不是大度的，我很惭愧。OK，被追尾，说明你人缘好啊。垫付停车费，说明你道德高尚啊。

## 短信吉祥

自从有了手机，短信拜年就成为一种时尚。我们受惠于短信拜年，不仅省钱，而且省事，更加省心。因为可以群发啊，一条从网上下载的短信软件，可以给电话簿里所有的朋友发过去，瞬间搞定。

为什么我能断定有人是群发的呢？我告诉你，我收到我弟弟的一条短信，内容是：“杨树军给你拜年啦，祝你及你的家人新年快乐，幸福平安！”三十晚上，我一共收到30多条短信，回复29条，就这一条没有回复。因为，杨树军是“误发”，我不能“错复”。

我弟弟是老板，日理万机，是总经理，却比总理还忙，好在他的短信还是“原创”的。我收到最多的是那种从网上下载的文从字顺得仿佛出自曹雪芹之手的短信。例如：“春节到，拜年早：一拜全家好，二拜困难少，三拜烦恼消，四拜不变老，五拜儿女孝，六拜幸福绕，七拜忧愁抛，八拜收入高，九拜平安罩，十拜乐逍遥！”

都是好词。我很喜欢。可是，又有点不甘。因为，以我对发信人的了解，这不符合他的身份。他是单位的领导，如果他说，首先，其次，第三，总之……就对了，并且，不能押韵。我还担心他把这条短信也群发，他的号码簿里“不幸”还有位待字闺中的女孩儿。

人们对于春晚之所以总是不满，不是节目不好看，而是好看的节目都扎堆儿了。短信依然。大年三十，从中午开始，我的手机短信就开始到账了。中国人有句老话，叫作来而不往非礼也。为了回复短信，我废寝忘食。却总是还觉得欠人家的。为什么呢？因为人家给的短信需要翻页才能看完，我回复的短信，就像《诗经》短句，四字一句，最多四句。好像人家赶来一头牛，回他什么？猫头鹰。

大多数朋友没有把自己当作胡适之，都在短信里告诉发信人的姓名（或者网名）。少数朋友就疏忽了。我这人记性差，记不住电话。想回复两句有点“创意”的（比如嵌入朋友的名字）短信，却无从下手。翻遍了号码簿，也没有找到尾数是“0815”的电话号码。最后，只能敷衍了事，道一句“龙年吉祥”，算是一个答谢。短信是回复了，可是，心里总是有一块石头不能落地。搞得我揣着石头看了大半夜的春晚，最后实在扛不住了，躺倒睡觉。

短信不是新诗擂台赛，也不是《成语大辞典》，只是一声问候。三言两语，足矣。春节，道路拥挤，线路更拥挤。大年三十，人人都是“日理万机”的。我们提倡“短”信拜年。我接收 30 条短信已经疲于回复，如果你玩一回“穿越”，让“我的朋友胡适之”接收 3000 条，你还让人家过年吗？

写了上面的话，忽然有一种担忧，担忧我的朋友明年不给我发短信了。如果明年三十晚上我的手机不响，那是“此时无声胜有声”，我很高兴。如果响个不停，那是“韩信点兵，多多益善”，我更高兴。

于是释然。不知我的朋友们以为然否？

# 饭馊了

“小暑”那天下午，我坐车到墟沟国展中心，开始徒步，走到连岛再返回新浦。大约走了50公里，我走进一家24小时快餐店，时间已经是午夜十二点半。要了一杯冰镇苹果味道的饮料，一碗红小豆稀饭。

先喝了饮料，接着就是稀饭，连勺子和筷子也没有拿。几口稀饭下肚之后，忽然觉得味道有点怪。我以为是味蕾受了饮料的影响，就没吱声。

大约是我的皱眉和迟疑让服务员看到了。她拿勺子舀了一点稀饭，自己尝尝，似乎也觉得变味了，叫同伴也尝尝，同伴大约也觉得稀饭坏了。这个时候，远处的一个年长的服务员走过来，也尝尝，说，没有变味，不要乱说。

这个时候，有位客人来吃饭，也要了稀饭。像我一样，端起碗就是一口。可是，立刻放下饭碗，走出店堂，到外边吐了。服务员二话没说，就换了一个品种的稀饭。我都看着呢。我把还剩了半碗的稀饭碗往桌子上一蹾，说，服务员，换一碗。

天气太热了，35摄氏度。估计稀饭是早上做的，又放了糖，馊了是很有可能的。店员已经怀疑了，而且得到两个人的证实，本来是应该撤掉的。可是，那位年长的服务员大约是太热爱企业了，爱到有些护短和不讲道理。以她的资历和经验，应该比年轻服务员更能判断稀饭的质量，可是，她没有尽到把关的责任，相反，却说了假话，做了损人利己的判断。估计是想息事宁人，等我走后，说不定也就撤掉那盆稀饭的。

饭馊了不可怕，可怕的是明明知道饭馊了，还不倒掉，还以次充好，蒙蔽顾客。我要服务员换一碗的时候，服务员一句话也没有说。我也没有说第二句话。另外一个服务员大约看出我是一个好脾气，还夸了我一句，我听到了，是“人家什么话也没说啊”。是的，我没有一句怨言、半点牢骚。因为我是一个爱好和平的人，同时，我的肚子海纳百川，任劳任怨，泔水桶一般。算你运气，店家，换了别的肚子，让你赔付的医疗费和精神损失费，肯定是十盆以上的稀饭钱。

有时候，一个小的错误如果不及时纠正就会酿成一个大错。其实，纠正一个错误，也没有什么难处，出自真心，关心他人，只需要一个道歉，一声问候，换一碗稀饭，就行了。我们不能因为遇到过一个胡搅蛮缠的客人就把所有的客人都看成是冤家对头。

## 李寄斩蛇的另一面

李寄斩蛇的故事，出自《列子》。李寄一家八口人，李寄排行老六，上面是五个姐姐。李寄不幸生活在一个蛮荒时代，时常有七八丈长的蛇神出鬼没，伤害人民。大蛇吃人不眨眼，还挑肥拣瘦，非要十二三岁的女童不可，害得当地官员，每年从民间征寻女童以满足大蛇的食欲。这不，这年轮到李寄了。

按照征女计划，找到了李家。因为，李家有六女，小女李寄刚好十二三岁，符合条件。李寄“当仁不让”，主动请缨。父母舍不得孩子。李寄说：“父母大人，小女无能，白吃干饭，不如早死。”原来，李寄是早有准备的，带上长剑和猛犬，出发了。下面，自然是经过艰难险阻，把那条吃人的大蛇杀了。而李寄毫发未损：“于是李寄乃缓步而归”。事情到了这里，故事结束了。于是，后来的人无不赞美李寄的聪明勇敢。

可是，我看问题远远没有完结。不错，李寄是值得赞美的。可是，如果我们仅仅停留于赞美李寄，而放过了李寄斩蛇的另一面，就可惜了这篇寓言了。因为，作为“父母官”的军事长官、县官，为什么“为蛇作伥”，而不是像李寄那样，去杀死大蛇呢？面对突如其来的灾难，官僚们采取的措施是：寻求奴婢和罪犯家的女孩，按时敬供，一直延续了九年。如果不是因为“后继乏人”而征求到李寄家，这样的悲剧还将继续上演。

李寄自告奋勇，为家族担当大任，为同辈解除危机，当然是女中豪杰。但是，李寄也是一个“蒙昧主义者”，她杀了大蛇之后，看到同辈九具骷髅，只是痛惜道：“你们这些姐妹啊，为什么这么胆怯呢？就这样被蛇吃了，真是太让人怜悯啦！”李寄也没有认识到，其实这个杀蛇的任务，本来是不应该由自己这个十二三岁的孩子来完成的。

以上，不过是一个寓言。可是，现实中，其实也不缺乏这样的令人哭笑不得的事情。我们有些政府官员、司法人员，不是胡作非为，便是毫不作为，把人民的生命财产安全置于脑后。报纸上经常刊载类似的“大特写”，我们看得都有点儿麻木了。最近的一个故事是：一个女中学生，被人拐卖，送入色情场所，备受凌辱。女孩的舅妈要为外甥女讨个说法。找到当地公安机关，却迟迟得不到结果。公安机关说：也许你说的是事实，但是，经过我们多次检查，并无证据。我们不能随便抓人啊。

在这样的情况下，我们的这位舅妈，也像当年的李寄一样，只好亲自动手了。风险当然是有的。但是，一想到自己疼爱的外甥女的悲惨遭遇，舅妈也大有“不如早死”之慨也。不能为外甥女报仇雪恨，活着干吗？故事的结局也非常圆满，就像李寄一样，吃人的“大蛇”被推上了法庭，那颗受辱的心灵，稍微得到了抚慰。也仿佛和李寄斩蛇一样，舅妈卧底，也只是停留在本身的传奇色彩上面而为坊间津津乐道，我们又“放过”了“父母官”们的不作为。

人民拿出粮食喂养这些政府官员，他们养尊处优惯了，把人民的痛苦不放在心上，事不关己、高高挂起。如果受辱的是他的外甥女、女儿，他们还能这样“从容不迫”吗？开着警车，大呼小叫，怎么能够找到证据呢？为什么公安局的侦察员就不能像舅妈那样，乔装打扮、卧底侦察呢？养兵千日，用兵一时。现在，人民需要子弟兵冲锋陷阵捉拿凶犯了，他们倒好，一句“没有证据”，就把人民推到了千里之外。

俗话说，在其位，谋其政。然而，我们常常看到居委会动员步履蹒跚的老头、老太套着红袖章，在社区巡逻（媒体美其名曰“打一场保家卫国的人民战争”），而吃皇粮的公安巡逻车正停在路口，几个警察正在抽烟、聊天。创建安全社区，本来是公安机关的任务（小偷得他们去抓啊），可是，人家找几个人拿几把刷子在小区的楼上大书：小区是我家、平安靠大家。完了。工厂里的工人被老板欺负了，找工会讨个说法，可是，人家工会主席早已被厂长收编了，于是，为了自己那点儿可怜的利益，我们的工人不得不上访了。可是，上访又妨碍了安定团结。

我被鲁迅那犀利的言论警醒。鲁迅的深刻、深刻的鲁迅，你让我们怎么说你呢？我们希望你的言论生命长久；我们又憎恶你的言论长久存活。

## 士为知己者喝死

南屏兄炮制小文一篇《跟强驴徒步》，朕很高兴。如果说，拍马是一种功夫，我觉得，南屏已经可以去五台山摆擂台了。不仅如此，他还会拍驴。南屏是懂得变通的一个人，是个哲学家。我们常常口口声声地说讨厌拍马，其实，我们真正讨厌的，不是拍马，而是不会拍马。就像我们不喜欢下跪。可是，如果我们有小燕子的那点儿聪明劲儿，就“跪得舒服”了。

闲言少叙，书归正传。先生说过，拍马有术，也有效，然而有限，所以，以此成大事者，古来无有。或曰：来而不往非礼也。现在，我也扎上围裙，炮制马屁火锅一镬，希望南屏喜欢。

话说某年某月的某一天，东部的酒妹要来首善办事。鼻子淌嘴巴里顺事儿，南屏要在食全食美设宴了。分钱人越少越好，喝酒人越多越好。我中奖了，成为主陪。小生不才，陪喝酒、陪徒步、陪打球。是“三陪先生”。

南屏有点忐忑。因为，酒妹在东部已经独孤求败。现在杀到首善，明显是要闹事了。依照南屏的功夫，杀她个片甲不留是不成问题的。问题是，南屏是君子，是好男。而同时，南屏又怜香惜玉，爱博而心劳，和宝玉有一拼。定的基本酒策是，要喝好，又不能醉倒。

打虎亲兄弟。这个时候，我不帮他谁帮他？我开车去接南屏。南屏拎着两瓶汤沟窖藏，在冷风里等我。到底是首善之区了，车流已经像男人的前列腺发炎了。上车之后，我说，今晚我得装死，让酒妹一拳打在棉花上。

果然，第一个回合，我就开始装死。小生什么都不弱，就是胃弱。小生做什么都胜利，就是不胜酒力。酒妹抓瞎了，开始捏软柿子了，向我的兄弟发飙。古人有杀人劝酒的。酒妹直接用酒杀人。

眼看着南屏就要敲响了晚钟了，我如果再不出趟子，真的就不是男人了。为了南屏，向我开炮。酒妹立马掉转枪头，给我一梭子。

酒妹是白酒一两瓶，啤酒尽管拎。可是，我占尽天时地利人和，大不了趴了。士为知己者喝死，女为悦己者整容。为南屏而死，死得其所。

我从现实跑到虚拟已经九年了，其间耳闻目睹的所谓网络逸事倒是不少。自从来了一个南屏，传统的喝法都打破了。南屏，是当代之刘伶，是活着的杜康。如果没有南屏，我们还在AA里摸索与彷徨，永远也抵达不到AAAA的光荣和梦想。

南屏见多识广，却有一颗不忍之心。他不会拒绝，常常引火烧身。他对人太好，以至于让人感觉他有所企图。他把心都掏出来了，有人还嫌弃，怎么不拿酱油酱一下？他像一只老母鸡，带着鸡仔们玩耍，忘记了自己还要下蛋。所有的大鱼大肉，都是点给人家吃的，他茹素。抽烟是玩的。喝酒也是玩的。不带一点儿功利。南屏是港城的顽主，是我身边的大仙。组个饭局，对于我们来说是登梯子，对于南屏来说，就是流鼻涕。喝酒这档子事，无论我们怎么努力，我们只能称作能手，而南屏，是天才。

然而，南屏心太软。南屏伤不起。我希望南屏有一双隐形的翅膀。

在最虚无的网络世界里，我遇到了一个最实在的哥们。人生得一知己足矣，斯世当以同怀视之。

太肉麻了。翠花，上酸菜……

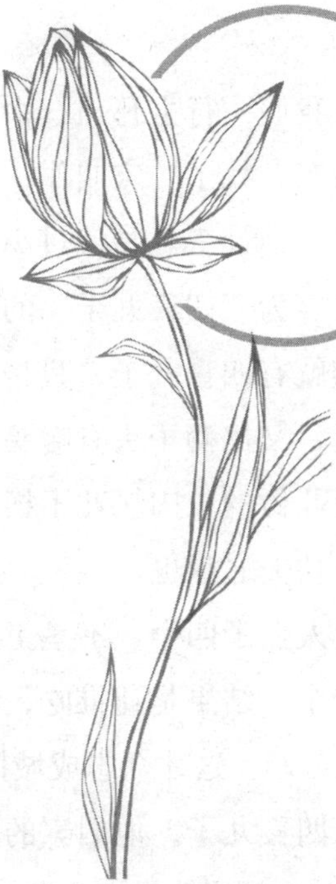

# 美食

## 招牌菜

那天我们一行去邳州，中午找饭店吃饭，连云港神特新材料公司王总做东，找了一家叫作“四喜大酒店”的饭店。看店名而想起四喜丸子。估计王总是读过小说《围城》的，里面的曹元朗就是被钱钟书形容为“四喜丸子”的一个人物。四喜大酒店的招牌菜，果然，真的就有四喜丸子，只是，这个丸子有点大，其实就是狮子头了。可是，又比狮子头有嚼头，因为，肉质紧凑，不是肉糜做的，而是肉块儿做的。肉块儿不松散，能够团结起来，味道又能进入里面，可见功夫之深也。

七个人点了四个。不是王总小气，实在是丸子太大了，一人半只还剩半个。结果是让谁吃，都有“不胜肉力”之感，王总只好进行第二次分割，这才众志成城把四喜丸子给干掉了。

除了四喜丸子，他们家的驴肉和羊腿也非常棒。但是，和四喜丸子相比，也只能算做二线和三线了。四喜丸子是一线，是头块招牌。此之谓“招牌菜”。

招牌菜是期刊的封面，是美女的脸盘。招牌菜放在饭店的招牌上，用作店名，那是大招牌，比如，全聚德烤鸭。其实，菜肴多了去了，不仅仅只是北京烤鸭。你懂的。纵然是兰州拉面，也有冷菜、炒菜和烧菜呢。罗马假日咖啡卖得最好的一款，就叫“罗马假日”，虽然没有蓝山咖啡贵，但是，味道纯美，是经过精心烧制的，是咖啡店的一个招牌。牛排也有多种，排在第一条的是“铁板黑胡椒牛排”，点菜率最高。

有些饭店菜肴花里胡哨，好看不好吃。有些饭店的菜肴质朴地道，却好吃不好看，甚至连个像样的名字都没有。吃过了，嘴一抹，就忘记了。人家问道：“他家的招牌菜是什么啊？”想了半天，竟然答不上来。这是开饭店的大忌。饭店不在大小，关键要有特色，要有自己的招牌菜。这就像一提到春晚，就让人想起赵本山；一说到贺岁片，就让人想到冯小刚。

饭店如此，家庭亦然。有些“家庭煮妇”，做了一辈子菜，也没有一样拿手的，这样的事情是经常发生的，以至于请客的时候常常要到李记卤货买一只烧鸡，或者到洋桥巷买半只烤鸭，这才能给人一点深刻的印象。

岳父岳母各有一道拿手菜。岳父的拿手菜是油炸水晶小白虾。这是功夫菜。从市场里买来鲜活的小白虾，在阳台上，戴上老花眼镜，用剪子把虾毛剪掉（耗时45分钟），洗净，晾干，烧上锅，倒上油，慢火炸，半分熟的时候，滗干油，放糖，醋，酱油，加少许水，慢慢煒干，迅速出锅。这样的虾子，皮脆肉嫩，下酒最好。每次吃饭，最受欢迎的就是这道菜，碟子基本见底。妻子在家也学做过几次，都不得要领。不是火过了，就是不脆。

岳母的拿手菜是栗子烧鸡。鸡是从农贸市场上买的草鸡，肉鸡不行的。草鸡个头小，而肉食者夥，常常是一次买两只，一烧一大锅。栗子挑选个头一般大、品质好的，剥皮，拿刀切一个口，这样容易入味。油盐酱醋酒糖啥的加上一些，具体做法我说不上来，但是，我看到常常是用蜂窝煤炉子烧鸡，估计是文火慢烧法。鸡肉烂，栗子面。有时候再放上一些黄花菜或者粉皮。这样，鸡肉就不会太油腻了。

妻子的拿手菜是凉拌菜。一般是选用菠菜、萝卜、芫荽、木耳、黄花菜、鸡蛋、黄瓜、虾米、味精、鸡精、芝麻、香油、料酒、糖、盐等。不放酱油和醋。酱油和醋另外调配在小碗里蘸着吃。这样的凉拌菜，一做就是一小盆，竟然所剩无几。在逢年过节的大鱼大肉阵营中，有了这样一道素菜，仿佛都市里的村姑一般，出彩。

## 好吃不如饺子

题目是一句俗语的后半句。前半句是“舒服不如倒着”。半躺在沙发上看电视，一直以来是上班族回到家里最舒服的放松姿势。

饺子的好吃，不仅在于馅儿的丰富多彩、千变万化，还在于包饺子的过程充满了烦琐，满载了温馨。饺子，已经成为中国传统文化的一个载体，老外学习中国饮食文化往往从包饺子开始。虽然说得有点严重了，不过，饺子可以担当如此重任的。因为，没有别的食物可以和饺子分庭抗礼、平分秋色。

小时候，家里不富裕，肉又是要肉票才能买到的。吃饺子是一种奢侈，逢年过节的时候才有的。母亲上街割了半斤肉，要放上两斤韭菜。这样的配比有一个形象的说法，叫作“小猪跑韭菜地了”。

寒暑假到山东姥姥家，大舅、小舅、三姨都住一个村子里，家家都要包顿饺子给我吃。那时候，农村里，包顿饺子，不容易。饺子馅里，有肉有菜有疼爱。

包饺子是一个宏大的工程，必须全家总动员的。父亲工作忙，可以搞些特殊化，但是，偶尔也能赶上一个收尾工程：下饺子。剁肉馅很隆重，动静很大，震得左邻右舍都知道了。因此，下的第一锅饺子，要盛上一小碗，给邻家最小的孩子解馋的。邻里间互相送饺子，是那个时代的一道靓丽的风景。

几乎所有的孩子都尝试过擀饺子皮。双手抱着擀面棍，仿佛有千钧之重似的，常常把饺子皮蹂躏得面目全非，只好揉了再来。要擀张圆皮，好像阿 Q 画一个圆圈一样困难。随着年龄的增长，我们都学会了像母亲那样擀“一手皮”了。我现在一人擀皮，三人包饺子，保证供给，没问题。

下饺子的时候，一家人都围到厨房了，总感觉这个时候蜂窝煤炉子有意跟我们过不去，好像我们吃饺子，它作牺牲，不公平。于是，消极怠工，炉火总是不旺。其实，是我们心太急了。母亲常常说“巴锅不开”。

吃饺子要蘸调料。酱油、香油、醋、糖是必须的，大蒜更是不可或缺。缺了这一样，再好吃的饺子也不能打满分的。有时候常常为害怕有异味而纠结，最终结果还是抵挡不住大蒜那种特殊的爽口的诱惑。吃完饺子，刷三次牙，吃五片口香糖，不辞辛劳。

吃过的饺子馅儿有猪肉、牛肉、羊肉、虾米、鸡蛋、韭菜、荠菜、芹菜、白菜、蘑菇、粉条……最正宗、最常吃的，还是猪肉韭菜馅的饺子。

岳母喜欢包饺子。我在岳母家吃过的饺子多得像天上的星星。有时候，我们也一块儿动手。常常是她一个人承包。为了一顿半小时就吃完的饺子，岳母常常要忙活大半天。制备几个凉菜，盛上热气腾腾的饺子，每人倒上一杯酒（白酒、红酒、啤酒因人而异），开吃啦。最后岳母总结道：“饺子就酒，没吃饭。”

饺子本来是个“饭”，现在成为下酒的“菜”，这是饺子的双重功能。我们到饭店吃饭，其实是打着吃饭的幌子去吃菜的。有人则让菜也退居二线，专门奔着酒去了。这都是本末倒置。最搞笑的是，菜过五味、酒过三巡，桌子上堆得小山一样，足令饕餮之士无奈万般，净盘将军一筹莫展，还要“上点主食吧”，如果不是面条，肯定就是饺子了。感觉这个时候的饺子，有点像三十晚上的兔子了。所以，在饭店里吃的饺子，永远也没有家里包的饺子好吃。饺子要饿了吃，才好。

饭店里也吃过令人难忘的饺子的。那是20世纪80年代，我们旅行结婚到了天津，在登瀛楼吃了一顿灌汤三鲜大馅儿饺子，个大，皮薄，馅儿多，汤烫嘴。以后吃过上海灌汤包子，却再也没有吃过天津灌汤饺子了。也许，这里我神化了那顿饺子，可能是跟我当时的心情有关。人逢喜事精神爽，那个时候，吃苦菜都是甜的。

新浦比较有特色的饺子店，张记水饺、大娘水饺、东北一手饺、沙县蒸饺都吃过的，超市里的速冻水饺也买过，虽然都各有千秋，但是，总觉得其中少了一味。饺子是需要和家人一块儿吃的。尤其是大年初一吃饺子，没外人。

饺子的凝聚力作用，也被户外和网友们所认识。追梦户外和太阳花户外就常常搞包饺子活动。从超市里买了肉馅，在家里活团面背着，到南大山或者是云台山，找一个农家小院，摆开阵势，大家一起动手，相互比试着手艺，说说笑笑，热热闹闹，饺子就包好了，中午饭就解决了。又休闲，又娱乐，又好吃。饺子之用大矣。

和在海一方文学园地的朋友也包过一次饺子。在一个公寓里，几个平时在网上聊天的朋友聚到现实中来了。有人从超市里买了饺子馅儿和饺子皮。有牛肉馅、三鲜馅儿两种。饺子皮比较厚，面粉多，不好捏，需要蘸水捏。因此，不能包进更多的馅儿，饺子都像饿扁了肚子的懒人，躺在桌子上，诗人曰，这是“懒饺子”，我说，莫非，饺子也知道“舒服不如倒着”吗？

# 粉 丝

粉丝，又叫粉条。以前的粉丝，都是做菜的时候用的。赵本山待的那个大城市，最畅销的一道菜，就是猪肉炖粉条。我们家吃粉丝，也是这个吃法。还有，就是大白菜烧粉条了。当然，粉丝还可以烧汤，还可以包饺子。

可是，把粉丝作为饭吃，还是这两年的事情。南京的鸭血粉丝汤，是名吃了。吃过的，名不虚传。其实，那个粉丝，不过是一个陪衬，主角儿是人家鸭血，还有鸭肝啥的。

那天晚上徒步海州，几个妹子是处女走，累死得了。走到海州府门口，实在走不动了，就差要我背着了。我可没有三头六臂啊。装死又不行。忽然，一股浓香，飘过鼻翼。有了。妹子，哥今晚破产了，请你们吃粉丝。

在幸福南路的西边儿，一顶红色的帐篷支起来，灯火辉煌，人头攒动。我们走进去，姐姐打了声招呼，吃什么粉丝？原来，人家是粉丝主打，配菜帮衬。配菜主要有牛肉、猪肉、肉糜，作为浇头。粉丝的分量可是超多的。

点了四碗。结果，把我撑死了。每一个妹子都往我的碗里挑粉丝。纵然就是我的粉丝，也不能这样追捧嘛。粉丝很长，有韧性，妹子恨不得站在梯子上吃呢。

牛肉是酱过的，虽然仅有几片，片片是精华，味道深入到每一寸肌理。桌子上有榨菜，辣椒，可随意添加。更有汪恕有滴醋，倒上几滴，爽滑的感觉，入口之后仿佛没有经过食道，直接就直达胃袋里了。

本地的金五粉丝家里常吃的，不知道这里的粉丝是哪儿的，反正口感好，有嚼头，在碗里泡一刻钟了，还没有一点儿糜烂的感觉。

走出棚子，肚子都不是自己的了。刚才还是健步如飞的我，一下子落伍了。看看几个妹子走在前头，双肩颤颤的，肯定是说我的坏话了。

西小区有家小吃部，鸭血粉丝汤的味道真的得好吃。好到什么程度呢？这和你要知道梨子的味道一样的。照顾肚子大和肚子小的人，分大碗和小碗的。粉丝的分量虽然没有海州府这家足，可是，人家便宜一块钱呢。如果你觉得鸭肝好吃，还可以添加一块钱，另外增加一些的。

一碗鸭血粉丝其实已经够了，可是，如果再来一笼上海灌汤包子，当然更好了。你想啊，上海灌汤包子，南京鸭血粉丝，你在连云港，就等于去了一趟沪宁，因为，和那里的味道是一样的。

# 喜 宴

当下的喜宴无非两种：生日宴、结婚宴。我扳着手指头算了一下，一个人究竟要办多少次喜宴，结果是，没有答案。这和我出去的份子钱一样，也成为一笔呆账。

一般而言，一个人要办这么几次生日宴的，周岁、十岁、二十岁。这是必须要办的。然后，有几个空当。七十、八十、九十也是可以办的，一般是一些德高望重的人才办。普通老百姓就免了，撑不起那么大的一个场子呢。

我的朋友比较多。我还做了一段时间的婚庆跟拍。所以，吃过的喜宴也就比较多。我的外甥女，10岁时，在陇海饭店摆了十几桌；20岁时，在小厨王摆了二十多桌；29岁时，出嫁了，在云台宾馆摆了五六十桌。她将近20年的成长历程，都留下了影像。场子越来越大，花钱越来越多。

人生就是一场接着一场的喜宴。我们从年轻，吃到年老；从年老，吃到吃不动了。最后，我们撒手了，还要留给子孙们一顿长长的喜宴，白事也是喜呢。这边该哭的哭，那边该吃的吃。我们吃饱了，死去的亲人会安心睡觉的。

结婚宴，当然是一次。即使是二婚、三婚，媳妇照娶，喜宴一般就不办了。如果一定要办，也是尽量缩小请客的范围。至多一桌，撑死两桌，都是割头不换的铁哥们、铁姐们。他们额外出了两份份子钱，那是要加倍吃回去的。

在乡村参加过几次喜宴。常常是一个人出礼，全家吃饭。在自家小院里摆上几桌，然后，在左邻右舍也摆上几桌。有人感叹人情债重。可是，如果有一天没有人送你罚单，你会很寂寞的。红白喜事，那是乡村的社会活动，是一个人的人缘的试金石呢。菜肴都是黑碗盛上来的。可是，再多的分量，也总是不够吃的。在农村，基本上不存在浪费现象。

城里的喜宴就不环保，不绿色了。为了有面子，我们常常输掉了里子。饭店越选越大，菜肴越订越贵。如果不剩下个半壁江山，那就对不起人。参加这样的喜宴，看到那些还没有怎么动筷子的美味，就这样硬生生地被服务员端下去，好像有个美女，你还没有拥抱没有接吻就被人拉走了，心中不甘得很呢。就是不吃，你先搁会儿，养养眼睛，可以吗?

不可以。因为，还有更多的美女等待上场呢。喜宴的美味，就像T型台，美女走马灯似的换，我们眼花缭乱，我们春心荡漾，就是没有胃口去消化。日本那个大胃王来中国吃喜宴，或许是正当防卫。

现在的婚宴，越来越像一场秀。婚礼主持整得跟春晚上的朱军和董卿似的，一定要把人烦死，他们才高兴。明明菜肴都已经上桌了，都冷了，他们还在那儿喋喋不休，没完没了；一定要刨出人家在哪儿有了第一次亲密接触，才善罢甘休，否则，便会觉得自己没有完成工作任务似的。谁给他们任务了?

喜宴的菜肴，有新华社通稿的性质，又像星级宾馆的标准间，必需的。这样便于操作。量越大越标准化越好。八个冷盘，下得最快。因为，肚子实在饿了。为了中午吃得更多，早餐是减半，甚至取消了。不到十二点半，主家是不放鞭炮的。接着，大鱼大肉开始进攻了。少不了的是：狮子头，虎皮肉，肘子，鸡。这些最具有杀伤力了。任凭你是饕餮之徒也无语，净盘将军也失业。

最后上场的，当然是一盘鱼了。这叫吉庆有鱼。这条鱼，一般是鲈鱼，高档点儿的，是鳜鱼。清蒸为主，也有红烧的。最后上桌，那就是要客人不要吃完了，最好是不动筷子。这样，主家可以打包带回家翌日吃，这才是货真价实的吉庆有余了。

四五十桌的喜宴铺开来，人多吃饭热情高啊。军港生态园的喜宴大厅(应该叫大棚)也颇有特色,自然光,绿色植物点缀在桌椅之间,很浪漫的呢。

金玫瑰餐厅是长条形的，新郎新娘像模特一样，要走很长很长的一段路，两边的宾客，可以近距离地欣赏到他们的美丽。玉兰会馆的宴会大厅方方正正的，很高。海州府大酒店当然是喜宴最佳选择之地。隔壁的海粮大酒店，也不错的。大厅不够，包间凑。包间挂了立体画，欧洲风格的，古色古香的。连云港的那家饭店，档次也挺高的，对虾大，吃一个就撑死了。台南盐场的那家饭店，前不着村后不着店的，生意很红火，坐车去吃喜宴，也是一景也。

# 焗鱼头

菜肴烹饪有十八般武艺，煎炒烹炸焗，样样精彩。鱼肉经过这么处理，口味便各不相同了。鱼头的吃法可谓多矣。可是，当我吃到焗鱼头的时候，我对于中国的烹饪技术，更增添了一分尊敬，同时，对于美国人民的口味又多了一分怜悯。真的，我实在不能想象，美国人的水煮法，无论是肉，还是鱼，统统放锅里煮上一番。这样，厨房是干净了，胃却寡淡得很呢。做美国人的胃，亏大发了。

闲言少叙，言归正传。话说某年某月的某一天，我的朋友马继承整了一个鱼头宴，让我去品尝。我吃过一些馆子，可是，单独为一个鱼头去单刀赴会，还是破题儿第一遭。

因为是开车去的。没有喝酒。忽然发现，没有喝酒，你的味蕾便显得格外敏感了。吃鱼头，不喝酒，真的最好。上的是鲶鱼头。黄鳝似的，大拇指大小，都是进口加工后剩的边角废料。可是，经过厨师这么一整，就提高了附加值，变成珍馐美味了。

做法是三样，且让我一一道来。第一盘，是鲶鱼汤。汤白，且浓，犹如牛奶，又像豆浆。鲶鱼头堆砌在盘子中央，小山一样，几根蒜苗白点缀着。鱼中汤，汤鲜，鱼就不怎么样了。喝一小口，慢慢品尝，没有腥味，只有鲜味。头已经煮烂了，轻轻一抿，骨肉分离。

第二盘是油炸鲶鱼头。炸至焦黄，闻着都香。再放上一些红辣椒，色彩也有了。油炸过的鲶鱼头，外焦内嫩，入口即化，连骨头都不用吐了。忽然发现自己很有杀伐之心了。一顿午餐，竟然吞噬了几十条生命了。古时候的杀人如麻，不过如此乎？

第三盘是剁椒鲶鱼头。鲜红的辣椒切成一小段一小段，铺满盘子，快要盖住了鲶鱼头，不是很辣，只是看起来红红火火的，很有气氛了。

这，就是传说中的一鱼多吃吗？味道是有了，就是感觉吃不饱的样子。会吃吃味。我不会吃，喜欢吃肉。感觉意犹未尽。这时候，厨师又端上一盘焗鱼头。只是，此鱼头非彼鱼头，不是鲶鱼了，是鲢鱼。

焗鱼头是盛在砂锅里的。端上桌子，还听到滋滋响声。以洋葱配料。洋葱白，鱼头也白，是协调色系了。鲢鱼头以硕大著称，肉也多，和鲶鱼头不可同日而语也。热到烫嘴，本来是应该等等的，可是，实在经不住鱼香的诱惑，冒着被烫伤舌头的危险，动筷子了。

鱼头是肥腻的，尤其是鱼鳃那块肉，肥如凝脂。可是，并不腻人。像碳一样在舌尖翻滚，几次想吐出来，终于没有舍得。吃了一块，不过瘾，又吃一块。反正也不喝酒，不用抬头了，就埋头苦吃起来。等到抬头一看，马继承和我一样，也是目中无人的模样呢。这大约就是韩剧中所说的，两个人吃饭，死了一个都不知道了吧。

从小就听妈妈说，鲫鱼头，鲢鱼腮，马鲛鱼骨肉香满街。以前从来没有觉得这句话有道理，吃鱼永远选择中间段，鱼头鱼尾，都是父母吃，妻子吃，反正我不吃。未曾想，老了老了，忽然发现，鱼头原来是这样好吃的。岂止是鱼头好吃，顺带着，鱼头锅里的洋葱也鲜嫩无比。焗鱼头用油比较多了，洋葱都在油里浸泡着，一点儿刺激鼻子的味道都没有了，蔬菜仿佛变成了鱼肉。

做学问的，有通才，有专家。品尝美食，也一样，有宴席，菜肴丰富得像百科全书。也有专题研究，那就是专卖店，是《诗经》，或者，是《尚书》，在丰富上略逊一筹，在纯粹上独领风骚。很佩服武汉人，两根鸭脖子，就能干掉一瓶酒。更佩服人力车夫，一包花生米，就能喝个半醉。人的胃袋，有时候很挑剔，有时候又很随意。

有时候感觉，胃袋的功劳真的是太大了。我们所有的口腹之欲，最终都要劳驾胃袋，你们酸甜苦辣咸五味俱全，人家吃的都是你嚼过的馍。遇到有所节制的嘴巴还算是幸运，如果遇到饕餮之徒，只顾一时口舌之快活，不管不顾人家的死活，你酩酊大睡，人家夜里还要加班替你消食，真的太辛苦了。我们表示慰问一下吧：胃，辛苦啦。以后，我们再也不暴饮暴食了，做一个文明的人，做一个有口德的人。

## 农家菜

周六没有版面要编辑，那就亮亮脚板吧。神行太保，没有走伴，一个人上路了。出蔷薇小区北门，上人民路转盐河路转新建路转锦屏路，过刘顶直行，准备再走一趟新安镇的。可是，你懂的，刘顶南八百米处，一块“开心农场”的牌子，羁绊住了神行太保的脚。

我是出来寻开心的。我觉得，路上是最开心的。因为，路上有风景，还有艳遇。现在，竟然有一个农场，也叫开心，是可忍孰不可忍也。如果这儿也能“寻开心”，我又何必舍近求远呢？

走进开心农场，新建的嘛，有鱼塘，有大棚，当然，还有餐馆的。开心的前提是要开胃的。没有餐馆的地方，怎么能够开心呢？饭前开胃酒，饭后开胃果，都是为开心做铺垫和善后的。开心农场的开胃酒显然是垂钓和采摘了。

几个鱼塘，放养了不少鱼儿。来玩儿的人，从轿车的后备厢里搬出家伙儿，开始钓鱼了。钓到的鱼，就是中午下酒的菜了。这叫自己动手，饭菜全有。男人们钓鱼，女人们挖荠菜。这叫男女搭配，荤素齐备。

餐厅设在一个大棚里，温暖如春。饭前掼蛋，都要流汗。看我一个人跟密探似的，老板娘并不设防，任我走动、拍摄。最终，还是弱弱地问：“拍照是干什么的呢？”我说我是“美食密探”。她说：“你就是美食帮主杨树民吗？”“正是在下。”“久仰久仰。”“岂敢岂敢。”“失敬失敬。”“承让承让。”真的很开心呢。

虽然是不速之客，到底是饕餮之徒。一个人竟然要了三个菜：乡村地锅鱼、农场自制风鸡、凉拌荠菜。主食是小麦小糊饼。那叫一个好吃。听我慢慢道来。

虽然没有走新安 80 公里，也算走了 8 公里了。算是一个热身了。这样，吃饭就香。

几个包间，古典家具，那是为城里的大款设计的，很华丽。我不太喜欢。我喜欢的是这么一个小灶间。三条板凳，围着一个草锅，锅台边沿就是餐桌了。可供 6 个人就餐。一条凳子上坐两个人，可谓亲密无间。不像别的餐馆，椅子中间可以跑马，敬酒要打的。

一口铁锅，炉膛里还有木块在燃烧。揭开锅盖，鲜味扑鼻。你基本上是坐不住的，需要站起来，一手拿筷子，一手端着小碗。一条草鱼硕大无朋，几乎占了半锅。另外，加上一些萝卜、辣椒什么的配菜。农场的鱼塘里的鱼儿，土锅烧制，慢火熬着，味道深入到鱼的每一寸肌理。

荠菜不仅可以包饺子，原来也可以凉拌的。野生的，还不是大棚里的，是呼吸着清新自然的空气，沐浴着温暖的阳光生长起来的，真的是绿色的。稍微搁一点儿盐抓抓，也不加调料，就那么纯粹，那么地道，那么入心入肺，那么如痴如醉。不就是一盘荠菜嘛。可是，这样吃饭，以前没有过呢。真的很稀罕呢。

上了一盘风鸡。是小草鸡，农场散养的，炒盐、香料腌制、晾干，也没有过刀，就撕巴撕巴，口感香醇，有嚼鱼干之口感，又有入屠门之痛快。瘦肉型鸡仔，应该是女人的最爱。

本来已经撑得半死了。老板娘最后端上一碟小糊饼，大有谋财害命之嫌疑了。因为，真的要撑死了。小麦是本地产。自己加工，石磨推制，没有驴，是人推的呢，还是美女呢。小糊饼没有去糠，所以看起来有点儿黄，不白，可是，味道好极啦。小麦的香味，那是来自大地母亲的肌肤的，是实实在在的香，是本土的香，是可以伴你入睡的香，还有点儿麦麸的甜，淡淡的，什么菜也不用就了，仿佛西餐最后的一道甜点，比冰激凌温馨，比巧克力养人。

健身先健腿，开心先开胃。美景，在路上；美女，在路上；美食，也在路上，可谓“三美”。让我们迈开双腿，去寻找那份属于自己的饕餮盛宴吧。

# 吃海鲜

早就想到墟沟吃海鲜啦。一直没有时间。那天，天上飘下蒙蒙雨，是春雨啦，贵如油呢。晚上，没有饭局，于是，呼朋唤友，驱车去了一趟墟沟。

傍晚的港城大道车流如梭。下雨的路边有些水迹，车灯打在上面形成倒影，有一种梦幻般的感觉。在海边停车，在细雨中走上一艘停泊在海面上的固定了的海上美食中心船上。

船不大，也有三层楼高了。进去之后感觉不到是在船上。因为，不动。可是，如果你是一个浪漫的人，船不动，心动，依然是晃悠的。好像喝酒到微醺，看花到半开似的。

进门就是明档，看菜点菜。摆不下的，则有照片，按图索骥吧。一只大对虾 30 元，林妹妹有一只就饱了，不用点其他菜了。我们则不然，点了一桌的海鲜。吃的就是海鲜宴嘛。

既然是海鲜开会，那么，我们就开始点名吧。四个冷盘是：松花蛋虾皮、海蜇、鱿鱼、花生米银鱼。高档的海鲜宴席，能见到虾皮，说明众生平等，和谐宴会嘛。在虾皮那个层次里，这盘也是精品。没有一丝的杂质，是贫民家的姑娘，经过 ISO9000 认证的。花生米不是海鲜了吧，可是，经过银鱼这么一掺和，味道真的很好呢。我在玉米人吃过这道小菜，感觉这里的更地道些。专业和准专业，到底还是有差别的。

已经很久很久没有吃到鳓鱼了。记忆中的鳓鱼，还是三十年前春节期间妈妈做的。鳓鱼比较咸，需要放些黄豆、豆腐啥的吸收鳓鱼的咸味道。这里的鳓鱼自然没有家里的咸，但是，也必须就大饼才可以下咽的。

海带，应该是海鲜中的小不点了，虽然也是产自大海，却可以完全不算海鲜的。

可是，这一盘海带依然非常出彩。出彩的不是味道，而是盛器。是放在一个硕大无朋的海螺壳里的。

古人买椟还珠，我们倒是想把海带吃了，把海螺带走呢。可是，人家靠这只海螺已经卖了一船的海带了。

海参，切成丁了，跟娃娃鱼似的，都不好下筷子了，只好用调羹来。很胶黏，又顺滑，是大补呢。

沙光鱼，不是传统的吃法，没有烧汤，也没有红烧，而是清蒸似的，鱼肉做得很有嚼头。

最出彩的，窃以为是生呛虾婆。这绝对是有创意的。我们吃过生呛虾，一般都是小虾米，虾米小嘛，酒量不大，容易醉的。现在，人家弄个庞然大物，把虾婆也灌醉了，这得多大的酒量啊。虾婆切成段子，这样，酒更容易浸入。筷子夹块虾婆放嘴里，用牙齿咬一下子，皮肉就分离了。那份清爽，那种纯鲜，再鲜活的语言，也不能道出十分之一二来的。

真的是要将海鲜进行到底了，主食是海蛎面疙瘩。面疙瘩是家常饭了，拿海蛎子做汤，鲜味扑鼻。原来，面疙瘩和馄饨一样，要想鲜，放海鲜。海蛎子鲜嫩，做汤，是恰到好处了。

哦，差点忘记了。中途，还每人上了一小盘子的鲍鱼和八带鱼。鲍鱼贼贵，味道并不怎么样。倒是八带鱼，圆圆的的一肚子籽，米粒一样的，口感十分好。

设宴首尔厅，跟在韩国似的。老板叫李正勇，像韩剧里的人物。

大堂经理王芳，非常热情大方的一个职业白领。甚至，厨师戴着一副眼镜，透着一股书生气。感情，他不看《菜谱》看《诗经》了吗？

饭前没有掼蛋，饭后补上了。棋逢对手、将遇良才。窗外的风刮得呼呼的，小雨依然飘飘洒洒，这是留客的雨呢。当然啦，打到A，刚好十二点，赶末班车回新浦。这顿饭吃的，前后6个小时。来的路上，充满了期待。回去时，又一肚子的回味。都说吃饭是俗事，原来也可以很浪漫的呢。

# 吃　鸡

上回说到吃海鲜，因为入戏太深，把人家海上美食中心老板的名字都搞成了韩剧中的人物李正泰了，其实，人家叫李正勇，对不起。

几乎所有的宴席都少不了鸡。鸡鱼肉蛋，四大名旦，鸡是头旦。无鱼不成宴，无鸡不成席。不仅因为它们都是美味，而且还因为这两个字的谐音好，鱼者余也，鸡者吉也。汉字的博大精深，一斑窥豹了。老外也受影响。肯德基，主要是卖鸡腿的，基者鸡也。麦当劳呢？麦当娜的哥哥开的饭店嘛。我在乡下看到炸鸡腿的小店，叫“啃得起”，这是肯德基的乡村版了。

闲言少叙，书归正传。话说某年某月的某一天，我们毅行先锋的战士徒步东海张湾。这是一条吃鸡的经典线路，我已经走了四趟了。张湾的老公鸡，真的好好吃啊。

平时徒步30公里以上，人数不会超过8人，那天，竟然来了22人。以前，我觉得我很有号召力，原来，不如东海的老公鸡。郁闷。

老公鸡不容易烧烂，为了保证我们到了张湾就坐下吃鸡，驴友绿色心情率领先遣小分队坐车到刘顶再徒步，这样就提前一个小时抵达张湾了。那家著名的开源大酒店不开了，但是，老板还在，手艺还在。绿色心情找到他家，定了两只老公鸡，打包拿到张湾大酒店。

从农工商超市到张湾大酒店，18公里，我们5个人只用3个小时就拿下了。十二点钟，开始吃鸡。这回烧烂了。火到猪头烂，钱到公事办。烧烂了的老公鸡，吃起来就不费牙劲儿了。辣椒鲜红的，吃得大家稀里哗啦一片响声，真馋人。两桌，对门而设，那桌女人多点儿，不能承受辣味太重，剩了半盆，端过来了。男人喜欢吃辣，就像喜欢辣妹，或者，野蛮女友乎？

那次，在浦南吃老公鸡，那是真的老，仿佛长了 18 年，不然，怎么鸡爪大得像我的手，不过是一只鸡嘛，肉多得像鸵鸟。十个人，竟然没有吃完三分之一，太糟蹋鸡了，想打包的，没好意思。回来，耿耿于怀，思念那只鸡好久好久。那么大的鸡要烧好，颇不容易。开源大酒店的老板说，那是用中草药烧制的，有祖传秘方呢。我们对于祖传秘方总是心存崇拜之情。听说，李记烧鸡家的那锅汤，是从清朝熬制到今天的呢。

两个月前，我到东海采访。中午，在晶牛广场边上的一家小饭店吃鸡。因为，只有两个人嘛，就点了半只鸡的分量，最后，连骨肉都吃净了。我真的非常喜欢吃鸡呢。感觉，地上跑的，四条腿的，不如两条腿的。两条腿的，不如能小飞一下子的。因此，鸡最好吃，胜过鹅、鸭及其他。逢年过节，到超市里买肉，必不可少的，是要买一些鸡腿、鸡翅的。鸡腿叫琵琶腿。鸡爪叫凤爪。琵琶腿红烧好，肉多。鸡翅也红烧好。在悠仙美地吃过凤爪，不是冷菜碟子，是放在钵里的，煨出来的，稀烂，嘴巴一咂，骨肉分离。味道好，又不占肚子的容量，女孩子最喜欢了。

常常听到有人说，鸡肉没有原来的香了，因为，肉鸡多，草鸡少。我从来就没有这样的感觉。我的朋友童言无忌说我：他这个人啊，狗屎都香。知我者，无忌也。那天，走张湾，我听到有人也快要像我这样赞美鸡了。她说，同样是东海老公鸡，为什么在新浦吃的，不如在张湾吃的香呢？我说，那是因为你在新浦走了两里地，到张湾是走了 18 公里。如果你走到日照，狗屎都香了。

20 世纪 80 年代看陆文夫的小说《美食家》，主人公朱自冶早晨起来，是到骨头汤店等候（人家刚刚生火他就坐等了）吃头啖汤。那是原汁原味，迟到的，只能喝加水的汤了。然后，泡澡堂子，把肚子里的汤饭消化掉，给午餐腾地方。下午，则喝茶，继续消食，为晚饭做准备工作。我想，那时候，朱先生没有机会洗桑拿做汗蒸，那样效果会更好。如果他遇到我，跟我走，口味会更佳。老人说，累两条腿，为一张嘴。这话儿也可以略作变通，要想侍候好一张嘴，先累累两条腿。不经过风雨，怎么见彩虹？不经过长途跋涉（我们叫毅行），怎么能吃到美味的老公鸡？

昨天，我的毅行兄弟姐妹又杀到东磊去糟蹋公鸡了。小静说，那里的公鸡是上树的。上树干什么呢？逮虫子吃吗？打电话，问小静，东磊的鸡好吃吗？小静说，两个人吃鸡，对面的一个人死掉了都不会发现的。韩剧看多了。

## 少喝酒多吃菜

如果说吃饭是一场艳遇，那么，喝酒就是一种心情。举杯邀明月，对影成三人，喝的是闷酒。杯盘狼藉，不知东方之既白，喝的是闹酒。听说，还有喝花酒的。我的酒龄和年龄不成正比。我的酒量和身高恰恰相反。可是，就这号的人，也醉过。一次，我和原单位的几个球友在王二酒家喝酒，大约是有点怀旧了，因为，单位破产了，我们都作鸟兽散了。喝多了。推车回家，就跌入路边的绿篱带里去了，让我戴了半个月的遮阳帽。还有一次，是遇到二十八年不见的老同学了，在卓大酒家喝酒，席间，不禁追忆起逝水年华了。结果是打的回家，笔记本留给的哥了。的哥也没客气，就收下了。当然，也许是我的后一位坐在后排的乘客替我保管了。

两次醉酒，损失惨重。这才想起老婆的话：少喝酒，多吃菜。实践证明，老婆是对的。不听老婆言，吃亏在眼前。上酒桌，就装死，找理由，不喝酒：这两天有点不舒服；我上夜班呢；开车来的……少喝，或者，不喝。这样，我就有了多吃菜的饕餮之旅了。

酒喝大的时候，对于菜肴，必然是迟钝的。只有少喝酒，或者不喝酒的时候，我们这才能够全心全意地享受美味佳肴。王二的菜是不错的。卓大的菜也很好。可是，现在我都说不出了。上周，跟作协的作家走进同科，在人家的食堂蹭了一顿丰盛的晚餐，味蕾最为敏感，因为，没喝酒啊。

桌子大，人多，两杯之后，他们就“打的”敬酒了。我在车站等车。自动转盘，菜肴像美女一样在眼前转悠，你要能够抵挡得住诱惑，除非你是柳下惠。大虾和螃蟹，当然是鲜美的，这里暂且不表。我非常喜欢的是那盆猪大肠，里面还有猪血，烧大白菜，那个味道，竟然是“妈妈的味道”。因为，这道菜，是困难时期我们家最为享受的。那是要走后门才能在肉联厂买到的。大冬天的，妈妈挑灯夜战，打理、烹饪。弄到十点钟，切一小段，让我们姐弟仨蘸点盐吃。第二天中午，猪大肠烧大白菜，下饭啊，迄今不忘。

前天去灌南采访，在生态园，又吃到猪大肠了。味道和同科的有一拼。这样的“不登大雅之堂”的吃物，其实最为熨帖，可以安顿我的胃。在那里，还吃到一份猪手（就是猪蹄），红烧之后，又烤过，撒了椒盐，真的就是“外焦里嫩”了，切成小块，好下嘴，绝对不让淑女为难。不像我们家里的吃法，一人一只拿着啃，三只手相会，够逗的。我到小吃部吃饭，也常常点一份大肠盖浇饭。那份大肠是红烧的。油腻腻的，可香了。

报社隔壁的港丽大酒店的菜肴，造型生动，味道也还行。那天，吃了一份糖醋小排骨，就那么一小碟，点心似的，而且，肉特少。因为香、酥，越嚼越有味道，差不多连骨头都吃了。

报社到孔雀沟搞拓展训练，中午在孔雀沟饭店吃饭。因为全体都没有喝酒，所以，我明显感觉菜不够吃了。

那天夜里，编完版，发现QQ群里还有几个夜猫子在守夜。一个人忽然提议，出去喝酒。我开车去接他们，到王怀酒家。这是一个准夜店了。要了一碟花生米，一盆牛肉大白菜，还有一份小杂鱼。三人一瓶酒，酒瓶见底，菜碟如洗。三人有一搭没一搭地说着在群里发生的故事，看着王怀坐在收银台发呆，忽然想到，这，就是传说中的“喝的是心情”了。两点了，各回各家，各找各妈。他俩打车。我徒步的。

## 舌尖上的幸福

每天晚上，我不在饭店，就在去饭店的路上。写了一些所谓美食的文字，竟然混得一个“美食家”的“绰号”。我很惶恐。可见文字是多么不可靠。对于美食，我们应该相信自己的舌头。你要知道布丁的滋味，只有亲口尝一尝。这话，可信。

美女看多了，有审美疲劳。美食吃多了，也是有“审味疲劳”的。舌尖挑剔了，那是因为刺激太频繁。有时候，为了吃出水平、吃出气氛、吃出和谐社会的新局面，我们常常要在美食之外，整点花样儿。

比如盛器。现在的饭店洗碗工可能最麻烦了。哪像过去，碟子都是圆形的，摞起来方便，洗起来顺手。现在都变成方形的，扇面的，还有很多不规则的形状。你还别说，这样五花八门的碟子往桌子上一搁，感觉就有了。这有点像报纸的版面，字体不能都是粗黑，得有仿宋、新宋、楷体。还要讲究配图。菜肴碟子里的小花儿、绿叶儿，不能吃的，只为看的，也为美食贡献了自己的微薄之力呢。

最流行的是说段子。这个时候，你会觉得经常泡网络的人是多么有优势了。一套一套的，景德镇瓷器似的，大家都喜欢听。有点颜色的段子，当然更受人欢迎，虽然有点俗，但是，俗得比较得体，符合那么一种微醺的氛围，宽松的环境。如果你换个场合，比如，在音乐缥缈的咖啡厅里说段子，肯定就没有这么好的效果了。

可是，当有一天你在饭局当中，能够听到有人唱歌，不是通俗的“人人都是歌唱家”的卡拉 OK，而是美声的、民族的，你这才会感觉到，什么叫高雅。

那天采访连云港市青歌赛的几个选手和音协的几个重量级人物。晚上，到茶聚楼吃饭。茶聚楼的美食品尝过几次，虽然还没有到了疲劳的程度，新鲜感是肯定没有了。正当我有点走神的时候，有人提议，让歌手刘昕瑜唱歌助兴。小妹妹落落大方，起立，亮嗓。没有伴奏，没有话筒，就是清唱。声音甜美，如同那杯西班牙红酒。她唱的是美声。以前只在电视上听过。现在，就在眼面前儿，邻座儿，这大约就是“零距离”了吧？另外一名歌手蒋亚娟是民族唱法，也来了一曲。

胡磊是音乐家协会副秘书长，又是青歌赛的承办者，喝茶的时候，因为没有准备音乐，他踊跃献声，唱了一首《草原之夜》。声音辽远，让我们一时间忘记了是在茶楼，仿佛置身于草原了。我们没有敢请张素云唱歌，人家可是大腕呢。可是，她也被喝茶的氛围所感染，为我们唱了一首《芦花美》。那个好听啊，估计翌日茶楼就要换瓦了。或曰：管不如丝，丝如不肉。人声最美，如同天籁。

现在讲究一条龙服务。开茶楼有美食。开歌厅的，竟然也有美食。那天在立体声吃饭，龙虾上了两盘，都是浸了很长时间的美味。喝酒的几个都是经常聚会的朋友，气氛当然是融洽的。最让人难忘的是酒足饭饱之后，下楼就唱歌。可能是美味滋润了嗓子吧，个个都成了歌唱家了，尤其是《为了谁》，唱得好，就像佟铁鑫和祖海。

昨晚，吃过饭了，接到妹妹的电话，出来吃饭呗。我说，有版面呢，不能喝酒。妹妹说，就吃点饭，中不？结果是，五个人，四个喝酒，喝了两瓶。陈武有点喝高了，话特别多。他以吃花生米为例，讲了诗歌、散文和小说的区别。筷子夹花生米，直接进嘴巴里，是散文，掉地上，满地找，半晌，发现掉地缝里了，抠出来，吹吹，去皮，捏着，慢慢地搁嘴里，眯上眼睛，陶醉无比，呷一口酒……这是小说。

至于诗歌呢，是捏一枚花生米，抛得老高，张开嘴巴接住。这是我听过的最为通俗易懂的文学创作讲座了。

写到这里，发现跑题了，没有写到好吃的东西。这正是：只要感情有，喝水也是酒。没有写到菜，希望你别怪。

# 喝酒的故事

七年前，单位破产，混迹于江湖，喝酒总是难免的。人在江湖漂，哪能不喝高？像我这样漂而不高的，似乎不多。我有20多年的酒龄，属于浅尝辄止型，喝高只有两次，都发生在这七年之中。七年两醉，多乎哉？不多也。

有人问我不醉的秘诀。无他，装死而已。

一般而言，酒桌上，话多者，必喝多。因为，你成为众矢之的了。一人不喝酒，喝酒找对手。人们都喜欢找活跃的人喝酒。喝酒的理由很多。只要你说话多，一定可以让人找到和你干杯的理由。同乡啊同学啊同龄啊都可以喝酒。不同龄也可以喝酒，要想好，大敬小。

现在喝白酒都是小壶加小杯的配置。一壶二两五，两壶就是半斤。第一壶是要喝完的，这叫喝完没商量，否则，大家都空着酒壶等着你，就像大旱之盼甘霖。因此，没有二两五的酒量，你就不要上桌了。第二壶可以商量。这主要是针对女士，或者，的确是不胜酒力的男人。男人到了需要别人照顾的地步，基本上都有“不行”的嫌疑了。可是，还要嘴硬，不能说不行，只是说，这两天连续作战，不在状态……

新浦这儿，两杯之后，开始介绍。有按逆时针的，这是体育局的做法。有先客人后主人的，这是外交部的做法。也有官本位的，这是组织部的做法。介绍完毕，再共同干杯（这是第三杯了）。然后，就分头开战、捉对厮杀了。

敬酒一般一杯就行了，这是新浦的喝法。到了灌云，就不通行了。那里是两杯，这叫“好事成双”。到了灌南，又不行了，要喝四杯，叫“一方”，又叫“事事如意”。现在，在全市人民都是小壶配小杯的时代，人家灌南换成厚底玻璃杯，一杯半两，一口一个。敬酒的时候，挨个喝，一圈下来，就是半斤。能喝的，转个两圈三圈，不成问题。灌南号称“麻雀都能喝四两”，何况人乎？

枣庄人喝酒开场有气势。如果主家出三个人陪酒，依照职务大小，分一陪、二陪、三陪。第一杯（高脚杯大约二两五）酒是要分七口喝完的。一陪，敬酒三次，二陪，敬酒三次，以上随便你喝多少。到了三陪，只敬酒一次，必须喝完。有人先多后少，喝得逍遥。有人先松后紧，喝得起劲。

白酒领衔、红酒紧随、啤酒殿后。这叫“三中（种）全会”。有人不掺酒，于是得到“单纯”的美誉。有人什么都能喝，于是“好色”的绰号非其莫属。大酒量的，号称“白酒一两瓶，啤酒尽管拎”。我还真的看到喝了一斤的人，离开酒店，还很清醒的样子，能找到回家的路，估计还能喝一斤。喝酒就像喝水，二两五的杯子，一饮而尽。喝啤酒是嘴巴对着酒瓶口，飞流直下三千尺，还不带上厕所的。和这样的酒仙相比，我只能算是酒徒（学徒）了。

大约是快餐时代了，文学的类型也越来越讲究速成。短信、段子，是当前的一种文化现象。段子的发布地，一个是在QQ群里，一个就是在这个酒桌上了。段子的内容一般而言有两个，一个是政治的，一个是性的，如果还有第三个，那便是政治性的。段子的发布者，一般而言，是主家，为了烘托气氛，所谓酒不够，烟来凑。吸烟有害，段子添彩。宾客为了答谢主家的盛情款待，有时候也会奉献一段。这个时候，主人和客人都会发出会心的微笑，甚至是哄堂大笑。只有涉世未深的姑娘羞红了脸，抿紧了嘴巴，装淑女。也有比较二的女生会弱弱地问道：“说的是什么呀？”卖萌。

据说，酒桌上有三种人惹不起：扎小辫儿的，吃药片儿的，红脸蛋儿的。个中原因，我没有研究。

点菜有讲究。公款吃喝，大款请客，基本上都是说个数字就行了，人均100元，人均120元，甚至500元的，都可以。这样，厨房好配菜，主家省事，客人也觉得吃得轻松，人家有钱啊，不在乎。如果是点菜，最好是看菜点菜，这样主家可以远离客人了。主家自由，割肉也是自己一个人默默难受，没有观众。客人也就没有愧对主家需要支付同情费的尴尬。如果是看菜单点菜，服务员站在身边，不住地提醒你，最低消费还没有到呢，您再点几个吧，否则，就请您换个小包间吧？我们也是没有办法，经理就是这么规定的……严重影响食欲。

翌日说起昨晚喝多少，总能多出一瓶酒来。喝了半斤报八两，喝了八两报一斤，总怕报少了，让人耻笑了。原来，酒量是胆量，酒品如人品，我们喝的似乎不是酒，而是肝胆。身体喝趴下了，人格却能竖立起来。很多兄弟，就是在酒桌上结拜的。很多合同，也是在酒桌上签订的。所以说，酒场如战场，杯中乾坤大，壶中日月长啊。老干部会说，带着年轻干部出去锻炼锻炼，基本上就是喝酒了。在一个单位，有二斤酒量的人，基本上就不用上班了，上饭酒桌就行了。

进饭店好像进景点一样，照相机是必须的。一盘菜上桌，动箸之前，先立此存照。闲来翻检美食图片，又能重吃一遍。大约是上了年纪的缘故吧，感觉这世间，最美的，不是美景，不是美文，不是美女，而是，美食。

# 爱吃甜食

酸甜苦辣咸，五味之中，最爱的是老二。这和我排行老二有关吗？我对于甜食，有点偏爱，爱到二，那是的确的，不掺假。

能够想起来的镜头是，我从家里走到母亲单位（大约 100 米）的后大门，眼巴巴地望着妈妈从车间里出来上厕所，大声叫喊着“妈妈”。妈妈知道，这是家里的小馋猫来了。妈妈从裤兜里掏出 2 分钱。我握着这枚硬币，屁颠屁颠地往车站商店跑，大约有 50 米。从比我还高的柜台递上钱，售货员韩大爷给我两块水果糖，或者 10 粒小糖弹（具体数字不是很准确了）。于是，一个上午（或者下午），我都是非常甜蜜的。

我爱吃糖的毛病，至今未改。俗话说，小孩吃糖，大人抽烟。有人看我年轻，或者说，是不成熟，长不大，是不是和吃糖有关呢？

我的表哥从部队转业，带来了两面袋的绵白糖。那时候，白糖（绵白糖、砂糖）是限量供应的，我们家能够在一夜之间拥有如此海量的糖，仿佛一夜暴富的大款，不知道怎么消化这笔财富了，就是说，开始糟蹋了。因为，如果依照惯例消费这些糖，估计要吃到共产主义了。我们没有这个耐心。我真的是，在春天里就挥霍了夏季。

吃稀饭放糖，那是没有菜的情况下偶尔为之。可是，自从有了这两袋糖，传统的吃法都打破了。有菜吗？好的，第一碗，就菜，第二碗，就拌糖了。稀饭如此，甚至连面条都这样。吃馒头都蘸糖。

吃干饭也蘸糖，当然，还要浇一点儿豆油。豆油黄黄的，真香。加上糖，那叫香甜。

肉有多种吃法，我独爱糖醋排骨。不是我自己长得像糖醋排骨（这里没有歧视粉蒸肉的意思），实在是糖醋排骨又甜又酸——当然，还有一点点儿的咸。这里的咸，更增添了甜的味道（所谓要想甜，加点盐）。五味之中，竟然有三味。我也真想把我们家的厨房命名为“三味厨房”呢。

我至今还记得，我的啤酒启蒙，是靠了白糖才完成的。我差不多二十三四岁的时候才喝啤酒。尝第一口，又苦又涩，不能下咽。可是，看到家人和客人喝得津津有味，还有陪客的义务和责任，就想出了一个方法，放糖。让甜味冲淡啤酒的苦涩，你还别说，这招管用。现在喝啤酒当然不要放糖了。可是，偶尔兑一些橙汁或者雪碧，味道也不错的。

在所有的点心之中，我最喜欢三刀酥，因为它甜，甜到发腻，就像热恋中的女人的香唇满口咬着你，要甜死你，你甚至都有点晕了，可是，还是要吃。三刀酥最佳的进食方法，是就一碗稀饭。吃一枚三刀酥，喝两口稀饭，什么菜肴也不要了。

现在的酒席，都有一碗甜汤开胃，也叫暖胃，这样，喝酒不醉。很多健康人士是不吃甜食的，至少是少吃甜食的。而我常常要喝两碗，甚至三碗。如果还有那种蘸奶油的油炸小馒头，大菜还没有上桌，我差不多就吃饱了。想想，爱吃甜食，有时候真的很不划算的。可是，因为太爱了，禁不住甜的诱惑，就像禁不住香唇的诱惑一样。

冷饮中，独爱冰糖雪梨水，冰镇一下，大口喝下，甜甜的，爽爽的，尤其是打球之后，或者徒步的路上，看到冰糖雪梨水，就像看到亲人一样。雪糕当中，最喜欢巧乐滋，喜欢开头那一大块的巧克力。单纯的巧克力当然也不错的，比如，德芙巧克力，丝般顺滑，甜蜜爱人一般，可是，比起巧乐滋，又少了一层奶油，还有凉爽。

我这么喜欢夏天，除了我生于夏天之外，就是夏天有甜甜的巧乐滋吃。小时候是冰棍，好一点的是奶油冰棍。现在的老冰棍，有怀旧的成分，我已经不喜欢吃了，无他，不如巧乐滋甜，甚至，不如大布丁甜。女人如果是一种味道，我喜欢恬（甜）妹胜于辣妹。

# 饭桌圆舞曲

吃饭的桌子可以影响到食欲甚至心情。

在大圆桌上吃饭，仿佛在主席台就座一样，有一种成就感和辉煌感，吃的不是饭，而是气派和气势。

一般的圆桌，十人起步，十二人就要加座了。大饭店的大包间，有 14 人座位的（一定要比 13 人多一张椅子，否则，就是最后的晚餐了），还有 16 人、18 人的。人民大会堂的那张主桌则可以 20 人以上了，大得像足球场中间的圆圈。

人多菜多，本来是可以大饱口福的。可是，人多顺带着也话多了，所以，口福没有怎么享受，耳朵是有福了。就是那个简单的介绍，一圈下来，菜都凉了。服务员可是按照程序走的，厨房已经启动，炒勺已经颠簸。于是，我们只好眼睁睁地看着还没有动筷子的菜被撤下去了，眼睛恨不得生出手来挽留。主人讲话的时候，要作洗耳恭听状的，领导讲个段子，你在段子没有完之前是不能动筷子的。因为，你要注视领导，一旦发现领导闭上了嘴巴，你就要掌声响起来了。

所以，大圆桌上的菜肴，是看的，不是吃的，难怪造型都是那么生动、漂亮。只有在主客相互敬酒的时候，你才可以见缝插针饕餮那么几筷子，根本没法品味，只求填肚子。如此珍馐竟然沦落到填肚子的地步，也够让人蒙羞的了。

因为桌子实在是太大了，对面的人杯子是端起来了，可是，不知道是找谁喝酒的。像隔山对歌。可惜，没有刘三姐的好嗓子。于是乎，发明了“打的”。有人只是端着个杯子，那是针对一人的。有人为了免除往返路费，干脆端着酒壶举着杯子，一圈扫射，乖乖，没有二两五，是走不完这一圈的。这是主动出击的。还有坐以待毙的时候。所以，能够在大圆桌上喝酒的人，基本上都是久经沙场的宿将。

八十平方米的一个大包间，只放了一张桌子，房租金贵的今日，只好把房租折算到菜肴和酒水里去了。然而，能够包这样的场子的人，不是大官就是巨贾，我们看着是西瓜，在人家眼里不过是芝麻。我们是替大人操心。

我吃过大圆桌，每次都是撑得要死，饭后却回忆不出究竟吃了哪道菜。又不便拍照，一旦不小心流传出去，给整出一个“饭局门”，那我可就真的是“吃不了兜着走”了。

大圆桌让人尊敬，就像大人物。小方桌则让人亲近，就像你的兄弟姊妹狐朋狗友。

一般的小饭店都设有小方桌或者小条桌，一般四人，至多六人，这些都可以归类于小方桌也。桌面小，点菜自然就不用多。现在忽然想到，中国人的饭菜浪费严重，其实是和求大的心理有关的。清朝那会儿，慈禧一餐千金，尽显大清气派，我们就不翻那个篇儿了。你想啊，酒席冷菜一般是四个或者八个。现在，你这么一张大圆桌，摆上十二个都要有空档，跟防守不严似的，会让主人担心的，生怕让别人小瞧了去，所以，常常要多点几个菜。

小方桌就简单多了。四个人吗？四个菜就足了。因为是其中的一个人买单，点多了，浪费，还容易造成攀比。因为都是轮流坐庄的，不是花公家的银子，也不是挣的暴利来得容易去得快。所以，能够坐到小方桌上的，都是自己人，自己撕自己的钱玩儿，痴子不为也。座位靠得近，心靠得更近。所以，所谓的敬酒，不用打的，省了虚套。自然也不必撑着，伤了脾胃。酒喝八分醉，饭吃七分饱，这样的小聚，可以称作“八七会议”，那不是一般人都能与会的啊，都是精英。

大圆桌产生于大饭店，我就不给他们做广告了。小方桌比较惬意的,可以点这么几个,即便是广告,他们也发不了财,因为地方太小,已经经常翻台了。

墟沟的锅包肉，小方桌也只有几张，服务员上菜都要侧身。菜肴拍成照片都挂墙上了，按图索骥即可。两个人点两个菜，一个是糖醋里脊，一个是水晶鸡翅。三个人呢，再点一个拔丝山芋或者山药木耳。四个人呢，添一份老公鸡好了，人均30元，跟快餐一个价，比快餐有味道。因为精湛，所以精彩。和读书一样，有人求量的积累，有人只是“好书不厌百回读”。

新浦的韩香烤肉，方桌像幼儿园的小餐桌。后来发展了，换成了大理石的了，也是车厢式的，适合小团圆而不适合大忽悠。一个人一份五花肉一份金针菇足矣。也是30多块钱。我觉得，每餐30元，最划算了。所有人均消费60元以上的，基本上都是吃一半扔一半。如果不打包，真的是作孽呢。

有家夜店叫作玉米人的，其实也最适合朋友即兴小聚了。所谓即兴，就是不预约，碰。在网上碰，在QQ群里碰。现在要找人吃饭，真的很难。我就曾经看过一个人，打了八个电话才约到一个人，这个人还是推掉一个饭局来给他送面子的。这样的请饭，仿佛不是放贷而是借贷了。人家吃了你的饭，你欠了人家的情（也许人家推掉的那桌有鲍鱼海参呢）。

所以，看看谁在线吧。我不在路上，就在线上。我在线上，就不在酒桌上（手机上网的除外）。只需要轻轻一点，喝酒啊？喝，或者不喝，也是简单的回复。没有面对面说话时候的支支吾吾的尴尬。因为是小聚，喝的是小酒，所以，点几个小菜，花几个小钱，寻找一些小情调，获得一些小快乐。这里的小菜有几十个品种，你只需要四个。

# 要解馋吃辣咸

酸甜苦辣咸，五味之中，如果说酸甜是温和的，小资的，那么，辣咸只能算是热烈的，革命的。领袖一句“不辣不革命”，竟然成为饭店的幌子，招徕顾客。

我喜欢酸甜的，也喜欢辣咸的。有句话叫作：“要解馋，吃辣咸。”从我记事起，妈妈的菜肴，永远都会有一小碟子的辣椒。条件好点儿的时候，是鸡蛋炒辣椒，其实，应该说是辣椒炒鸡蛋，因为，辣椒远远多于鸡蛋，一只鸡蛋，要搭配半斤辣椒。是尖嘴的那种。简单点儿，是，把青椒切碎了，抓一把虾皮，放点儿酱油，拌个凉菜。虾皮也是海鲜，这是一道永远也吃不够的菜。

妈妈买菜，问大嫂：这个辣椒辣不辣？有经验的大嫂会说：不辣不要钱。这个时候，妈妈就会称上半斤或者二两。一天的下饭菜就有了。

妈妈也能吃咸的。常见的是蟹渣酱了。拿筷子蘸一点儿，就要齁死人了。其实，咸里还带着鲜。还有，就是腌制的鸭蛋了。吃稀饭的时候，一只鸭蛋可以下两碗稀饭。

据说，对于辣，有三个境界：不怕辣，辣不怕，怕不辣。我妈属于第三境界了。

去港澳城吃火锅，基本上都要红汤。所谓红汤，就是辣椒放多了，汤的表面漂上一层辣油。吃的时候，辣得一把鼻涕一把泪的，辣得满头大汗也是常有的事情，跟忆苦思甜似的，把人家的餐巾纸扯得那叫一个源源不断呢。如果是白汤，就没有吃火锅的效果了。当然，蘸的东西，也是需要辣的，首选便是蒜泥。还可以放一点儿姜末。辣椒油，自然也是不可或缺的啦。就是说，三个辣物，一个都不能少。这三个辣物，各有各的辣法。椒辣嘴、蒜辣心、生姜辣你不吱声。

现在提倡健康饮食，低盐低脂的，可是，盐如果不放到足量，总觉得对不起舌头。你要知道，没有咸味，饭菜怎能下咽呢？《闪闪的红星》里的潘冬子，为了弄一点儿盐，是冒着生死的。现在，我们的食盐敞开供应了，我们不必再为一粒盐去冒着生死突破封锁线了。当然，少吃盐的健康理念还是应该提倡的。我说的是个案，不足为训。

饭店里常见的辣味的菜肴主要有东海老公鸡，辣椒几乎盖住了鸡肉。还有辣子鸡。还有水煮鱼。水煮鱼因为鱼汤里放了很多油，烫嘴巴，吃起来就更加辣了，需要喝冰镇啤酒才可以稍微降低辣感的。

# 刺　身

有人是不动笔墨不读书，我是不带相机不吃饭。菜肴上桌，没动筷子之前，是要拍照的，这叫“嘴吃无凭，立此存照”。如此美妙的菜肴，如果不留下一张倩影，真的有点对不起菜肴，也对不起厨师呢。

厨师，不仅是个美食家，还是美术家，甚至是，美学家。这，好像有点拔高了，其实不然。烹制五彩美食的厨师对于艺术的感觉真的很高呢。

闲言少叙，书归正传。

一盘刺身上来了。用“惊艳”两个字，一点儿也不过分。如果你读过《红楼梦》，或者，你看过电视剧《红楼梦》，你就一定会想起那个画面：宝琴寻梅。碎冰和冰块铺就的冰天雪地上，点缀着若干片鲜艳欲滴的刺身。

如果说，火锅是一位热情洋溢的辣妹的话，那么，刺身就是一副拒人于千里之外的冷美人。喜欢辣妹的人不少。懂得刺身的人不多。吃刺身，需要芥末。那是刺身的护身符和通行证，没有芥末的刺身，它就像没有名分的小三一样，看上去很美，却入不了厅堂的。

记得第一次吃刺身，因为不知道深浅，看人家夹起一块鱼片，蘸了一下调料，自己也如法炮制，结果，你懂的，差一点儿把一桌菜给废了。从此，对于刺身，心存畏惧之感，却又总是耿耿于怀，就像没有泡到的妞一样。

一日，和一位“70后”共进晚餐，决定再做尝试。熟料，这位是刺身专家，她看了看芥末，闻闻，不妥，又向服务员要了一只牙膏一样的玩意儿，自己重新调制蘸料。她提醒我，这个，更刺激。吃的时候，不要说话，把嘴巴抿紧了，稍候片刻，再咀嚼。

遵照执行。一股浓烈的刺激，眼泪立马就下来了，拿张餐巾纸捂住嘴巴，接着，鼻涕也顺滑而下，这，就是鲁迅所谓的“四条胡同”了。在一个“70后”面前，一个“60后”如此伤心欲绝，别人还以为人家欺负我了呢。

当我经历过那一次历练之后，我对于刺身，就有了免疫力。酒桌上，如果上了一盘刺身，仿佛他乡遇故知般亲切。总有三两个人不敢尝试，那么，我就当仁不让地多吃几块了。那天，在芙蓉堂吃饭，饭桌上的妹妹，不仅有“80后”，并且，还有非常罕见的“90后”，她们看着我一块一块吃着刺身，羡慕嫉妒恨。知道了吗？这就叫曾经沧海难为水，除却刺身不是菜啊。

鲜嫩的口感，顿时满口都是鲜嫩无比的鱼肉味道，是那种纯粹的、不含杂质的、本色的鱼的味道。好像删繁就简的三秋树，又似领异标新的二月花，是人生的返璞归真，是生命的浑然天成。四川的水煮鱼片，湖南的香辣鱼，和刺身相比，都黯然失色了。

“刺身”两字生猛，令人想起《刺秦》等等。其实，这是一个日本词儿，原来，生鱼品种很多，去了皮，就像人脱了衣服一样，进了澡堂子，辨认不出来啊，怎么办呢，就把鱼皮留一小块，和鱼肉一起穿在竹签上，方便食客辨认。后来，虽然不用竹签了，改用冰碴打底的盘子盛肉了，这个说法还一直延续下来。刺身在中国的叫法是“生鱼片”。

## 臭豆腐

食堂的饭菜虽好，也不要贪吃哦，有点审味疲劳了。挨到六点半，下楼，到绿园南路小吃摊吃板浦凉粉和品牌油条。买根油条，一块八，拎着，到隔壁的凉粉摊，买块凉粉，三块五。遇到报社美女编辑，推荐我到不远处去尝尝那家的绍兴臭豆腐……

我对于臭豆腐历来敬而远之，如同对待香椿。可是，我喜欢吃豆腐乳，并且，喜欢黑方甚于喜欢红方，真是越黑越好吃啊。可是，对于臭豆腐，不知道怎么搞的，就是害怕。它的味道，实在是太大了。

曾经在步行街的那家臭豆腐摊前徘徊徘徊又徘徊，就像恋着一束丁香一样的结着哀怨的姑娘。看到那么多的美女是那么喜欢臭豆腐，也曾想跟着美女走，终于没有迈出那一步。

今晚不知道是搭错了哪根筋了，竟然如此听话，就走到了臭豆腐摊前，不走了。果然，一股子臭味扑鼻而来。店主招呼，来几块？我问，怎么卖？他说，三块钱八块，五块钱十四块。我本来想要十四块的，我来自十四楼嘛，终于没有勇气选择多的。我怕受不来，扔了可惜。

店主拿镊子夹了八块豆腐放油锅里炸起来，滋滋作响，臭味扑鼻。是那种电热的锅，没有什么油烟。一会儿，就炸好了。漏勺捞出来，拿一只塑料小碗，倒扣在漏勺上，再翻转过来，就进了塑料碗了。

加调料，胡椒、辣椒、甜面酱、蒜泥、芫荽一共五样，一样都没有少。拿两根牙签插上，开吃吧。

热热的，囫囵一块，搁嘴里，烫嘴，真正是外脆里嫩的，咬一口，调料浸入，恰到好处。只是，只是，怎么不臭呢？不是想象中的臭气熏天啊。我不解，老板答曰，这是清淡型的，不是浓烈型的。原来，臭，也是分型号的呢。怪不得，看上去，不是在步行街看到的那种黑黑的，而是有点儿金黄的。

我问老板哪里人啊。老板说，福建人。来连已经七八年了，买了房子，老婆孩子都在身边。这门手艺，是跟绍兴人学的，所以，才叫绍兴臭豆腐的。我说，福建是个好地方，福州大街上到处都是榕树，老板马上接着说，所以叫榕城啊。对，对。福州的榕树是一景，盘根错节，就像我们这里的银杏树一样多。

感觉，已经失身了，却不爽，决定下次路过步行街，一定要吃大份的臭豆腐。不臭不罢休，一臭到底，遗臭万年。

## 女人和酒

古人有“红袖添香夜读书”的诗情画意。今人俗，不读书。即便读书，也是上网下载，鼠标相伴，女人靠边站了。

什么时候和女人沾边儿呢？喝酒的时候。公交车车身广告，洋河蓝色经典，女人的如玉一般的后背，酒瓶一样的身段（大S），让男人醉眼迷离。广告词曰：洋河蓝色经典，男人的情怀。这是女性视角。

还有一条广告，在央视播了好多年了，就是“劲酒虽好，可不要贪杯哟！”跟老婆似的，整天唠叨不已。终于有一天，我到沃尔玛买了两瓶劲酒。喝了一小杯，中药似的，想让我贪杯都不可能。属于保健酒。大约喝了有劲吧，所以，女人喜欢男人喝点。但，不要贪杯。因为，酒壮怂人胆，喝点，好。又因为，酒后乱性，喝多了，不好。

除了孤独者，除了不近女色者，酒桌上不能没有女人的身影。男女搭配，喝酒不醉。但是，酒不醉人人自醉。女人面前不能说“不行”。条条大路通罗马，喝醉总是难免的。男人总结酒场三怕：一怕红脸蛋的、二怕吃药片的、三怕扎小辫的。

我见过最能喝的女人酒量超过一斤。平时喝个半斤八两，跟玩儿似的。有这个酒量，在酒桌上就可以游刃有余、来者不拒了。我也见过滴酒不沾的女人。她们是酒桌上的天使，高洁如玉，不容玷污。

让她湿嘴，仿佛让她失身一样，是要付出沉重的代价的。她们的“不喝理由”一般是两条：其一，“这两天不舒服”；其二，开车来的。可是，一周之后，又和她酒桌相见了。她不喝的理由还是那两条。

海量的女人让人害怕，不敢亲近，生怕有一天，为了证明自己行而醉倒不行了。滴酒不沾的女人让人敬佩，也不好亲近。别人都醉眼蒙眬了，唯独她清醒如水，温婉如玉。我们都像小丑，她是观众。不买票，就看到了人生的喜剧，不能这么便宜她的。稍微喝一点，微醺最美。

古时候，劝酒是要杀人的。客人不喝酒，主人没面子，就拿丫头出气。好像是丫头没有魅力，不能让客人高兴。拉出去给狗吃了，钦此。客人不忍心，只好敬酒不吃吃罚酒了。可是，如果遇到阮籍之流，杀了一个丫头，不喝。又杀了一个丫头，还是不喝。你总不能把丫头全部杀光了吧？杀光了，谁给你斟酒呢？

那天，在中山宾馆吃饭，一张足球场中圈一样大的桌子，宽松地坐了十六个人，明显是狼多肉少，男人凑足《最后的晚餐》了，女人却不够一桌麻将。这回，没有不舒服的女人，可是，有哺乳期的女人。剩下的两个，一个是开车的，一个是不胜酒力的，喝了一点儿，算是女代表了。

男人喝酒，没有女人陪着，就有点儿没劲了。很多人玩起了手机。在酒桌上玩手机，这是“胃缺酒”啊。领导点名了，让女人敬酒，不，敬水。男人不爽。可是，因为是初次，不好强求，也只好这样了。心里不悦，嘴里不输：只要感情有，喝啥都是酒……

饺子和面条都上了，眼看着就要“饭到酒干”了，可是，胃里还缺半斤酒，这可咋整呢？捉对厮杀吧。端上一壶，打的过来了。直接就“先干为敬”了。这是挑战啊。男人爱面子，一仰脖子，下去了。大家鼓掌，说“好！”一个女士大声说：“再来一个！”全场笑倒。你以为这是部队拉歌啊。

可是，两个男人不仅未恼，反而兴奋起来了。来而不往非礼也。这边，又打的过去了。又是一壶。直夸这个女士会劝酒。自己不喝，只这么一句话，就“卖”了一瓶酒。看来，酒桌上真的不能缺少女人，尤其不能缺少“傻女人”。

很多酒店的老板都是女人。客人来了，免不了要陪酒。那天在艳阳天大酒店喝酒，总经理、餐饮部经理、销售部经理，一水的娘子军呢，轮番过来敬酒。其中，两位副经理到我们这儿已经是转场四五桌了，依然绕场一周，估计又下去二两五了。她们说，客人看到的都是笑脸，喝多了，只有自己背地里难受了。因为怕胖，餐桌上的菜肴，都不敢动筷子。她们家的扬州菜口味不错，尤其是大煮干丝和扬州包子，还有蟹黄豆腐，也好吃死了。

# 无肉不欢

可能是生于三年困难时期（1960 年）的缘故，胃缺肉。一旦生活条件改善了，打打牙祭的首选，就是吃肉。

猪肉、牛肉、羊肉、狗肉、驴肉……统统吃，不忌口，直吃得满嘴流油，心花怒放，可谓“无肉不欢”也。

小时候猪肉紧张，要凭票供应。平时是吃不到肉的，逢年过节，才可以吃一点儿，也不能保证“大快朵颐”。记得妈妈到菜场割了两斤肉回来，洗净，烧制。满屋弥漫着肉香。可是，并不能立刻吃的。全部盛在一个大碗里，每次烧菜，拿勺子挖一小块，典型地成了菜中肉。吃饭的时候，爸妈舍不得吃肉，夹到我们孩子们的碗里。我就从来没有痛痛快快地“吃饱”过一次肉。

放开肚子吃肉是在改革开放之后了，取消了肉票，又有点儿闲钱。最喜欢吃红烧肉。什么菜也不放，纯肉。连同那黏黏的油，挖一勺加在干饭上，吃起来那叫一个爽啊。

出差在外，我喜欢点一份糖醋排骨，要一瓶啤酒，菜有了，饭也有了。吃喜宴，多少年来，虎皮肉都是不可或缺的一道菜，那也是我的最爱。不管怎么肥，都是一口下去，不会皱一下眉头。至于家常菜红烧肉，更是百吃不厌。

现在的人，讲究饮食健康和保健了，吃肉的不多了。吃的，也是瘦肉型的猪肉，还有品种猪，淮猪肉。不怕贵，就怕肥。可是，我总觉得，瘦肉不香，肥肉才香。

牛肉的吃法一直是和大白菜搭配的。其实，卤牛肉切了拼冷盘，也是非常不错的下酒菜。甚至，水煮牛肉，蘸点盐，吃起来也非常棒。西餐厅里的牛排，自然也是我最喜欢点的一道菜了，只是太贵了。如果是割肉在家里烧，可以烧一锅。

羊肉有点膻味更像是羊肉。涮羊肉，永远也吃不够的。看着那红白相间的肥羊，跟画儿似的，只需要在火锅里轻轻一过，烫个七分熟，蘸点儿调料，顺滑下肚，喝口啤酒，所谓酒肉穿肠过，生活真不错。街面上的徐州羊肉汤，也是我喜欢的，十块钱一大碗，再加两块小饼，能撑个半死。

狗肉冷吃是狗肉冻，热吃是狗肉火锅。刘顶狗肉，花江狗肉，都是品牌了。狗肉都是瘦肉，吃了不会增肥。狗肉有点不上台面的意思。狗又是人类的朋友，狗肉正式宴请的大酒席上得不多。都是一些朋友之间的小聚才有的，人们说“狗肉朋友”，大约和这个有关吧。

最后出场的是驴肉。天上龙肉，地下驴肉。龙肉我们吃不到。只有这驴肉是可以入口的。河间驴肉最有名了，几乎所有的城市都有河间驴肉店。

以上是概论。下面说说昨天在赣榆吃了两顿肉。单字一个肉，都是指猪肉（下同）。

是去的赣榆石桥镇。因为走错了路，人家都开吃 45 分钟了，我才到。主人很给面子，专门留了两个菜，等我到了，才让大厨打造。一个是仙贝，自然也是好吃的，因为和本题无关，这里就不夸奖了。单说肉。

是乡村自养的猪，肥瘦相宜。关键是烧制得也很乡村化，没有放多少酱油，糖也没有放，就这么略微发白。是五花肉，跟多层的松糕鞋一样。富有弹性，一点儿也不油腻，油好像走了一部分，却不减肉的香味。大约是饿了的缘故，连续夹三块放嘴里，不喝酒，不喝饮料，也没有腻味的感觉。

饭后，到乡镇转了一圈。晚上，易地再吃。依然上了一盘红烧肉。感情赣榆人民都好这一口吗？这回是宾馆里的做法，卖相好，上了糖色的，口味明显重了，黏度增大，口感更好一些。如果从肉的本味看，晚上这盘，人为因素更多一些。我不知道哪一个更好，统统喜欢，就像我喜欢黛玉，也喜欢宝钗，喜欢魔幻，也喜欢现实，最喜欢的是魔幻的现实主义。你懂的，莫言。

我有一个朋友，食无肉。酒桌上，我们吃得满嘴流油，他却清汤寡水的，常常让我们于心不忍。他这一辈子亏大发了。可是，一个食草动物，竟然也生得膀大腰圆，简直匪夷所思。当然，我吃肉，也并不肥硕。了解我的人都知道，我完全属于“吃肥跑瘦”的。一口气能走 50 公里，再多的肉，也能消化掉的啊。

梁山好汉对于幸福生活的定义是：大块吃肉，大碗喝酒。我感觉，我每天就是生活在梁山之上。我就设想，如果没有肉，这日子可要咋过呢？

## 爱上麻辣烫

浦街（新浦街的简称）的麻辣烫可谓多矣。可是，几乎都是一个味道：川味，而且，连店铺的名字都懒得再起了，统一为“川味麻辣烫”。因此，你要说去吃川味麻辣烫，就得特别标注一下路名，比如，市化路的那家，通灌路的那家，建国路的那家，等等。

我对于麻辣烫，就像对于辣妹一样，不是喜欢，而是超喜欢（超级喜欢的简称）。古人一日不读书，便觉得口中无味，三日不读书，便觉得面目可憎。这里，只要把读书两字置换为麻辣烫三字即可。

四川人喜欢吃辣，全国有名。麻辣烫三字，道出了这个菜式的三个特点：麻、辣、烫。

吃过多家麻辣烫，店铺临街而设。进门就是一个简易的操作台，一位师傅在忙碌着。边上是一只冷藏柜，里面摆满了食材，底层是肉食，需要冷藏。上面是豆制品和蔬菜类，五六层的货架，品种齐全，价格实惠。客人拿一个塑料筐（筐上有一个号码，等烫好了菜，吆喝一声，客人过来自取，顺便告诉厨师要微辣、辣甚至很辣）。

很佩服师傅的口算能力。无论你选择了多少个品种，他都能一口报出价钱，28 元，或者 55 元，一点儿也不含糊，即使他边投料，边和你唠嗑，也不会算错账。

一口不锈钢桶，里面是汤料，几个漏勺，装满了菜肴。一般要煮沸五六分钟或者七八分钟，放入一只不锈钢盆里加调料，无非辣椒、花椒、胡椒、蒜泥、芫荽、盐、味精等等。红红的、辣辣的、热热的一盆端上桌子，开吃吧。

放眼望去，吃麻辣烫的，女孩占五分之四。像我这样的大男人吃麻辣烫，非常稀罕。女孩子，一般是两个人一组。有的是合伙吃一盆，估计这是相互请客的；有的则是分开，一人一小盆，估计这是亲姐妹明算账的正宗“AA 制”。或者要一瓶汽水，或者要一瓶啤酒，这样容易缓解麻辣的滋味、烫嘴的口感吧。

也有情侣来吃的。常常是女的吃得津津有味、稀里哗啦，男的则浅尝辄止，友情赞助，喝了两瓶啤酒，也算饱了肚子。男人属虎，好像更喜欢大鱼大肉。不像女的，个个好像都是属兔子的。

麻辣烫是火锅的简装版。一个人，有十块钱就荤素搭配，吃饱吃好了。也可以要一碗白米饭，这样吃起来就更加“禁饿”一些。如果全部吃菜，常常是一吃就饱，出门就饿。

我吃麻辣烫最夸张的一次是两个人吃了一大盆，同食的网友说这哪里是人吃饭啊，简直就是猪吃食啊。那是一个夏天，墙上的摇头风扇对着吹，也不能抵挡住川流不息的汗水，卷筒卫生纸（餐巾纸）让我扯了个翻天覆地。出门的时候，都坐不进驾驶室了，干脆徒步两小时消食，然后折返，开车回家。这就是传说中的“吃肥跑瘦”吧。

一次，我上夜班。网上几个网友忽然说，想喝酒。我说，去川味麻辣烫吧。这样，十五分钟，我们四个人就坐在了小条桌上。点了一大盆菜，四个人，喝了一瓶白酒四罐啤酒。花钱不多，快乐不少。这是真朋友，只要感情在，什么都是菜。

## 尊重饭菜

那天，在张记水饺吃饭，五个人，开始只点了两个冷菜，一盘是萝卜丝，一盘是海带皮，朋友戏称，看完《一九四二》，从此不再浪费一粒粮食一片菜叶了。

当然，两盘冷菜都见底了。热菜也有四五个，都吃光了。饺子是一盘一盘点的。吃光一盘，再上一盘，竟然吃了四盘。没办法，饺子太好吃了嘛。吃了不可惜，浪费才可惜。

小时候背古诗，除了“床前明月光”之外，还有“粒粒皆辛苦”。可是，诗句随口过，诗意脑后抛。我们对于饭菜，似乎并没有视作生命之源而倍加珍惜，至于说到更高一个层次的尊重，更相差十万八千里。

如果是在家吃饭，我们都会把剩饭剩菜搁冰箱里，下一次再吃。到饭店吃饭，现在也时兴打包了。可是，真正落实在行动上的，不多。这和我们吃饭的性质有关。如果是婚宴，家里的人，亲属桌上，一般是有人会打包的。同学的、朋友的、同事的那桌，基本上就是堆积成山而无人问津了。喜宴剩饭剩菜多，估计和就餐时间短有关，司仪都是话痨，不唠叨到菜都凉了不肯住嘴。

商务宴请，剩菜也多。因为要面子，要好看。不是点菜，都是包菜，每人 100 元，那是基本的；200 元，也一般；300 元，常见；500 元，也不稀罕；至于 800 元、1000 元，也时有发生。一个人，就那么大的一只胃，哪里能消耗掉这么一堆的饭菜啊。有些菜肴，端上桌子，没有动几筷子，就被撤下去了，有点像日本首相的更迭，让人记不住菜名，更不知道味道了。

以前的家庭，开饭前，要念叨一句：一粥一饭，当思来之不易。现在，没有这个仪式了。可是，对于饭菜的尊重之心，还是需要时时提起。我们不是说，节约光荣，浪费可耻吗？可是，为什么我们唯独对于饭菜，就不那么待见呢？一直以来，喜欢西方式的吃饭方法，一盘吃完了，撤盘子，再上另外一盘，每个人的面前，总是干干净净的。中餐的做法和西餐不同，分餐制的施行有困难。只是，少点几个菜还是可以办到的。

关键是请客心理。仿佛不剩下，就是没有吃饱。不花到一个数目，就不够心诚似的。还有，饭店也有责任，订餐的起步价有点高了。人均 60 元起步，哪里能吃完啊。我曾经在东海名郡吃过人均 100 元的，只有两个人，我都提前打招呼了，上精致点儿的，保证都吃完，因为，不方便打包。结果，饭店还是上了一个牛肉火锅，一盘东海老公鸡。如果换成对虾，不就都能吃完了吗？可是，人家不让点菜，只包菜。就是说，不让自由恋爱，只准包办婚姻。吃饭不能自己做主，不剩下才怪了。

对于饭菜，我们常常说，“消灭它！”是的，吃饭也像打仗。你可以消灭它，不可以冷落它。钱是你的，可是，你的钱，买了人家的劳动果实，劳动者需要尊重，果实也需要尊重。

## 先吃饭后喝酒

韩剧看多了，就想学学人家的生活方式。地铺虽好，但是，对于我等这样的懒人，还是免了吧。一天擦三次地板，即使我受得了，地板也受不了啊。可是，韩国人的饮食习惯，却非常适合我这样的人。

什么习惯呢？你懂的，如题所示嘛。几个青年男女，下班之后，到餐馆吃饭，来也匆匆，去也匆匆。饭后，并不是各回各家，各找各妈，而是有“余兴”的，或者喝酒，或者唱歌，或者边唱歌边喝酒。

医生说，不能空腹喝酒。看看我们的程序是怎样的？上来连干两杯，这才相互介绍。然后，进入“自由活动”时间，也就是“捉对厮杀”。服务员一碟一碟往桌上放菜，可是，大家好像对菜有仇似的，看都不看上一眼，尽顾着喝酒了。

虽然酒也是粮食做的，可是，喝酒毕竟不能代替吃饭。至于美味佳肴，因为有了酒的刺激，也很难品味出好处来，白糟蹋了。因为喜欢拼酒，都牛饮了，自然也是怠慢了好酒。酒和菜，都没有照顾好，可谓满盘皆输。

如果分开来进行，则没有这样的尴尬了。就点六菜一汤，饭呢，吃完再盛。饭前可以背诵一下老婆语录：出门在外，老婆交代，少喝酒，多吃菜，够不着，站起来。实在想喝酒，那就易地再战。我比较喜欢去咖啡店。

开一个包间。泡一壶云雾茶。四个人打掼蛋。两个人就聊天。

八个人怎么办？开两桌呗。然后，喝咖啡。再然后，可以喝酒了。以喝红酒为佳。属于那种空喝。不就菜的。因为，菜已经先期抵达肠胃了。这个迟到的酒，追着去和菜相亲相爱呢。

经过了茶水的清洗，没有菜的刺激的口腔，对于酒自然多了一份敏感。那天，我们喝的是咖啡店里自酿的葡萄酒，纯粹的葡萄酒，没有一点儿其他的添加剂，是那么醇厚和甘甜。轻轻地呷一口，不立刻下咽，在口腔里打一个转儿，香气扑鼻，沁人心脾，所有的好词儿尽管扎堆儿使用，保管不浮夸。

没有杯盘狼藉的餐桌，手端一杯红酒，可以坐，可以立，可以走动。闻一闻，舔一舔，和红酒接吻，没有菜肴来捣乱，显得那么单纯，那么美好。

如果想喝白酒怎么办呢？学学以前穷人家，准备一只咸鸭蛋和一碟花生米即可。花生米就酒，禁叨。反正肚子里已经有饭菜了，喝酒完全就是图一个微醺或者酩酊。填肚子的事情让饭菜做。搞情调的事情让酒来做。各司其职，分工明确，也许更能收获健康和快乐。

# 暴食江湖

到饭店吃饭，最怕有忌口的人，鸡不吃鸭不吃的，还好办，来一桌素菜好了，还省钱呢。可是，有人素菜也不是通吃的，芹菜不吃，韭菜不吃，葱不吃，芫荽不吃，辣椒不吃，我说，干脆你上五台山好了。

朋友说，他这叫有节操，他的肠胃很贞洁。言下之意，我的肠胃很淫荡？朋友说，然也。

有时候想想，也真是，天下食物，就没有我不吃的。这还不稀罕。难能可贵的，是没有我不喜欢吃的。鸡鸭鱼肉蔬菜水果，统统喜欢。

可能是生在三年困难时期，我对于吃，永远有着一种饥渴的状态。古人说，民以食为天，我的姓名里有一个“民”字，这话儿好像就是为我量身定做的了。两眼一睁，吃到熄灯。我一天要吃四顿饭。有时候赶场子，吃个五顿六顿的，也不稀罕。

喜欢吃的人很多。因为没有看到他们写的文章，所以，这样的民间美食家就成了沉默的大多数。所谓美食家，基本上都是作家的事情了。耳熟能详的，有周作人、陆文夫、沈宏非、焦桐、殳俏等。

周作人因为名气大，写什么都有人追捧。其实，他的美食文章，不见美食，只见乡情，是借美食之名，吊他的书袋子而已。陆文夫以《美食家》赢得了美食家的美名，大约也是一个口头革命派，不然，何以那么瘦呢？我觉得名副其实的美食家，只有两个，一个叫沈宏非，一个叫焦桐。他们都是饕餮之徒，可以做饭店的形象代言人的。

有水井处就有柳词。有专栏处就有沈宏非。我知道沈宏非是在《三联生活周刊》上看到他的文章开始的。他的美食文章写得活色生香，有人间烟火气，擅长写大饭店的盛宴，气场大，掌控得住。焦桐生于台湾，写小吃、写便当那叫一个狠。他能一个人吃一桌子的菜，让服务员如同看大胃王表演，叹为观止。所以他胖得要走不动路了。这叫敬业。美食家嘛，要身体力行，这样才有说服力。他的一本美食书籍叫《暴食江湖》，这是不打自招啊。

新锐美食家殳俏是一个“80后”美女。一个美女，把吃当成一项工作，一项事业，是要冒着很大的风险的。看她的照片，似乎没有发福。万幸。她的吃，基本上是风味小吃居多，大约是不会像焦桐那样以身试吃，属于浅尝辄止型的，是优雅情调的。因为，血液里有贵族式的因子，祖辈都是美食家，家里头还雇用了厨子。

先斩获以上五人，无非是要牵引出自己来示众的。以前，贪吃是一件丢人的事情，所谓的“好吃”后面一定会跟着一个“懒做”的。现在，时代不同了，“吃货”甚至变成了一个褒义词。每天晚上有饭局，不仅是胃口好，也是人缘好。

我喜欢写日记，而且喜欢把日记发到论坛里，所谓的晒日记。日记嘛，不见太阳会发霉的。每天到哪里吃饭，笔笔有记录。细心的人统计了一下，一周至少有六个饭局。熟悉的人称奇，这么能吃，还不胖。他们不知道，吃完之后我就狂走。我的肠胃很腐败。我的腿脚很廉洁。肠胃犯的错，腿脚补救。

早餐我喜欢到小区门口的小吃摊吃一碗豆腐脑 2 元，六个豆腐卷 3 元。5 块钱，吃得饱饱的。偶尔，也换成一碗豆浆 2 元，两根油条 3 元，也是 5 块钱。我觉得，像我等这样的工薪族，早餐花 5 块钱，够了。

说起喜欢吃豆腐，这里要插入一点儿文字。俗话说，青菜豆腐保平安。我吃饭，喜欢是第一，平安（也就是所谓的健康饮食了）第二。

以前，我对于臭豆腐深恶痛绝，那个味儿太难闻了。可是，有一天，因为一个美女的一句美言（她说吃臭豆腐更有益于健康），我勇敢地尝试了臭豆腐。那真是，不吃不知道，世界真奇妙。中国饮食里有一种“嗜腐”的传统，臭鳜鱼是一道名菜，臭豆腐也是一种流行全国的名小吃。从此，我对于臭豆腐就不能抗拒了，简直成为逐臭之夫，过步行街必吃臭豆腐。小份不够吃大份。一份不够吃两份。

午饭除了有喜宴（婚宴生日宴），基本上是在单位食堂吃的。四菜一汤，干饭不够再装。准备了八个菜，供人选择。我永远都是“随便”，因为，个个好吃。你走进大观园，让你挑四个妹妹，别说十二钗啦，个个都好，就是丫头，也人见人爱。

晚上的饭局不断。一来和工作有关。我编辑美食版面，需要跑饭店。二来和我喜欢玩有关，在网上挂着，组个饭局，非常方便。有时候都深夜十二点了，忽然就被拉去吃饭了。以前在单位办公室待过，经常陪客人吃饭。后来到宣传科混，也有一些饭局。下岗了吧，忽然就加入了一个摄影网，经常到饭店里拍摄美食，也混吃混喝。现在，把吃饭变成了工作，老天待我不薄，我要活到老，吃到老。

听说焦桐开始茹素了，进入新的境界了。这是不穿皮鞋穿布鞋了，不穿涤纶穿棉布了。菜比肉贵，你到蘑菇组看看，一份猴头菇比得三盘肥牛片。前天晚上，我在熙味居吃饭，一份蘑菇芹菜，快把我鲜死。是一种干菇，咖啡色，半截筷子一样长，搁明炉里端上来，热热的，香气扑鼻，有肉质，有肉香，这是素菜的最高境界了。如肉而不是肉，最为难得，比如，如诗如画，如泣如诉。

# 浦街的味道

一天夜里，我徒步在新浦街头消食（晚上的饭局太过丰盛，贪吃了，希望“吃肥走瘦”），隔着宽阔的海连路，发现对过一家饭店的霓虹灯熠熠生辉，是这样四个字：味道浦街。

看到这四个字，仿佛真的有一股美食的味道扑鼻而来呢。浦街，当然是新浦街的简称了，你懂的。味道，朝阳路上有家味道本色，不错的。刚买了一本美食书，焦桐的《台湾味道》，很好的。那么，什么是浦街的味道呢?

这个，还真的不好说。你就是吃遍了新浦街头的大小饭店，也很难概括出什么就是“浦街的味道”。我又不是烹饪协会的。我又不是新浦的焦桐。我就写写我的嘴巴里的浦街的味道，何如?

在一个周末（星期五）的晚上，我终于走进这家叫作“浦街味道”的饭店。本来，也没有打算过来吃饭的。我的一个女性朋友（备注：此处的“性”字不可删除）要请我吃饭。说，通灌路上的一家饭店有一道小鱼锅贴，味道好，她吃过，想让我也尝尝。

我跟着她来到饭店门口。原来是这家啊，吃过的。小鱼锅贴，真的很好。可是，价格也贵呢。有点怜香惜玉了，说，这家不好。还是去味道浦街吧。

这是一次味蕾的冒险，也是一次灵魂的冒险。一般来说，和女性朋友吃饭，我都是事先踩过点儿的，不可以贸然尝试新口味，这里，我有点像给慈禧做饭的厨师了，必须亲口尝了，这才能端到老佛爷的御座前的。

女性朋友当然不是慈禧。但是，这并不妨碍我们把她当慈禧一样供奉。挑一张临街的窗口坐下，服务员过来递菜单。

最怕点菜。什么都想吃。菜多钱少，永远感觉少点一道菜。于是乎，采取一些偷懒的做法。第一，点墙上贴出来的推荐菜；第二，点菜谱第一页的头道菜；第三，点肉。肉无论是清炖还是红烧，都好吃的。

有了这三项基本原则，点菜还算顺利，没有让服务员在身后等太久。等菜的时候，欣赏一下 BRT 车站和海连路上川流不息的车流，有大都市的感觉了。饭店的窗户是一块大玻璃，不可开的。可是，因为在玻璃的四周装饰了木格，变成了画框，这样，透过玻璃看到的风景，就成了一幅风景画了。

第一页头道菜是什么菜呢？学名叫“稻草捆肉”。一只方盘子，放着十几块方块五花肉。每一块肉都用新鲜的稻草捆着，生怕肉跑了似的。

应该是红烧五花肉一类的。肉质比较“软硬兼施”。瘦肉部分，比较有嚼头，肥肉部分比较油腻，有黏性，是烤（去声）了很久的样子。稻草是洗净了的，没有一点儿杂质。开始，是用牙把稻草绳子解开，后来，觉得这稻草应该是可以咀嚼咀嚼的，果然，有一股子稻草的香味，是那种来自泥土的，又洗净了泥土的味道，有大米的清香。加上过油了，又有肉的香味。看上去，也挺像黄花菜的。所以，视觉上不排斥，味觉上，也能接纳，竟然有一种特别的味道。什么味道呢，一时间没有恰当的字眼，就采取偷懒的办法，就是浦街的味道吧。这道菜，可能就是此店的“招牌菜”了吧。另外，还点了一个肉片杏鲍菇，一盘鲜肉水饺。盘盘都是肉，入口皆有味。我们已经很努力了，最后，还剩下稻草捆肉 3 块，饺子 6 个，杏鲍菇若干。罪过罪过，自罚徒步 10 公里。

# 吃光盘子不容易

现在媒体最火的一个词是“光盘”，开始，我还以为是 CD 或者 DVD 什么的呢，有点用词不当，其实，用净盘岂不更形象？《金瓶梅》里就常用“人人都是饕餮之士，个个皆为净盘将军”，这个“净盘”，是不是比“光盘”好呢？

到乡下做客，有七大碟、八大碗之说，这里的碗碟也是盘。也都在光、净之列。只是，乡下人个个都是饕餮之士，人人皆为净盘将军，剩菜其实很少。即使有些剩余，也都打包了。

剩饭剩菜这样的“丑陋”现象，基本上发生在城里，尤其发生在星级饭店，又尤其发生在公款吃喝时。这是一个痼疾了，整顿了几十年未见成效。但愿这一波，行。

有个“诸葛亮”说，吃不了，兜着走。可是，一个月在外边吃 38 顿饭的人，兜着走回家去，不是喂猫，就是喂狗，还不如就留在饭店里让农民拉走喂猪了。

包间设最低消费，这是盘子不能净光之罪魁祸首。饭店要盈利，就逼着你浪费。我曾经坐进一家饭店的一个包间。点菜的时候，已经按照人头，点了 12 个菜了，至少人均是吃不了的了。可是，服务员拿计算机摁了一下，说，不行呢，再加两个菜呗，这样没有到人均最低消费的 80 元啊。我们不想浪费。服务员也很为难，说，要不，换个包间？客人已经落座了，怎么好意思让客人再挪地方呢？无奈，只好再点两个菜。那天，剩菜很多。也没有打包。

中国人爱面子。如果吃光了盘子，主人会觉得没面子，客人似乎也不好意思，怎么这么能吃呢？跟八辈子没吃过饭似的，多丢人哪。于是乎，很多时候，明明肚子里还有空间，也不再填充食物了。宁愿剩下，也不光盘。还振振有词曰：年年有余。

一直很欣赏老外的吃饭，一个人一只盘子，吃完了，再添。这样，就不会出现吃不了的现象了。可是，西餐好办，中餐似乎就不适合这样做了。火锅怎么分餐？你说，不是有小火锅吗？可是，小火锅哪里有大火锅有气氛？又哪里有大火锅有味道？不是说，大锅饭，小锅菜吗？

商务宴请，宁可错点一千，不要漏点一个，不差钱嘛。要的就是一个排场。排场彰显实力。有实力，才能签到单子啊。这样的浪费，很容易被人接受为“合理浪费”。浪费都变成合理的了，我们可能会觉得奇怪。可是，我们在广告上不是经常看到有些公司的招聘启事：能够为公司合理避税。

取消最低消费标准，是一个方法。阻力很大，也要施行，因为客人喜欢。严格纪律，应该是当务之急。杜绝公款大吃大喝，可以小吃小喝，以吃简餐为主。个人请吃饭呢，也不要攀比了。今天你请我吃了人均60元的一桌，明天我回请，就必须是人均80元的一桌。你喝汤沟窖藏，我就要喝蓝色经典。这样，越比越高，焉能不剩？

我喜欢吃自助餐。如果是网聚，首先看中的就是自助餐的简便和不浪费。虽然也是人均38元或者人均68元甚至是人均168元，但是，因为是自取的，就不会出现浪费现象（极品无良食客除外）。如果是朋友吃饭，两人，或者三四人，则点菜。数量限制在一个人点一个菜，点自己喜欢吃的。如果客人客气，让主人一手操办，那么，我就都点我喜欢吃的。大不了把我撑死，也不能浪费粮食和菜肴。俺娘说，宁愿撑死人，不要占个盆。俺娘语录，适用于饭店。

当你把盘子当作面子，盘子就不容易光。当你把面子当作盘子，还是光了好。

# 目食和耳食

差不多八年不买书了。前四年，没钱买书，在网上下载了看。后四年，没时间读书，在网上浏览下即可。最近有点改肠子了，连续收了十几本书。都是三联版，都在先锋书店买的。

以美食书籍为主。我编辑《美食帮》已经两年了。逐渐有写空了的感觉，要充电。网上虽然也可以下载一些不要钱的书看，可是，本来就是属于望梅止渴的事情，再隔着一层，更加不堪。手握一卷，虽然赶不上端着盘子，到底也是有一点儿重量的。

买的是焦桐的《暴食江湖》《台湾味道》，殳俏的《贪食纪》《吃，吃的笑》，赵珩的《老饕漫笔》《老饕续笔》，一共六本，每人两本。书太贵了，六本书低得上一桌菜了。可是，菜两小时就吃完了，书，两个月才看完。不看不知道，美食真奇妙。

高晓松和冯唐对话把艺术分为七块，电影、雕塑、建筑、舞蹈、绘画、美食、音乐。把美食列入艺术门类，我很惊奇，也很佩服。强解如下：美食讲究造型、色彩，还有韵律，是可以吃的建筑，是可以吃的雕塑，是可以见听见声音的音乐（铁板牛排、靓汤锅巴），不是就和艺术搭界了吗？

在此之前，我知道的写美食的作家，除了沈宏非还是沈宏非，是在《南方周末》和《三联生活周刊》上看的。沈宏非之前，就是陆文夫了，他的《美食家》，彻底改变了人们对于吃食和吃货的看法。

原来,吃,是如此美丽。生于一九八〇年的殳俏吃着吃着,就笑起来了。生于一九四八年的赵珩,追忆赵家当年厨房的奢华,他的祖辈个个如雷贯耳:赵尔丰、赵尔巽、赵守俨。焦桐是台湾人,台湾的小吃到了他的笔下,每一个字都充满了香味。

吃是俗事。作家历来被称作人类灵魂的工程师,可是,工程师也要吃饭。作家好吃的居多,鲁迅、周作人、林语堂、梁实秋、陆文夫、汪曾祺等都是。

鲁迅在《我的种痘》中写到:

> 我有时也会忽然想到儿童时代所吃的东西,好像非常有味,处境不同,后来永远吃不到了。但因为或一机会,居然能够吃到了的也有。然而奇怪的是味道并不如我所记忆的好,重逢之后,倒好像惊破了美丽的好梦,还不如永远的相思一般。我这时候就常常想,东西的味道是未必退步的,可是我老了,组织无不衰退,味蕾当然也不能例外,味觉的变钝,倒是我失望的原因。

鲁迅是思想家,吃个小吃都会吃出如此之深度来。鲁迅在小说《孔乙己》里写了一种吃食叫茴香豆,现在成了绍兴的名吃了。鲁迅在《社戏》里也写了孩童时代偷吃罗汉豆的故事,回忆是美好的,当时可能未必佳。

阿城的《棋王》是写下棋的,也花费了大量的笔墨写吃。其中一段非常精彩,让宣言“用文字打败时间”的冯唐十分佩服,抄在了文章中:

> 拿到饭后,马上就开始吃,吃得很快,喉结一缩一缩的,脸上绷满了筋。常常突然停下来,很小心地将嘴边或

下巴上的饭粒儿和汤水油花儿用整个儿食指抹进嘴里。若饭粒儿落在衣服上，就马上一按，拈进嘴里。若一个没按住，饭粒儿由衣服上掉下地，他也立刻双脚不再移动，转了上身找。这时候他若碰上我的目光，就放慢速度。

阿城在随笔《常识与通识》里谈到美食，我也抄一段：

> 还是云南，有一种“烤鹅掌”，将鹅吊起来，让鹅掌正好踩在一个平底锅上，之后在锅下生火。锅慢慢烫起来的时候，鹅则不停地轮流将两掌提起放下，直至烫锅将它的掌烤干，之后单取这鹅掌来吃。说法是动物会调动它自己最精华的东西到受侵害的部位，此时吃这一部位，“补得很”。

这样的吃法已经是兵法了。

我也跟一句：这样的写法已经不是文学，而是哲学了。

到饭店吃饭是用嘴巴吃。但不好说是口吃。到书店买书看人家写吃的，是用眼睛吃。文绉一点儿就是目食。听别人说好吃的，是用耳朵吃，简称耳食。三者不可偏废也。

# 混搭的滋味

今年春晚，宋祖英和席琳迪翁的一曲《茉莉花》，响遏行云，犹如天籁，可谓“混搭”之典范。一中一西，中的土气得掉渣，西的洋气得起腻。风马牛不相及，竟然也如此天衣无缝、琴瑟和谐，混出了境界、搭出了水平。

有个吃货，混搭了这么一组诗句，想做一个有文化的吃货：床前明月光，想喝疙瘩汤。人比黄花瘦，犹记锅包肉。小荷才露尖尖角，一看排骨炖豆角。月落乌啼霜满天，松仁玉米地三鲜。春风又绿江南岸，明月何时烤冷面。君问归期未有期，来盘榛蘑炖笨鸡。我劝天公重抖擞，煎饼果子配鸡柳。在天愿作比翼鸟，街边坐等吃烧烤！

这是我看过的最好的美食文字了。

这个世界已经没有新鲜事。要出彩，混搭来。唱歌如此，做菜亦然。以前家里炒菜，如果中午同时做鱼又做肉，刷锅就要多浪费一瓢水，生怕鱼腥干扰了肉香。

可是，那天我在一家饭店吃了一道菜，竟然是鳝鱼段子红烧肉。我们知道，鳝鱼很腥的，小时候钓鳝鱼，洗手的时候要擦去半块大运河肥皂呢。鱼腥如何不干扰肉香？这是一个问题。我不会。所以，厨师是一个艺术家。他能够把这两样搞在一块儿，共同侍候好食客的口味，让人心存感激之情。

红烧肉是中国人的心头肉。除了和鳝鱼混搭着烧，还能和鱿鱼混搭。红烧肉又仿佛是万金油，或者说，竟然是革命的螺丝钉了。

混搭的最高境界是火锅。单色火锅已经大肚能容了，现在又搞出一个双色火锅（或曰鸳鸯火锅）来。你去看看火锅的涮料，天上飞的，地下跑的，田里种的，树上长的，海里游的，没有不能涮的。火锅虽小，可以涮天下。西方的饮食是分餐制，这和他们强调个性尊重个人隐私的社会价值观念相吻合。火锅，和而不同，兼收并蓄，不也正是中国文化之精髓吗?

三鲜饺子馅儿可以是猪肉鸡蛋韭菜，也可以是猪肉虾仁韭菜。韭菜是调味的，是饺子的正宗味道，是饺子的味道本色，是中学课本里的鲁迅文字，可以多，也可以少，但是，不可或缺。至于猪肉，可以换成牛肉，也可以换成羊肉，荤的就行。虾仁呢，则可以换成马鲛鱼，这是腥。荤腥混搭，饮食奇葩。荤的不腻了，腥的不腥了。

## 套餐是一种生活方式

怕点菜的人到饭店里吃饭最好选择套餐。有钱的话，人均100元，什么事情都不用管了，坐等吃饭就是了。套餐也叫和菜，这个和，是加法，是和谐，也是一种生活方式，一种优裕的、简便的、品质的生活。

如果是到快餐店或者小吃店，也是可以省却点餐的烦恼的，直接点一个套餐即可。我去麦当劳或者肯德基或者咖啡店，就常常点店家推荐的那个套餐，一般，它写在看牌的第一行、菜单的第一页，或者，直接就把菜单子贴在门上，直冲脑门，一目了然。

套餐是一种优化组合，是一种科学匹配。我们常常过高地估计了自己的饮食知识，这个营养、那个热量的，弄得吃饭跟进实验室似的，点餐的时间比吃饭的时间还要长。其实，这样的麻烦，完全可以省去，让店家给你做主吧。

套餐，有饭有菜有汤，高级一点儿的，还有咖啡和水果。大盘小碗的，摆了一桌子，看上去，很铺张、很奢侈的。无论是自斟自饮，还是商务宴请，都很有面子。它的好处显而易见，不浪费，基本上都能做到光盘。

肯德基的早点套餐搭配有多种选择，我基本上选择一号套餐，9元：一盒雪菜鸡粥、一根油条、一只煎鸡蛋（或者一杯热豆浆，任选一样）。品种不少，分量也足，吃了，可以挨到中午饭点儿的。

洋快餐卖粥，这是入乡随俗，这是本土化，这是拍中国人的马屁，掏中国人的钱包。美国人很狡猾，也很可爱。国人也挺幽默，把肯德基翻译成开封菜（KFC），乡下人更搞笑，把肯德基翻译成了“啃得起”。

大娘水饺开在肯德基边上，有“较劲”的意思，有“打擂”的决心。一般而言，超市的黄金地带，不是麦当劳，就是肯德基，最不济的，也得是永和豆浆。可是，大娘不服气，大娘不信邪，一定要和洋快餐一决雌雄、分庭抗礼。

首先店面的整洁不输洋快餐。这个在我看来竟然比饭菜更难做到。中国人有一种不干不净吃了没病，窝窝囊囊身体健康的豁达或无奈，不像老外那样怕死得要命。大娘水饺把店铺搞得一尘不染，没有“人间烟火”，清清爽爽，仿佛仙境。

饭菜当然是中国味道。饺子馅儿有多种选择，这个倒也罢了，打着饺子的幌子卖上几盘好饺子，没有什么值得夸耀的。让我吃惊的是这里的粉丝也好吃。那天，去陇海路拍片，被美女羁绊了脚步，一点多了，才歇手，走到大润发，看到“大娘水饺”几个字，仿佛巴甫洛夫的那条狗一样，立马就饥肠辘辘了。推门而入，听到的是几声热情的招呼声，符合ISO9000认证一样的“欢迎光临”，那份诚意和实在，让你真切感觉，你是回家了。

点餐交款，拿张条子，刚落座，一位服务员就到了你的身边儿。划了一下餐单子，告诉你，十分钟之内上餐。我吃过两次，都在七八分钟的样子把饺子端到你的面前，从未延时。这样的“数目字”管理，黄仁宇来吃，也会满意的啊。

咖啡店里的煲仔饭快要成为咖啡店的招牌了。很多朋友请我到咖啡店里吃饭，无论是有钱的老板，还是不怎么有钱的打工仔，都点煲仔饭。牛排太贵，品种还单一。意大利面当然也是不错的，可是，分量有限，吃不饱呢。只有这个煲仔饭，分量足，还有鸡蛋羹、紫菜汤、煮花生米、榨菜等等，把托盘摆得满满的，一点儿也不寒酸。花销不多（45 元），面子上有了，肚子里也有了。实在是明智的选择啊。

我喜欢吃头牌的三鲜煲仔饭。米饭油亮亮的，不输泰国大米。鸡蛋羹鲜嫩，要趁热吃，不用配饭，就这么一勺一勺挖了吃就行了。紫菜汤其实也是可以饭前喝的。米饭上面堆积了很多菜，鲜肉、虾米、竹笋等几样。锅巴脆，需要慢慢咀嚼，越嚼越香。

# 我爱凉粉和油条

凉粉和油条就像热恋中的男女一样如胶似漆死缠烂打不亦乐乎。如果你吃凉粉而没有油条就像看到了倪妮而不见冯绍峰。

从我记事起，我就认定了凉粉和油条是一对相好。那时候，我家住在海州火车站边上。车站饭店早上是炸油条的，总是排队，火车一样长。我常常被老爸老妈从热被窝里拎出来去排队买油条。

我常常看到一两个不遵守纪律的大爷，一脸的笑容，走过来，向做油条的案板上丢5分钱，用筷子穿两根油条，坐到一边儿的凉粉摊上切一毛钱的凉粉，有滋有味地吃起来。

那时候，我就心存大愿，等我有了钱，也这样吃早餐，一碗凉粉，两根油条，吃到打嗝，抹一把嘴巴，微笑。

更多的时候，我是把这两样东西分开来吃的。这就仿佛患了单相思的恋人，无论如何，都有了一种不满足。买来油条，通常喝稀饭或者喝豆浆。吃凉粉的机会，一般是放在了晚上。那个时候的凉粉，已经不是当饭吃，而是当菜吃了。就像现在的酒席，常常会上一盘炒凉粉。凉粉却要炒着吃，我佩服第一个把凉粉炒着吃的人，就像鲁迅佩服第一个吃螃蟹的人。

后来，油条的名声不是太好。因为油腻，更因为用油之不卫生，饱受诟病。可是，油条就像儿时的伙伴，纵然是鼻涕抹了衣袖口，依然是亲切的，不嫌弃的。不能天天吃，那就隔三岔五解解馋呗。

还好，现在有精明的商家，与时俱进，打出了卫生绿色的旗帜，大高油条就是这样炼成的。我差不多恋了小半年、吃了几十根了。一直以来想给油条唱首赞歌。可是，一时又找不到合适的词儿，于是延宕至今。

今天忽然就写到了大高油条，是因为，我吃了一碗川味凉粉，这才是大高油条的情人。

以前我买两根大高油条走两步，到隔壁的板浦凉粉来一碗炒绿豆凉粉。感觉也不错的，甚至是百吃不厌的样子。这就像婚姻了。可是，今晚，绿豆凉粉卖完了。只有川粉。所谓川粉，就是白色的豌豆凉粉，调料是吃凉皮凉面用的那种。

川粉不比绿豆粉有韧性，比较“脆”，不宜热炒，只能凉拌。切细，放上酱油、醋、香油、芝麻、辣椒油、黄瓜丝儿等。这样的吃法，以前也有过的。但是，没有油条。

油条还带着油温。咬一口，香喷喷。毕竟有些油腻，吃一口清清爽爽犹如清官一样的凉粉，立刻就消解了油腻，变得非常爽口。

油条的来历据说和秦桧有关。这是坏事可以变好事的例子。这个竟然和屈原有关粽子一样有一拼。至少，我喜欢油条甚于喜欢粽子。大高油条使用的油比较安全，也没有生炉子，而是电热箱。服务员都穿白大褂子，护士似的，笑容可掬。板浦凉粉铺子的女老板也生得俊俏。关键是，凉粉地道。

一种食物吃了几十年，除了说明东西好，还有，就是好东西。越是民族的越是世界的，以前我对于这话比较感冒。现在，因为油条和凉粉的关系，我的感冒痊愈了。我觉得，油条和凉粉是应该申遗的，是可以连锁的。既然老外都喜欢上莫言了，那么，就一定会喜欢油条和凉粉，都是中国特色。

油条要趁热吃。凉粉最好凉着吃。一热一冷，能馋死人。一荤一素，恰到好处。心潮逐浪高，凉粉和油条。天涯若比邻，油条和凉粉。感觉啊，油条和凉粉就像《孟子》和《庄子》，简直是百读不厌的。

## 乡村的美食

在美食一条街之类的地方发现美食和在艺术院校发现美女一样，不稀奇。稀奇的是你在乡村的一个不起眼的小饭店里发现了让你的味蕾获得欢愉的美食，那是一次艳遇，一次邂逅，一次生命的馈赠，一次终生难忘的饕餮之旅。

那天，我和朋友去东海桃林酒厂采访。连市的酒厂多在灌云和灌南，不承想东海也有。在酒厂的宣传橱窗里，看到这个桃林酒还得到慈禧的盛誉，说“桃林胜过杏花村”。这当然是一句广告词，但是，桃林酒在当地的受欢迎程度还是能感觉得到的。

中午吃饭，到镇上的一家饭店（我就不说出它的名字来了，防止它家食客盈门，萝卜快了不洗泥），没想到，拍案三奇。

第一盘上来是油煎四季豆。看上去像豆丹。原来是四季豆外边包裹了一层面粉，又有点儿凹凸不平，所以就像豆丹了。刚出锅的，一口下去，真的是那用烂了四个字“外焦里嫩”，其实，这个焦不仅是因为炸过了，还是一种颜色，焦黄。四季豆真的很嫩，甚至有一层青色的膜，那是油温的结果。

这是把素菜当荤菜来做了。就这么一根一根放嘴巴里嚼着，不像是吃菜了，像是吃点心。也没有喝酒，就这么纯粹地品尝豆角。平时吃炒豆角、干煸豆角、豆角烧肉等等繁文缛节，在这一刻，都退居二里地之外了。这是油煎豆角的天下，让我们的味蕾获得了一种清新一种恰到好处的安慰。

第二盘是油煎豆腐块。开始也被蒙蔽了一下，以为是油煎藕饼。可是，看上去是方的嘛。这又是新的吃法，以前没有吃过的。还是“外焦里嫩”，一碗蘸料很给力，有点油腻的外表，往酱油醋还有切碎的青椒小葱等小碗里这么一蘸，豆腐顿时获得了新生，油腻化作清爽，比水煮豆腐有味道。人说，油多不坏菜，油炸食品也并非都要撤离餐桌的，看你炸的是什么了。

炸凉粉好吃。炸臭豆腐好吃。没想到，炸豆腐，也好吃。乡村美食家的创意给人一个惊喜，值得推荐，不妨尝试。

第三盘最为惊喜。因为到了尾声了，肉也吃了，鱼也吃了，差不多都要撑死了。可是，面对这样一盘细小的干煸豆芽粉丝，我们都没有再珍惜生命，都拼了命地吃了。

豆芽小到你以为还没有发好，城里的干煸豆芽当然也不错的，如果没有乡下的这盘做比较，我也就一直觉得城里的干煸豆芽已经是经典了，不可能被超越了。不承想，只是距离新浦 70 公里，一个半小时的车程，就颠覆了我的一个理念。

豆芽的芽儿很关键。没有芽儿，那就是黄豆了，当然不好干煸。可是，如果豆芽长到像白发三千丈，黄豆的营养全部被豆芽争夺去了，豆芽的味道肯定是要打折扣的。另外，我看可能还和黄豆的品种有关。也许，桃林的黄豆就是短小精悍的、味道独特的，是别处没有的，加上做工地道，自然就好吃了。

## 我爱猪肚

猪的身上全是宝，这是当年提倡养猪的宣传片里看到的。猪肉可以吃，猪皮可以做鞋子，猪鬃可以做刷子。猪下水曾经是一种紧俏商品，春节的时候凭票供应。没有票，认识肉联厂的头头也是可以的，批条子即可。

那个时候，哪家要是能买到一篮子猪下水，或者一只猪头，就可以过一个丰饶的春节了。猪心、猪肝、猪肺、猪大肠、猪肚子……每一样都是一盘菜。这之中，我最爱猪肚子。

猪肚子是猪的胃囊，是用来消化食物的。猪的饮食比较随便，比较庞杂，几乎是什么都吃。虽然理论上讲，养猪要用猪饲料，可是，事实上，很多农户养猪还是以吃剩饭尤其是饭店的泔水为主的。这样看起来"不卫生"的食物，也许正是造成猪肚子味美的条件之一。

猪肚好吃难打理。记忆中母亲打理猪肚常常是一项浩大的工程。水洗、盐搓、面粉揉、上锅煮、卤。可以切片，凉拌，最本色的味道是蘸点儿细盐，越嚼越香，是下酒的小菜。还可以炒蒜苗。饭店里有爆肚，最受欢迎，点菜率很高的。

肚肺汤是我吃过的最有味道的汤，我已经为它唱过赞歌了。今天早上，我又吃过猪肚汤馄饨，对于猪肚的喜爱又增加了一分。

饭店的名字叫沙县小吃，到处都是，比银行还多。以前都是吃他们家最招牌的脆皮馄饨。馄饨很好，皮薄馅多，唯一的缺憾是汤不怎么样。也难怪，四块钱，你还想怎样？今天早上，我生了一点儿小气，肚子都气痛了。走进沙县小吃店，看菜品牌子，看到猪肚汤馄饨，忽然就盯住不动了。不是说，吃啥补啥吗？我的肚子受伤了，需要疗养。就它了。老板，来一碗猪肚汤馄饨。

十分钟之后，一碗热气腾腾的猪肚汤馄饨摆到了我的面前，外红内黑的韩式泡面碗，红色的汤勺，本色的猪肚，油亮油亮的小油菜，红色的枸杞，白色的杏仁，跟画儿一样。舀一勺汤，鲜美无比，直达肚子。

总体感觉是清爽。猪肚给人以油腻的暗示，还有不洁的内涵，甚至为高智商的人所不屑，他们怕吃傻了，像猪一样笨。这碗猪肚汤馄饨是花了时间、费了心思的。几片猪肚，看上去就跟竹笋似的，换了茹素的人大约也不会嫌弃的。还没有怎么着呢，就见底了。脱口而出：老板，再来一碗！

我曾经喝过两杯咖啡，一杯是卡布奇诺，另一杯还是卡布奇诺，现在，我又吃了两碗馄饨，一碗是猪肚汤馄饨，另一碗还是猪肚汤馄饨。大约老板也觉得新鲜，甚至被小小地感动了一下，不然，第二碗里的猪肚片为什么比第一碗里的要多一些？

## 我爱大饼

晚上食堂的饭菜基本上是大饼、馒头、包子、豆腐卷加稀饭。如果你愿意改善一下生活，当然还可以下一碗雪菜肉丝面或者鲜肉馄饨。

我是大饼稀饭派。几乎没有尝试过馒头和包子，也没有吃过一回面条和馄饨。因为，大饼实在是太好吃了，就像社会主义制度一样。

一块大饼 1 元，一碗稀饭（我常常是喝两碗）0.50 元，咸菜是免费的。1.5 元钱，就吃得肚子溜圆，报社食堂就是好来就是好。

中午吃了两荤两素，肚子里的油腻还没有消化掉，晚饭最适合吃清淡的。大饼，质朴无华，什么也不包含，就这么素面朝天，就这么原汁原味，慢慢品尝，你能尝到麦香，还能回想起童年的饭桌，父亲或者母亲做的饭菜的味道。

小时候不像现在这样是买饼（或者馒头）吃的，都是自己做。中午吃过饭，父亲会挽起袖子和面。把面盆放到床上，用被子捂严实了，晚上下班面就发了（又叫“起”了）。有时候是烙大饼，有时候是蒸馒头。烙大饼的时候比蒸馒头的时候稍微多一些。因为父亲烙大饼是一把好手。蒸馒头则是我的强项。

父亲做的大饼大而厚。这需要水平，要控制好火候。火急了，表面糊了，里面还没有熟。火太慢，不仅耽误时间，还常常把饼烙得半死不活，手压一下都弹不起来，不好吃。

把平底锅擦一点儿油，这样不仅不粘锅，而且还有一股豆油的香味。第一块大饼是最好吃的。有时候，还没有吃饭呢，我们就迫不及待地切一块饼吃起来，什么菜都不就，越嚼越香。

父亲出差之前，会做一摞子大饼，够我们吃一个礼拜的。母亲会给我们讲一个老掉牙的故事，是关于大饼的。说，一个懒人，老婆回娘家过几天，烙几块大饼留给他。懒人嘛，老婆怕他不知道到厨房里找，就直接挂他脖子底下了。没想到，妻子回家发现丈夫还是饿死了。原来，他只吃脖子底下的大饼，脖子后边的大饼懒得转过来吃。

看起来都是一团面做出来的，大饼是拍扁了的馒头，馒头是团起来的大饼。其实，一个是近火的，一个是亲水的，口感便有所不同也。大饼保存时间比馒头要长一点儿，吃起来也更加方便。馒头冷了不太可口。大饼冷吃却没有问题的。

菜市场经常有卖大饼的摊子。那可真的是大饼，蒲团一样。可是，饼大不过锅。这样的一张大饼三口之家得吃一周。所以，常常是要切碎了卖的。两寸厚的大饼，却并不怎么“压秤”，因为比较松软，快赶上面包了。味道还是不错的。我经常买这样的大饼。有时候中午不想淘米做饭，也吃大饼。怎么也吃不够的。

现在饭店里也上大饼了。有些高档饭店是上蒸饺，上蟹肉包子。也有反其道而行的，就上一碟大饼，还搭上一小碟甜面酱和几根大葱，感觉不是在高档的饭店里吃饭，而是在我姥姥家的小炕桌上了，一种思乡之感油然而生。大饼之用大矣。

我喜欢把大饼揭开来，里面夹一勺白糖吃，这是三明治式的糖饼了。平时我们家是不包糖饼的，只有到了中秋节这才烙几块，谓之团圆饼。我还喜欢咬一口大饼，吃一块奥利奥（饼干），这样，大饼也就带了甜味儿。大饼仿佛是大腕，可以很轻松地和小演员配戏，不端架子，平易近人。

## 我爱面条和水饺

面条和水饺不像凉粉和油条那样是一对老相好，而是两个老对头了。他们就像英国的国王和首相，不常出现在一个桌面上，有了面条，不见水饺，反之，亦然。

我们到饭店吃饭，酒足饭饱之后，主人还要问主宾：上点什么主食？主宾一般会说，上盆面条吧；或者说，上盘水饺吧；不会说，一份面条，一份水饺。但是，好客的主人有时候会说：一份面条一份水饺，面条要手擀面，水饺要荤素各一份。

这就太隆重了，隆重到像是英国的国庆节了，女王和首相全部到场的。

北方人喜面，南方人好米。我妈是北方人，喜欢吃面，煎饼和大饼，一日三餐都吃也不嫌够。我爸是南方人，中午不吃干饭，好像没吃饭。因此，我是南北方人，我早上吃稀饭，中午吃干饭，晚上吃面条。不吃面条，也要吃馒头。

我的儿子吃面胜于吃米。每天晚上，我们吃稀饭，他吃面条，一家两制，够烦人的。他在新海中学读高中的三年，住在姥姥家，晚上下了晚自习，姥姥端一碗热气腾腾的牛肉面条，吃得他额头冒汗，接着看书到深夜十二点。面条支撑了他的求学生涯。

面条和水饺是一个战壕里的战友。但是，分工不同。接风的面条送行的水饺。面条的寓意是“常来常往”，你出去发展了，还是要常回家看看的嘛。水饺的寓意是“弯弯顺”，你要出发到外地了，希望你一路顺风。

老爸会擀面条。一根擀面杖有一米二长，平时不用立在门后，像一支枪在看家护院。自己擀面条，可软可硬，可宽可窄。下面的汤料也随心所欲，可荤可素。面条的好处是，菜在饭里，饭也是菜。面条一个人即可操作。水饺则常常是全家上阵，可能正是因为烦琐，所以好吃。水饺明显比面条更有人缘。妈妈说，好吃不如饺子，舒服不如倒着。可是，对于面条，妈妈语录暂付阙如也。

街上的面条店铺越来越多了。不说多如牛毛的兰州拉面了，不说越来越火的大娘水饺了，小荷才露尖尖角的大哥水饺了，也不谈雨后春笋般的镇江锅盖面以及平常人家的谢记锅盖面、梁记锅盖面了，就说刚刚开张的西小区小神厨面馆吧，那里的面条和水饺简直就是一部《古今图书集成》。

面条自然是手擀面，浇头很丰富，菌菇搭肉类，猪肉、羊肉、牛肉、猪肚、猪肝……水饺自然也是手工做的，馅子的品种也很多，传统的猪肉韭菜的、三鲜的，一份 10 元到 15 元不等；虾仁水饺最贵了，一份 26 元，一个水饺一只虾仁，这样的量化指标，让食客有一种放心的感觉。

面条可以下水吃，也可以炒着吃，还可以凉拌，那就是凉面了。水饺呢，下水吃，油煎饺子，蒸饺，可谓花样繁多，任君选择，总也吃不够的。

面条进入日本，触发了日本人的灵感，做成了方便面。方便面来势凶猛，极大地满足了中国人喜欢吃面的习性，一箱方便面（也叫快餐面）搁家里，你简直可以一周（甚至一月）不下楼也饿不死，却还不用烟熏火燎刷锅洗碗。因此，方便面成为白领成为 IT 人员成为作家成为网虫生活伴侣居家旅行必备之品也。方便面之用大矣。

山西刀削面是对面条的一次变革，其实，严格来说，这已经不是面条，而是“面片”了。甚至，它的观赏性也胜过了口味。万润那儿有家山西面馆。

我吃得最为痛快淋漓的面条是陕西的“宽面”。具体细节记不清楚了，毕竟是发生在28年前。那时候，我上电大，社会实践的时候，我们选择的是到西安考察。包了一辆大客，一路颠簸，吃饭不按时。到了陕西地界儿，停车吃饭。是一家小饭店。一下子来了三十多人，有点招架不过来了。可是，陕西人厚道，萝卜快了也洗泥。下面条，还是按部就班，一锅一锅来。

锅不大，就是一个炒勺而已。可是，倒油、炸汤、煮面，工序一道不少。可能是饿了，饿了饭香嘛，但是，也可能是的确好吃，小盆一样的一大碗面条，稀里哗啦全部吃掉了。第二天早餐都不觉得饿。

美食亦如美女，并非都被皇宫后院收入了，也时常会流落民间的，所以和珅才会带着乾隆到乡下猎艳，多有斩获。

我是吃货，地位相当于皇上了，时常有粉丝给我通风报信，告诉我哪里有美食。耳目，或曰探子，什么时候都是不可或缺的。

这不，在朝阳路味道本色对面的一家不起眼的小店里，我的味蕾获得了一次饕餮之旅。我是性情中人，有了快感我就喊，不像有些人，爽死不叫床。

店名叫“小白水饺”。这样字号加经营范围的命名法，质朴得如村姑。我们耳熟能详的大娘水饺、大哥水饺、张记水饺、王致和臭豆腐、李记卤货、小武凉皮、杨凉皮……都是。

一共两张桌子。厨房就摆在当间，食客可以看着厨师做菜。操作台清清爽爽的。唯一有所不便的是油烟味有点熏眼睛，但是，为了舌尖上的幸福，眼睛就委屈一下吧。

约了几个网友。网友小聚，已经成为一种习惯。事先在QQ群里看看，有谁在线，私聊下，敲定三四人。先后来到小白水饺。

上了几个冷盘，都是家常菜，黄瓜条子，蘸牛肉面酱吃，清爽可口。凉拌萝卜洋葱，非常开胃。卤猪肝，很香。尖嘴辣椒炒熏肉，味道特别，越嚼越香。

主角水饺上来了。第一盘是鲅鱼水饺。我在日照美食城曾经吃过一份鲅鱼虾仁水饺。之所以要点这个水饺，是因为我不知道“鲅鱼”的味道。问了店主，才知道原来就是马鲛鱼。妈妈说，鲫鱼头，鲤鱼腮，马鲛鱼骨头香满街，马鲛鱼刺少肉多，一直我是喜欢吃的鱼。可是，从来都是肉饺子，竟然还有鱼饺子。有惊喜。

小白家的鲅鱼水饺，其实也不是纯鲅鱼，适量放了一点儿鲜肉。小白说，加点肉，提鲜。果然有此效果。鲅鱼肉质细腻鲜嫩，吃一个水饺，喝一口小酒，可谓饺子就酒，越喝越有。

既然是饺子馆，当然不能只品尝一种了。再来一盘虾仁鲜肉水饺。鲜肉，永远是饺子的最佳搭档，可谓无肉不成饺子了。

感觉小桌子比大桌子更能拉近人和人之间的距离。如果是两个人面对面吃饭，那就是零距离了。我认识的一些网友常常开一爿小店，整几样特色菜，就可以抓住网友的胃。从虚拟的空间来到现实的饭店，你会忽然感觉到网络不再是虚拟的，网友不再是缥缈的，生活不再是单调的，感情不再是寂寥的。

# 男人就要吃生蚝

鲁迅在一篇文章里说过日本人对于中国的饮食有一种比较“色”的解读，说，中国的饮食，比较有一些“性”的暗示，比如，竹笋啊，翘翘的，像男根一样，至于这个鞭那个鞭，当然就更“食色，性也”了。

我对于生蚝，一直心向往之。可是，品尝的机会不是很多。记得吃得比较开心的一次是在九龙王子牛排自助餐厅，那里的生蚝是敞开供应的，我差不多吃了两盘子。

为什么这么喜欢吃生蚝呢？都是广告惹的祸。听说，老外喜欢吃生蚝，因为，生蚝是可以壮阳的。

苏豪大酒店的魏董喜欢生蚝，他们的饭店准备搞一个海鲜大排档，开张之前，叫我过去品尝一下。

晚宴的主体是品尝海鲜。上的海鲜主要有：生蚝、海蛏、子乌、鲅鱼、海鲜丸子……

一只大盘子盛了十只大生蚝，中间放一碟芥末。这样的生蚝，惭愧得很，第一次遇到。就像大旱遇甘霖，就像他乡遇故知，就像洞房花烛夜，就像金榜题名时。生蚝，真的好想你。

生蚝，中文学名叫牡蛎，生蚝是牡蛎的别名，叫起来倒更加亲切。我觉得那个“生”字特别写实，生鲜，生猛。生蚝，因为生着吃，故名。

生蚝的小档案：一种软体动物，身体呈卵圆形有两面壳，生活在浅海泥沙中，肉味鲜美，红烧清蒸都可。

最好的吃法，当然是生吃。

所谓生吃，也不是一点儿也不加工。苏豪大酒店的孙主厨告诉我们，这里的生蚝是从山东岚山运来的，个头大，肉质好。水洗干净之后，只在 30 摄氏度的温水里过一下，这样可以使生蚝的肉略微收缩一些，口感会比较“紧”，不至于太“瘫”。

吃生蚝要蘸点芥末，这样可以消减一点儿生蚝的腥味。芥末属于强刺激性的佐料，吃的时候一定要抿住嘴巴，不能说话，让芥末在口腔里肆虐闯荡，甚至眼泪都辣出来了，也不要开口。等刺激的洪流过去，这才慢慢咀嚼，生蚝鲜美的味道，嫩滑的口感，充盈了你的嘴巴，那一口鲜嫩，给个恋人的热吻都不换的。

我小姨家住在日照岚山头，逢年过节会送些生蚝来让我们尝个鲜。只是个头不大，而且是蒸熟了吃的，不是生吃的。对比一下，还是生吃更加鲜美。那种味道，是大海的味道，是原味，是原生态美食。

除了生蚝，苏豪的海蛏也非常好吃。美食讲究味形色器，味道第一，其他也不可马虎。这里的海蛏布阵在一只平底盘上的，铺了锡纸，像航母上列队的士兵，让人肃然起敬。这样奢华的场面，是美食抵达的一个更高境界：盛器美。

我愿意再提及一下海鲜丸子。是对虾取肉，团成葡萄一样的小丸子，汤水里下了，连汤带丸子，盛一小碗，拿勺子慢慢地喝下，鲜死人。

## 哈根达斯：冰淇淋中的劳斯莱斯

如果给哈根达斯一个字的评语，我只能说：贵。

凭什么，一个鸡蛋大的球，就卖29元？一点也不甜，别说赶不上3元一根的巧乐滋，连2.7元一根的伊利草原雪糕也不如。

可是，它就是那么贵。它为什么那么贵？纯天然。

这个世界，似乎什么都有添加剂、防腐剂，弄得我们都不敢吃东西。以冰淇淋而论，普通的冰淇淋，三五块钱一盒，吃起来，也蛮不错的嘛。哈根达斯，有什么好？不吃也罢。

可是，“哈根达斯”这四个字，就像芯片一样，已经植入我的脑袋里了。都是广告惹的祸：爱她，就带她去吃哈根达斯。

在罗马假日咖啡馆，第一次见到哈根达斯的价格表，就被它给镇住了，一客哈根达斯快赶上一份煲仔饭的价格了。

我到罗马假日吃饭多次，始终没有品尝一份煲仔饭价格的哈根达斯。

那天，请朋友到皇驾吃饭。吃过牛排，擦了擦嘴巴，意犹未尽，觉得应该上点喝的。咖啡有点太老套了，虽然价格不贵，蒸馏咖啡一杯18元。忽然，就想到了哈根达斯，连菜单也没有看，直接喊服务员过来。在等待美女的时候，我翻过菜单，这里的哈根达斯好像是29元。两份就是58元，快赶上一份牛排了。

服务员一口气报了五六种口味。美女说，就草莓的吧。我跟进，步调一致，这样就不会出现两个人换着吃的情况，避免了肉麻。

热烈欢迎哈根达斯莅临指导！其貌不扬，一点气场都没有。一个小小的有点寒酸的纸盒，一个更小的鸡蛋一样的冰淇淋。心理落差很大，都有当冤大头的感觉了。这可不行，会影响口感的。赶快想个理由：手表比闹钟小，钻石总是一点点。

塑料小勺挖一下，有点紧，后来知道，这是纯天然的标致之一，没有添加剂，都是奶油，密度大，所以个子小，体重，肉紧。不怎么甜，这，又是纯天然的标致之一。甜的是加糖了。不甜，才是正道，才是纯天然的材料。

因为实在太小了，就像当年读鲁迅的《野草》，不忍心一口气读完，总是读一段，停顿一会儿，望望窗外的星空。你要说，吃了这一份哈根达斯就上天了，那倒未必。但是，吃了之后，感觉自己终于"奢侈"了一把，"牛 ×"了一回，象征意义大于实际意义。历史价值大于现实价值。

本来，这是一个国际奢侈品牌，不属于我等工薪阶层的人享受的。可是，正是因为不属于，反而总想着要占有。鲁迅说，贾府的焦大，不爱林妹妹，我看未必，只是没有机会而已。如果林妹妹也像焦大那样酒大，焦大就不会去骂贾府门前的石狮子，而是要去抱抱林妹妹了。即使被打嘴巴，也比塞满牛粪舒服。

有人说，哈根达斯是轿车里的劳斯莱斯，我要说，它还是绿茵场上的阿迪达斯，还是羽毛球馆里的尤尼克斯，还是文学名著里的《尤利西斯》：一旦拥有，别无所求。

我以前一直以为哈根达斯是欧洲的品牌，刚才百度一下，才知道它的老家是美国。正像许多名牌一样，这个牌子也是爷爷辈儿的，出生于 1921 年。进入中国市场，也就是最近六七年的事情。自然，也是从一线城市开始，然后，像禽流感一样，在二线乃至于三线城市蔓延。可是，连市还没有哈根达斯店，只在一些高档的咖啡馆和大酒店偶尔觅得尊荣。

花了钱，总得找两条“物有所值”的理由来，否则，不是白花钱了吗？越贵越要尝尝，自然是一条理由，可是，怎么看都像是赌气，不属于理性消费，不提倡。那么，下面这一条理由，我觉得能站得住脚，而且能上台面，那便是：品质纯粹，味道纯正。这是一个人生的标杆，又像冯唐念念不忘的小说的金线，有它和没它，是不一样的。标杆不必天天立在你家门口，金线也用不着时时缠绕在你的手脖子上。但是，你见过了，知道这个世界有一种冰淇淋叫哈根达斯，就像你知道有一种轿车叫劳斯莱斯、有一部名著叫《尤利西斯》。

# 吃饭也是江湖

晚报艺术工作室的蔡宁获得全国第四届扇面书法艺术优秀奖，祝贺的电话不断。蔡宁没二话，一律说："今晚坐坐。"不到一小时，凑一桌了。"今晚是小范围，改日来一个大范围的，我做东。"蔡宁的老师费永春如是说。

几乎所有的祝贺庆典接风洗尘请人办事答谢人家帮了忙朋友小聚掼蛋之后都归结为两个字：吃饭。仿佛长江黄河九曲十八弯最后总归要入大海，仿佛恋人卿卿我我叽叽歪歪打打闹闹分分合合最后总归要入洞房。

吃饭之用大矣。

因为工作关系，还因为单位食堂的饭菜实在太价廉物美了，我不在家里吃饭快两年了。每天在外边胡吃海喝，腐败得很，也快乐得紧。

我发现，吃饭是一个江湖，人在江湖飘，哪能不喝高？吃饭是一种本能，人都非神仙，哪能不吃饭？

吃饭也是工作。一个单位的、一个部门的人吃饭，包间就是办公室的延续，聊天就是上下级在谈工作。一句一个领导，一杯一个关照，领导敬酒，举杯示意一下即可，下级敬酒需要离座（俗称打的），要到领导跟前，这叫请示工作，聆听教诲。

白天在办公室里不好说的不便说的说了可能有点尴尬有点不好

意思的，现在借一点酒胆抒一下愤懑发一通牢骚传一份情愫，说重了，你可以认为是醉话，不予采纳，说中了，你可以认为是忠告，心存感激，回敬一杯，什么话都不说了，都在酒中。

吃饭也是公关。公关可以在酒吧可以在KTV可以在洗脚房但是更多的还是在饭桌上。这也应了那句老话：人生在世，吃穿二字。街上的服装店让女人去支撑吧。路边的饭店则由男人全包了。酒杯一端，政策放宽，很多在办公室里谈不拢的事情，只需要变换一个地方，立马妥了。签字笔是手写的，手靠大脑指挥。如果大脑不想指挥手，你不能强摁着人家的手给你签字，那样约等于强奸，不仅是犯法的，也是没趣的。现在，你用酒精搞乱了他的大脑，大脑就会顺着你的思路思考了。他和你有仇，但是，和你点的美味没仇。不看僧面看佛面，吃饭也是这样的。

吃饭也是驿站。一个人，强大如拿破仑自律如曾国藩，一个月也总有那么一两天，什么事情也不想做，看什么东西都烦。这个时候，吃饭就成为一种减压的方式，一个人生的驿站。所谓纵情酒色，本来就是一个公开的秘密，不过为尊者讳而已。我们喝大了，我们蹉跎了岁月，我们亵渎了情感，好了，到这里吧，就到这里吧，明天太阳依然是崭新的，昨夜的犯错，是一种警示，一种鞭策，一种小憩，一种下不为例，然后接着破例。

吃饭也是性情。很多时候，我们吃的仿佛不是饭菜，而是性情。所谓性情中人，大约是对一个人的最好的评价了。这样的人酒桌上最多，或者说，在酒桌上展示出来的最多。能喝半斤喝八两，这样的哥们要来往。能喝白酒喝啤酒，这样的哥们没玩头。一桌皆醉你独醒，这样的哥们没性情。吃饭是打着吃饭的幌子暗度陈仓去吃菜，菜不过是酒的助理。酒又是什么呢？酒是老大，所以人们都喜欢酒大，酒是性情中人的红颜知己。

吃饭也是外交。外交讲究对等原则，你来一位部长，我不能让副部长去陪你吃饭。朋友之间的吃饭虽然没有什么繁文缛节，但是，大体上也有一个“三八线”，不可触碰。如果总是一个人做东，那么，做客的人会老大的不自在，那时候喝酒就和吃药差不多了。什么药呢？后悔的药：这顿饭真的不该来。如果你是请一个女性朋友吃饭，饭后你要拉了一下她的小手，她都以为自己是在卖身。你会发现，等到她做东了，她会主动给你一个拥抱。聪明的朋友从来不自己一个人占尽春光，一定会给朋友留下一片天空。

吃饭也是生活。一日三餐，人生就是一桌长长的餐饭，出生不久吃百日饭，十岁、二十岁吃生日饭，结婚喝喜酒吃喜宴，离婚吃散伙饭，过寿吃长寿面，都是令人高兴的。包括离婚，两人都抓住机遇各创明天，好聚好散，再聚不难。这样的饭，吃什么都是美味，喝什么都容易醉。只有长亭送别，即便让快递公司送去一桌满汉全席，也吃不出一点儿滋味，因为，从此天涯陌路，最后的晚餐，最难下咽。

## 陪吃饭

新浦的天气连续半个月都是“烧烤模式”，最喜欢的是坐在带有空调的房间看书打字，最怕的是到饭店吃饭，可是，怕什么来什么，这十五天简直就是一个饭局连着一个饭局，好像吃饭能防暑降温似的。这不，今天中午，正在空调房间里凉快着呢，朋友请吃饭了。

朋友很客气，说，老同学见面，就两个人。其实，我不需要说明原因的，因为，不问也知道，我又要“陪吃饭”了。

虽然自己不是主角，但是，配角，也不是人人都能做的。第一，你要有点儿酒量，总不能让朋友替你代酒吧？第二，你要有甘当配角的品德。第三，最好，你还要有点儿虚名，这样，打字幕的时候人家也好给你一个面子：友情出演。

饭店选在单位附近的赣榆人家，主人很体贴人，这么热的天，不想让客人远途受煎熬。我们先到一步，老同学就是老同学，比兄弟还亲。我和朋友也没有“抬轿”的感慨，替主人点了四个菜。

鱼丸烧菜汤，麻辣烤鱼，铁板茶树菇，炒绿豆芽。三个爷们，一人一瓶啤酒，他们同学说着体己的话儿，我埋头吃菜，抬头碰杯，倒也和谐。

看看邻桌，也是三人行，或一男二女，其中一个女的明显是陪吃的，因为她也是低头的时间比抬头的时间多；或一女二男，一个男的迟到十分钟，进门就挨一个男的一通修理，这迟到的显然也是来陪吃的。迟到的连声说，对不起，对不起，自罚一杯。

陪吃饭的次数多了，渐渐地就喜欢上这个身份了，真所谓：干一行，爱一行，陪吃饭，有文章。

摆正自己的位置。你不是主角，你不是月亮，你是配角，你是星星，不要坐在主客的位置，这个基本不会搞错，除非主人太不讲究，就乱坐。你要恪尽职守做好捧月的那颗星星，让月亮光芒四射星星暗淡无光这才庶几算是捧场。

要体谅主人的心情。主人请你作陪，那是交情，那是信任，那是一份浓浓的爱意。饭好做，客难请，这个客，照我的理解，是陪客，而不是主客。我们如果请章子怡吃饭，章子怡好办，不好办的是请范冰冰还是李冰冰做陪客，是请张艺谋还是撒贝宁当嘉宾。

对门的那三张椅子上“落腚”了，饭局就顺利开始了。开局很重要。开胃也很重要。开心最为重要。一着不慎满盘皆输。如果有人向隅而泣，如果有人拂袖而去，都是陪吃饭的人没有领悟那个“陪”字的精髓。

我的朋友小伟请客，把这个难题交给一位德高望重的人做，可谓找对了人。德高望重的人当仁不让地坐在主人的位置上，俨然是娘舅。这样，右手是主客，左手是主陪，而真正掏钱的主人小伟坐在上菜的位置，一副无官一身轻的潇洒。这是我看到的最和谐的用餐场面，宴会自始至终洋溢着一种生动活泼欢乐祥和的气氛。

我的朋友小姚在 QQ 里说：下午有事吗？答曰：待招。小姚：金神话唱歌。曰：马上就到。我不仅陪吃饭，陪徒步，也陪唱歌，人称“三陪先生”。

原来是小姚的朋友攒的一个“纳凉歌会”，临近结束的时候，小姚跟我说，朋友请吃饭，要我作陪。我欣然答应。我不认识小姚的朋友。朋友的朋友怎么可以临阵脱逃呢？

最后一首歌，是小姚的朋友唱的，中间摁个暂停，说：现在我宣布一件事情，唱歌结束之后，我请大家坐坐，请务必赏光，一个都不能少。

如果说，小姚要我陪吃饭，我还不是百分之百爽快的话，那么，这一番话，我一下子就变得“超爽”了。这是小姚的朋友给面子。如果我不赏光，人家会觉得丢面子。

果然，这是一次团结的坐坐，胜利的坐坐，一次继往开来的坐坐。小姚的朋友太有才了，他让小姚选饭店。小姚太民主了，让我发表意见。经过一番集思广益，我们到全聚齐大排档“坐坐”了。

饭店不大，菜的味道好。碰巧了，老板是小姚朋友的老乡。还碰巧的是，老板娘是我的粉丝。她竟然看过我的《学车记》《开车记》《停车记》。至于《美食帮》更是每期必看。

八个人，两瓶白酒，两箱啤酒，两袖清风，两小无猜。诵明月之诗，歌窈窕之章，杯盘狼藉，不知东方既白。

# 五花肉

到饭店吃饭最怕点菜。老板请客，包菜，不用你怕了，可是服务员站在你身边，为你服务到你不好意思地想到自己是不是太腐败了，难道一碗汤都不会自己盛吗？如果是吃自助餐，所有的问题就迎刃而解了。

自助餐，吃的不仅仅是实惠，还有自在。

至少十年前，港城自助餐的号角在港澳城吹响。那么宏大的一个叙事场面，吃饭就跟不要钱似的，食物铺天盖地，食客摩肩接踵。每个夜晚来临的时刻，南极路上一道靓丽的风景，那就是港澳城。

一吃十几年。朋友小聚，网友活动，首选自助餐。你吃肉，他吃鱼，你喝啤酒，他喝饮料，悉听尊便。自助餐，让每一个人都获得了吃饭的尊严和快感。

以后，千府大酒店搞过自助餐，九龙国际大酒店搞过自助餐，有的是以肉为主，有的是以海鲜为主。生意都很不错。因为，自助餐符合现代人的消费理念，节约、绿色、时尚。

青年东路的"阳光雨露休闲自助餐"，吃过多次，感觉不错。我们写文章怕两个极端：没有材料；材料太多。统共就那么大的一个胃囊，不能什么东西都往里边装。挑拣附加值大的。什么附加值大呢？五花肉、东方虾啊。

东方虾是做了简单处理的，剪掉了虾须。五花肉（以及肥牛、培根等等）切片了，放在一只椭圆的盘子里，每只盘子放两片。于是便出现了食客端着一摞盘子的盛况。这哪里是在吃饭啊，简直就是做飞碟射击训练嘛。放眼望去，餐桌上堆砌的盘子小山一样，饭店洗碗间一样。这还不算服务员不时撤下的一些空盘子。

肉品全部存放在冷藏箱内。过一阵子，就添加一些，保证足量供应，不存在来早来迟的差别。

烤炉不是木炭的，也不是燃气的，而是更加环保和安全的电磁炉。几乎没有什么油烟。放一张洁白的垫纸，烤了一段时间可以换一张新的。五花肉多油，放到烤炉上，不粘纸，还能滋润金针菇等素菜，好像一个能够团结人的领导干部。大家都喜欢和五花肉热恋。

喝的有可口可乐、青岛啤酒。每样来一瓶。水果有香蕉、草莓、哈密瓜，每样来两片（段）。最喜欢的是冰淇淋，按照颜色分作六种口味，自然也是一个都不能少，都要尝尝。

自助餐给人一种优裕的、从容的甚至是挥霍人生的感觉。放开肚子吃，人人都变成了饕餮之徒，个个都是净盘将军。你想，还有什么比想吃什么拿什么、想吃多少拿多少的自助餐更能让人心潮澎湃呢？

说起五花肉，那简直不是一片肉，而是一幅画。那种肥瘦相间、错落有致的图案，让人惊叹造物的神奇。五花肉，顾名思义，是有五层的，肥瘦相间，按部就班。

五花肉中的瘦肉最嫩，并且最多汁。五花肉一直是一些代表性中式菜的最佳主角，如梅菜扣肉、南乳扣肉、东坡肉、回锅肉、卤肉饭、瓜仔肉、粉蒸肉等等。它的肥肉遇热容易化，瘦肉久煮也不柴。

钟爱五花肉的不仅有中国人，韩国人最爱五花肉。在庆祝新年的时候，韩国几乎所有酒店都为食客们准备了烤五花肉。五花肉 + 烧酒 + 练歌房，已经成为很多韩国人的一条龙娱乐方式，还有人将此简称为“五烧房”。

每年的3月3号是韩国的“五花肉节”，因为，五花肉肥瘦重叠，所以，也被称为三重肉。本地的韩国烧烤店里五花肉销量永远排在所有食材的前列。

# 消夜颂

那天晚上在报社备稿，电脑屏幕右下角的小企鹅头像闪烁了几下，经验告诉我，这是美女网友西施约我消夜了。

其实，还没有到消夜的时候呢。西施说，先唱歌，使劲喊喊，让肚子里的饭菜消化掉，唱着唱着，也就到了消夜的时候了。

唱歌选择在海连路。两个美女(西施和貂蝉)加一个帅哥(小可)，西施说，你很有能耐啊，“一拖二”啊。貂蝉说，也就是涨工资不给钱——空调。

两个小时一会儿就过去了。唱歌是一项肺腑运动，还真的有点饿了呢。出发吧。以前搜街，在万润那儿看到一家斑鱼自助火锅，是可以吃消夜的。可是，当我们驱车到了饭店门前，人家都准备锁门了。这才几点啊，还不到十一点呢。

因为心里期待着一次饕餮盛宴，不料吃了一个闭门羹，有点郁闷。看看周边的饭店，也大都黑灯瞎火的了。大排档自然是如火如荼的，可是，秋风起，要加衣，怎么能够忍心让美女挨冻呢！

掉转车头，去玉米人。

其实，这里，也是我们消夜的一个据点。到这里，当然不是想吃那热火朝天的大鱼大肉了。这里的精致小菜，也是适合下酒的，优美的环境，雅致的车厢座位，则更适合聊天。后备厢里有两坛海州辣黄酒，正好派上了用场。

哦，忘了，出了 KTV，又叫上美女昭君，今晚美女大丰收啊。西施说，你艳福不浅啊，又改“一拖三”了。我乐不可支，估计是一脸“小人得志”的坏笑。是啊，夜深人静，有美女，有美食，有美酒，有美景（一轮皎月挂在头顶），四美啊。人生如此，夫复何求？

没有酒杯，服务员叫我们到收银台去要纸杯，我没有遵照执行，而是随手拿了四只耳碗。我想，今晚，就让我们演绎一段“大碗喝酒，大块吃肉”的快意人生吧。

银鱼花生米，辣椒拌虾皮，松花蛋、海带片，香肠、马菜、豆腐干……都是家常小菜，分量也较小，下酒最好。

美女喝点小酒，话就多了。主要是开展表扬和自我表扬，你的包包很棒，她的衣服很靓，你温柔，她大方……顺带着，也把我夸奖了一番，更加感觉，表扬是最好的佐酒小菜，听到好话，酒明显下得快。不觉一坛就空了。两公斤一坛子呢，虽然只有 20 度，有了这么一个量，也会让人犯晕的啊。果然，三个美女，就迷糊了两个：西施和貂蝉。

都说女人不喝醉，男人没机会。可是，现在两个女人喝醉了，还是没机会。有的，只有后悔，不该派酒。我总觉得，辣黄酒又不是白酒，也没喝几碗啊。原来，碗比杯大，辣黄酒，后劲大。

我有两拨酒友。一拨，是喜欢体育的，每个周六徒步 25 公里以上，中午坐倒，啤酒伺候。岁末年初的，或者找个由头，还搞一个高端大气上档次的宴会。另一拨，是爱好文学的，整天在论坛里混，在 QQ 群里聊，都是夜猫子，常常谈着谈着，有人振臂一呼，应者如云，就杀到饭店里去了。常常喝到凌晨一两点钟。这个时候，大有世人皆睡我独醒之感和人生苦短秉烛夜游之慨，你会觉得，醒着，真好，和朋友一块儿喝酒，真好。

和微醺的昭君把迷糊的西施和貂蝉分别送回家，月亮已经偏西了，凉风吹来，打了一个小战，昭君说，把外套的拉链拉到脖子底，路上小心。内心温暖。

鲁迅有篇优美的散文叫《夜颂》，其中有云：“夜是造化所织的幽玄的天衣，普覆一切人，使他们温暖，安心，不知不觉的自己渐渐脱去人造的面具和衣裳，赤条条地裹在这无边际的黑絮似的大块里。”又云：“只有夜还算是诚实的。我爱夜，在夜间作《夜颂》。”

饭局因为时间的不同而分为多种。中午的，是工作餐，是喜宴，是例行公事，是出份子钱，喝酒基本上不能尽兴。晚上的，比较隆重了，可是，也难免有些应酬，有些无奈，有些尴尬。只有深更半夜出来喝酒的人，那才是哥们，是兄弟，是性情中人，是享受生活的人，是为喝酒而喝酒的人，是可以信赖的人，喝多喝少，都好，是醒是醉，都美。有消夜吃的人，有福了。我爱消夜，所以作《消夜颂》。

# 童年的味道

可能是上了年岁了，忽然就开始了回忆，想起童年的时候吃的一些食物。现在山珍海味的吃惯了嘴，过嘴的美味就像过眼的美女一样，因为太多，所以记不住。倒是食物困乏的20世纪70年代，给我留下了深刻的记忆。

凝脂饼。我的父母在植物油厂工作，厂里逢年过节的，会给职工发一些福利。靠山吃山，靠海吃海，油厂的福利自然也和油有关。但是，不是发豆油和花生油，那时候，这可是紧缺商品，是凭票供应的，发的福利是凝脂（一种炼油剩下的渣子，也许应该叫油脂，我们则叫凝脂），黑不溜秋的，可是，味道鲜美，每个职工分上一两斤三五斤的，拿回家来，就可以做吃食了。一般而言，是做饼，我们就叫凝脂饼吧。和面的时候，把凝脂掺和进去，烙出来的饼有一股花生的香味，口感也是酥脆的，像桃酥一样，我们不妨叫作土制的桃酥。发凝脂的那个晚上，宿舍里家家户户做凝脂饼，空气里都弥漫着凝脂的香味。在吃点心要粮票的年代里，吃凝脂饼，便成为我们童年的一个节日。

马菜面糊饼。春天的时候，我们去野地里摘马菜。马菜是一种肥嘟嘟的野菜，摘回家，洗净，拿开水氽一下，和上一盆面糊，和马菜一块儿团成饼子，把铁锅烧得热热的，贴马菜面糊饼子吃。面糊可以是死面，也可以是发面，我们家以发面居多。马菜里放些油盐，贴出来的饼子非常好吃，在粮食定量供应的年代，马菜饼子无疑缓解了一些粮食紧张的压力。

小鱼冻。20 世纪 70 年代大河小沟都是鱼。我们拿一只脸盆，一把铁锨，到野外忙碌一个下午，就能弄到半盆小刀鱼。有时候，母亲也会从市场上买一些小刀鱼、小杂鱼。一烧就是一大锅鱼，做鱼冻子吃，放些雪里蕻，别提有多好吃了。鱼肉熬时间长了，味道都到汤里了，所以，鱼肉不好吃，鱼冻子好吃，鱼里的雪菜则更好吃，妈妈常说，宁吃鱼锅菜，不吃菜锅鱼，说的就是这个意思。一盆鱼冻子，常常作为提味的小菜，中午吃，晚上也吃，天气越冷，鱼冻子越好吃。那时候没有冰箱，吃不完的鱼冻子就放倒提篮子里，挂到厨房的房梁上，否则，就被邻居家的猫偷吃了。

炒豆腐渣。买豆腐的时候，母亲会顺带着买一些豆腐渣。吃豆腐渣费油，因为要炒了，才好吃。母亲舍不得多放油，就多放些辣椒提味。炒豆腐渣的时候，屋里的辣味呛人。再放些青菜，豆腐渣就更好吃了。吃上一碗豆腐渣，只需要喝一碗稀饭，连馒头或者大饼都不用吃了。吃豆腐渣，需要配点儿佐料，酱油、醋、虾皮、青辣椒碎末，味道好极啦。

豆油浇干饭。父亲工作很忙，有时候，我们把菜都吃得差不多了，父亲才下班回家。没有菜，饭就有点不好下咽。父亲会拿勺子，倒上一点儿豆油，放在蜂窝煤上烧一下，豆油滚开，散发出香味，趁热浇到干饭上，发出滋滋的响声，不用就菜，也能把一碗干饭吃下去。我有时候也学着样儿，还别出心裁，再放一点儿白糖，这样的干饭，真是又香又甜。有时候，用猪大油也可以替代豆油，香味很浓，总也吃不够。

煎饼裹大葱。寒暑假我常常去山东日照大舅家过上一段时间。那边以面食为主，大米是稀缺食品。煎饼是常年的主食，一日三餐，都离不开煎饼。我特别喜欢吃大妗子烙的煎饼，现烙现吃，口味最佳，再裹上一棵大葱，那真是人间的美味。鏊子就支在锅灶间的地上，麦秸做柴火，不断往鏊子底下续，大妗子边烧火，边烙煎饼，忙而不乱，一个上午就能烙一摞子的煎饼，够一家人吃上一个礼拜的。现在到街上买煎饼，不管是机器还是手工烙的，都没有大妗子烙的煎饼好吃。马路边上虽然也有现烙现卖的煎饼，但是，不知道是火候不行，还是材料不好，总之，再也吃不出童年的味道了。

炟山芋。大舅家的主食除了煎饼，还有山芋。他们叫地瓜。地瓜干可以熬粥。鲜地瓜则可以炟着吃。草锅炟山芋，有讲究，水不能放多了，那样山芋就会烂，应该是水分快要蒸发完了，山芋也熟了，特别是靠近锅底的那几只山芋，黏糊糊的，甜甜的，烫烫的，连皮吃，那真是口口香浓，回味无穷。

南瓜饭。那年夏天，我到响水大姑家过暑假，狠狠地吃了几顿南瓜饭。所谓南瓜饭，其实就是南瓜切段，搁锅里焖，放点儿油盐葱姜之类的，盛出来，就是一碗饭。其实，也是因为粮食不够吃，这才以瓜充数的。刚吃的时候觉得南瓜饭很好吃，甜甜的，面面的。可是，连续吃上三顿，就难以下咽了。因为，吃那个东西，胀肚子，饿得还快。要想挨到下顿，只有多吃。我看到大姑家的一个邻居，比我大不了几岁，能吃两大海碗。一餐饭下来，肚子撑得鼓鼓的，小水牛一样，裤头都兜不住了。

# 燕饮记趣

李白斗酒诗百篇，组个饭局找大仙。莫使金樽空对月，一直喝到你吐血。昨晚喝大了，夜里小解，作诗一首，如上。

开个玩笑。最近饭局堆积。梦里不知睡哪儿，浓睡不消残酒。江湖人称“杨大”，这个大，不仅是个子大，年龄大，还有一个，就是酒大。

喝大好不好？当然不好。不喝行不行？绝对不行。妹子打的过来，楚楚动人，脉脉含情，先干为敬，你看着办！除了喝酒，你还能怎么办？哥哥端着酒壶，走S步，兵临城下，咄咄逼人，这是令狐冲啊。你如果不喝，让哥情何以堪？杯怎么端？

昨晚在可味人家燕饮。组局的是东部城区的一个妹妹。这个妹妹，曾经被我的文字“糟蹋”过，一次饭局之后，我写了一篇文章，把她在酒桌上的“劣迹”一一列举，公之于众，从此，我对她甘拜下风，避之唯恐不及。我们已经好久没有在一块儿喝酒了。这次妹妹不远三十公里，从东部而来，莫非是来寻仇的吗？

不是一个人来的。是组团而来的。落座之后，我数了数人数，一共十三人，最后的晚餐啊。东部竟然来了 10 人，两部车。首善之区仅仅来了 3 人，我是其中之一。

还没开战，胜败已判。还拼啥啊，举杯投降呗。就算两个司机退出阵线，以水代酒，也是 8 比 3 啊，如此敌我悬殊，还要决斗，我傻啊。低调，低调。

傍晚堵车，有一辆车在路上。先到的掼蛋。一桌不够，再开一桌。大约七点十分，终于到齐了。

厨房显然早就做好了菜，呼啦一下子，就摆满了一张大桌子。东部的礼仪是喝酒之前做个介绍，不像我们这儿，两杯之后再做介绍。我觉得我们的做法比较顺应民意，因为，面对美食，肚子里都要伸出三只手，眼睛都要流出相思泪。十三个人，一一介绍，中间还有人插话，至少用掉八分钟……

桃林大曲，东海名酒也。大约是想和陶渊明攀亲，如果是取名竹林大曲，也许更有意思，竹林七贤，个个嗜酒吧？倒酒的是一个妹子。正好姓陶，我们就当她是陶渊明……派来的。二两五一杯，一壶酒还没有走完一圈就完了。再开一壶。

很喜欢《韩熙载夜宴图》里的慵懒和雍容，颓废和浪费。韩熙载夜宴分为五个部分，其中散客部分已经是后夜宴了，可以不看。现在的夜宴大约也是按图索骥的。你看，先吃饭（古人叫燕饮），然后，跳舞助兴，韩熙载是亲自击鼓了，这叫什么？这叫与民同乐。再然后，小憩一下，现在是抽支烟啊，说说话啊，去趟洗手间啊，如果与会者有会唱歌的，也可以清唱一曲。再然后呢？韩熙载与女宾客调笑了，现在的做法是去 KTV 唱歌，或者去洗脚房洗脚，算是燕饮的余兴也。

很喜欢王羲之的《兰亭序》，字好，文也好。恰巧，可味人家的 206 包间里，就有一件《兰亭序》的艺术品，是雕刻版，刻在竹片上的，古色古香。那是一场盛宴而有没有杯盘狼藉（像苏东坡的《前赤壁赋》，不喝到烂醉不歇着），是一场精神的欢愉而没有肉欲，有酒、有诗、有情、有趣，喝的是文艺酒，玩的是文艺范儿，一觞一咏，亦足以畅叙幽情，不必死磕。

酒过三巡菜过八味有人微醺有人小醉，这个时候，进入情感的深度按摩。许多醒的时候不宜不易不好意思说的话儿现在都可以打着醉的幌子和盘托出也。

她一进门的时候，我就眼前一亮。苗条的身材，一顶兜头的毛线帽，更衬托出脸蛋的小。虽然岁月留下了纹路，坊间赠其为“资深美女”，但是，我还是要说，这位，的确是美女的老姐。我搜肠刮肚寻找赞美的词语，沉鱼落雁闭月羞花不适合她，花见花开车见爆胎不适合她，倾国倾城祸国殃民不适合她，只有这么两个字，量身定做、严丝合缝：优雅。

“优雅”说，你真会夸人，吝啬得像葛朗台，严谨得像中组部，不过我还是很喜欢这两个字。来，我敬你一杯。我这是自找倒霉啊。记住了，酒桌上，谁的话多，谁的酒大。

对面的妹妹看过来。好像在哪儿见过。肯定是酒桌上。可是总也想不起来她是谁。我想啊想啊想啊想，一头撞到南墙上，最后干脆放弃，可是，喝到第二杯的时候，我终于想起来她叫蜜糖。一个多么甜美的名字啊。曾经在我的一潭死水里起过微澜，在我的静静的顿河里涌起过涟漪。我一一列举了和她的几次相遇，竟然都是在酒桌上。可见，如今饭店就是沙龙，吃饭就是社交，美女就是生产力。没有美女的饭局，就像没有花朵的公园，除了几只瘦得跟猴子似的猴子之外，只能哄哄小孩子。

为什么我的杯里常常斟满了美酒？因为我深爱着这一桌的美食和美食周围的美女。昨晚十三人聚餐，九男四女。如果男人可以叫“九头鸟”的话，那么女的只能叫“四美图”了。两位美女甘当“贤内助”，不喝酒，开车。酒桌上，她俩又是自带的服务员，给大家斟酒、倒水。两位美女没有把自己当女人，和男人们一样推杯换盏，仰脖子就干。她们像李清照一样，可以“柔肠一寸愁千缕”，也可以“九万里风鹏正举”。宁可“人比黄花瘦”，也不“欲语泪先流”。笼统地说酒品就是人品会滥杀无辜，不过从喝酒的风度上至少也能窥测一点儿做人的深度和高度。贪杯固然不好，滴酒不沾，似乎也不好。酒是粮食做，浪费是罪过。酒是精气神，不喝也不行。

一位先生打的过来敬酒。他说，你可能不认识我，可我知道你。因为，我在看你的《杨大日记》。原来，这位也是我的粉丝。粉不分男女。他还说，他的老婆是女高音（网名）。我说，我知道啊，年会上我听过她的歌，真的是响遏行云绕梁三日。现场连线，告诉他老婆，正在和杨老师喝酒。我接过电话，告诉她，我听过你的歌，三月不知肉味了……

## 吃 相

我的吃相大约不是太漂亮，至少，不如我的长相。

吃酒席，我的眼里只有菜，没有人。尤其是参加婚宴，尤其是遇到那个八辈子没拿过话筒的主持人没完没了喋喋不休，我常常就先动了筷子了。对面的淑女绅士强忍着美食的诱惑，分明都在咽口水了，还是撑着。我则完全下水。

开始，我也忍过的。可是，饥肠辘辘，如打小鼓，邻座的美女都听到了，很慈悲地给我夹了一块酱牛肉（凉菜先上的），让我感动得差点落泪，让我激动得差点叫她“心尖儿”。

开吃五分钟这段时间，是我的黄金时间，珍贵得很，我一般是闭口不言、埋头苦干。这个时候找我喝酒的人，基本上需要连喊三声，最后还是我身边的美女用胳膊肘捣捣我，我这才依依不舍地放下筷子，眼睛却还盯着那块鸡肉。

两三个人吃饭，用不着这样虚礼了，我的本性就更加没有了遮掩，简直就能让人“恶心死了”。爱吃辣，可是，又不能吃辣，一沾上了辣，鼻涕眼泪一大把，扯起餐巾纸来就像张艺谋扯胶片，看得老板痛不欲生。有些火锅店大约受到我的启发，现在已经把餐巾纸（装盒了）纳入消费清单，美其名曰环保，其实，是惹不起我这样的大佬。

做不成绅士，就给自己找理由。什么性情中人啊，什么不装啊，什么实在憋不住了因为美食太优秀了就像美女太诱惑了。其实，无非一个字：馋。就跟那个婚礼主持人一样八辈子没吃饭了。

看绅士淑女用膳，简直就是一场茶道表演。小心翼翼、如履薄冰，鸡腿肘子仿佛不是肉，而是炸弹。才吃两筷子，就说“饱了”，生怕吃出身怀六甲的肚子。菜肴进口，必定用餐巾纸摁摁香唇，就像害怕私家侦探发现她偷情的证据。跟这样的美女吃饭，我常常如坐针毡，如进反贪局的大院，忐忑不安，度日如年。

我喜欢“吃相不佳”的吃货。他们扑倒在饭菜上就像求知欲旺盛的人扑倒在书本上一样。饭菜是让人吃的，不是让人看的，你糟蹋了饭菜，把自己也弄得杯盘狼藉衣冠不整，这才叫活色生香，这才叫热爱生活，这才叫和谐发展。

那天我到食尚客吃饭，巧遇我的一个朋友，她是带着孩子来吃饭的，点了两份麻辣烫。我吃的是东北砂锅米线。我们对面而坐。孩子吃得稀里哗啦，妈妈就小声说“轻点轻点”。可是，儿子眼里只有饭，耳朵也仿佛被屏蔽了，硬是没听到，或者是装聋作哑。妈妈只好冲我笑笑，以示歉意，仿佛是惊扰了我了。美女吃饭，一板一眼，有章有法，对待每一口菜肴，仿佛五星级宾馆对待每一个客户，极尽阿谀谄媚之能事，最后，还剩了一点儿，仿佛要把它们放生，以示“减肥”的果断。我看了怪可惜了的，有点心动。孩子则奋而动了筷子，马上行动，把妈妈碗里的肉夹住，放进自己的碗里。

这样生龙活虎的场景让我看到，更加坚定了我对于我的吃相的理解和宽容。不再求全责备，反而顾影自怜，甚至沾沾自喜起来。比起孩子来，我已经收敛了很多文雅了少许绅士了适量。

斜对面，是一对母女在吃饭。吃的是炒饭和炸鸡腿。母亲是有点发福了，估计也是一个吃货。女儿尚小，可是，对于美食的专注已经到了目中无人的地步了。母亲去上卫生间了，她连头也不抬，一会儿吃饭，一会儿吃肉，吃饭用勺子，吃肉下手抓，一个多么可爱的小吃货啊，我欢喜得差一点上去把她抱抱。革命不分先后，吃货何论大小？只要有这份纯真，就好。

吃自助餐常常容易撑着。不敢当着妹妹的面松裤带，就借着如厕的时候给肚子松绑，为什么进餐厅之前不做好准备呢？吃到十分饱了，看着美食在回转带上流转就像KTV里的美女一样列队任你挑选，这个时候，你才感到什么叫作眼大肚小、吃相糟糕……

我在单位食堂吃饭，大约是最有吃相的一个人了。近百号人，只有我一个人使用汤勺。虽然被人误解为“太讲卫生”，和周边环境“格格不入”，可是，我还是“喜欢自己，坚持到底”。用勺子的好处是，每一勺饭菜，都可以不留痕迹地放进口中，不会发出一点儿嘴巴稀里哗啦之声。吃饭不出声，这是文明。四菜一汤。两荤两素。我先喝汤，用勺子，一勺一勺送嘴里，绝对也是消音的，如果嘴巴直接对着碗喝，则不能保证不出声了。吃菜呢？先荤后素，就像有些人谈恋爱一样，一个一个来，不同时进行。这样，只有在吃的一个菜有点儿“衣冠不整”，其他的，则完好无损，看上去很美……

# 餐具和杯具

在食品匮乏的年代里，我们对于吃饭的家伙事儿不会讲究，有口锅就行了，做好干饭盛盆里，然后刷锅炒菜。吃饭呢，有只碗则足矣，早上喝豆浆中午吃干饭晚上喝稀饭都是这只碗，中午吃完干饭喝菜汤，还是这只碗。一碗多用，用到极致。碗要是会说话，一定会说：累死了。碗要是能走路，一定会跳楼，不过了。

这样的“一只碗主义”，我们看张艺谋的电影印象最为深刻。孙旺泉端着一只比头还大的海碗蹲在墙根刨饭吃，要多香有多香啊。

如今时代不同了，吃饭要讲究，这好像穿衣服一样，不过是一个肉身，却要十几套几十套的衣服侍候。春夏秋冬阴晴雨雪早中晚夜，都有不同的衣服。吃饭自然也会有不同的碗碟。吃饭的喝汤的，一套一套的。喝酒的酒具也会因为酒的品种的不同而轮番变换着。现在的酒桌上就至少要上两三套酒具三四只杯子，喝白酒的，是一个带把的酒壶和一只牛眼玻璃杯，喝啤酒的是一只直筒玻璃杯，如果是喝红酒，自然还有一只高脚玻璃杯。

2009 年之夏我到广州，逛商场的时候看到一款不锈钢厨具，就像一见钟情的恋爱一样，来电了，就像脚底踩到胶水一样，走不动了。虽然下面的旅途还有四五个城市，我也无怨无悔，背着这口锅（煎锅）回家。

因为这口煎锅太艺术了（美国艾美龙艺术家系列）太完美了，

迄今我也舍不得使用，像一件艺术品一样搁在我的书橱上，每天欣赏着，就像我的初恋。如今，我做美食版的编辑，更是把这只锅当作了我的一个图腾，我的化身：吃货（吃饭的货物）。

编辑《美食帮》以来，我逛超市，生活用品货架是我的必逛之地。我喜欢看锅碗瓢盆，三年下来，竟然买了两口汤锅一口煎锅一口奶锅一把饭勺一个筷笼两把啤酒起子四副西餐餐具两只玻璃量杯十只玻璃杯子五个旅行壶五个保鲜盒……我的妈啊，我这是要开厨房用品店啊。

认识了一些品牌。现在是品牌时代。几乎没有一样好东西不是名牌的，至少也是著名商标，更多的是知名商标、驰名商标。

尤其是外国的品牌，动不动就是百年老店出品，艾美龙、劳特斯、法克曼、利比、弓箭、皇家利丹、乐扣乐扣、耐克、探索……

中国的品牌，则有苏泊尔、多样屋。

我徜徉在九龙大世界和美轮美奂生活馆，就像徜徉在艺术的海洋。美国康宁、丹麦居元素、上海多样屋……这些玻璃制品、不锈钢制品，玲珑剔透，美轮美奂，价格奇贵，质量超好，手感特佳，我是看一个爱一个，爱一个却不能买一个，常常陷入一种相思之苦……

我到饭店吃饭，除了品尝美食之外，对于盛器也很留意。九龙国际公馆海鲜餐厅的高脚酒杯硕大无比，质量上乘，斟上四分之一杯的红酒，把杯品酒，一股艺术气质就有了。他们家的招牌菜菜名忘记了，但是，盛器记得的，农村草锅一样大的砂锅，两个壮汉抬上桌子，一下子就把食客给震惊了。

红双喜的白酒壶，好像是化学实验室里使用的器皿，带刻度的，有德国人的严谨。玻璃厚重，又是美国人的实用。你就是不准备喝酒了，看到这套酒杯，也忍不住要尝试一番。盛器有时候就像衣服，华丽的衣服可以遮掩一下松弛的肉身。鞍比马贵的时候，也不是没有。

多样屋一款红酒杯，标价 228 元，10 瓶威龙（1500ml）的价钱啊。这种看似本末倒置的派头，那就是一种生活品质。

譬如，居元素的垃圾桶，我看了，简直以为是发疯了。一只倒垃圾用的破桶，竟然要 200 元！可是，转而一想，这，或许正是高级家具的一个重要元素：众生平等，无论是盛饭菜的碗碟，还是装垃圾的桶，都要高档，都要做到极致。

那天陪朋友去美轮美奂生活馆看花瓶。花瓶不怎么好看，我看好了一款西餐餐具，就是四件套的那种：刀、叉、勺（一大一小）。标价 408 元，打折后 367 元，我竟然没有一点儿犹豫就买下了。因为，这是我苦苦寻觅多年的餐具，勺把是弯曲的，就像大 S 或者小 S 的腰肢，是人体工程学的设计，如果再不下手，错失良机，我会像当年错过的那道姻缘一样悔恨……

国产的东西，已经有进口的品质了，就是说，很美国，用料足，如果用腻了，还能化几斤钢水支援国防建设。

其实，我是很少吃西餐的啦，即使吃，也是到咖啡店里去吃。我就是再怎么喜欢这套餐具，也不能带着它去吃牛排的吧。这里说一个插曲。我到皇驾吃饭，每次拿着那只半斤沉的汤勺都想揣兜里带走。可是，仅存的那点儿廉耻之心让我不敢越雷池一步。我还想，花钱买下来吧，又怕老板不答应，或者，老板竟然慷慨允诺送我一只，因为，我和老板熟悉。一想到每次吃饭，就像饮水思源一样眼前浮现老板那张黑黝黝的脸，会不会影响食欲呢？如果是美女老板，我说不定会开口？

现在，终于随心所愿，我有了一套深沉厚重的不锈钢餐具。汤勺第一天就派上了用场，中午就让它出台了，到食堂吃饭。原来午餐不离的那把从广州带回来的艾美龙汤勺终于被打入了冷宫（自从看到皇驾那把汤唯般丰满性感大 S 样曲美的汤勺，再看这把直板水桶腰一样的艾美龙汤勺就不舒服了）。

刀叉久久派不上用场。这是资产闲置，这可不行。那天，逛北京华联，在冷藏区域，买了两袋双汇、雨润烤肉火腿，上夜班的时候，办公室里没人，我就用西餐叉子吃烤肉了，当然，没有忘记买一瓶威龙葡萄酒。有酒有肉，健康长寿。人生如此，夫复何求？

# 定点饭店

我有个文友，热情好客，每月必有两次宴请，交流文学，联络感情，谦虚谨慎，戒骄戒躁，圈内口碑甚好。他以自己家住的小区 100 米为半径画了一个圈儿，选择两家饭店，一家是阳光雨露烤肉，一家是舌尖上的酸菜鱼，每次请客，会根据客人的口味而选择其中一家饭店。这两家饭店就成为他的定点饭店，事先只要打个电话给饭店，留包间，打折扣，都是没有问题的，隔段日子，饭店上了什么新式的菜肴，还会发条短信告知下。我曾经为他担忧，经常吃同一家饭店的菜肴，你没什么，客人也没有审美疲劳吗？他说，客人是经常换的。他则习惯了。

多年以前，单位门口有家饭店，就是我们的定点饭店了，我连吃三顿，就有点儿腻味了。常常要跟饭店的老板说，能不能来点儿新鲜的？你这样一年到头的红烧狮子头干煸黄豆芽牛肉大白菜，迟早我们要换定点饭店的。

为了避免我们换饭店，迫于压力，老板只好过段时间就换厨师了。

定点饭店的资格认证，是一件系统工程。以前，是需要公关的。几乎所有的大企业门口都有一家非常红火的饭店，那一般来说，就是这家企业的定点饭店。是因为他们家的饭菜好吃而被选定为定点饭店的还是因为成为定点饭店之后他们家的饭菜变得好吃有时候并不十分清楚。我们清楚的是，定点饭店给双方都提供了便利。单位可以签单，省却了每次交钱开票的麻烦，因为是大客户，饭菜自然是可以便宜一些的。饭店呢，因为有了这么一个大客户，营业额就有了差不多一半的保障，其他有些散客、过路客，基本上就能保证有赚头了，可以省去四处招徕顾客的麻烦。可是，也有忧虑，怕单位欠账，俗称打白条。曾经听说有的单位打白条多到几十万元，硬是把定点饭店给拖垮了。

现在自然也是有定点饭店的，只是不再成为唯一，而是多家。我有个做生意的朋友，选择一家高档酒店作为定点饭店，里面的服务员和他都非常熟悉，知道他喜欢喝什么酒，吃什么菜，因此，点菜这样一件麻烦事就省掉了。因为是贵宾卡消费，充值十万元最高可以打六折，对于不差钱的人，实在是太划算了。当然，十万元不过是一年的招待费，如果你三年都花不完，饭店也不会给你那么大的折扣。必须是双赢，这是做生意的最佳状态。双赢才能持久。

定点饭店让你享受便利的同时，也限制了你的尝鲜的范围。街上的饭店如雨后春笋，你只能享受一只笋，又像是弱水三千你只能取一瓢饮，多少是有些遗憾的。当然，你就是一天换一家，也未必就能够找到自己想要的，因为，味蕾和情感一样，有时候也是日久生情的。吃惯了，就有了一分依赖，一种怀想。有人对于川味麻辣烫和重庆火锅情有独钟欲罢不能简直可以说是上瘾，这样的人一般而言，对于情感的忠诚度也比较高。

我参加的一个 QQ 群，有两个定点饭店，一家是东海人家，一家是全聚齐室内大排档。一听饭店的名字，你就知道是一个什么消费结构了。因为常聚，所以，就不能太贵。因为 QQ 群里的朋友太熟悉，也就不在乎吃什么了。不过是找一个说话的地方，总不能天天在网上聊，每周总得见上一次面，这样才不会变得生疏嘛。有一次在东海人家吃饭，忽然就停电了，服务员拿来蜡烛点上，让我们吃了一次烛光晚宴，饭菜没有变化，感觉变化了，大家都有了一种浪漫的情怀。天天点灯，我们忘记了电灯的存在。天天网聊，我们不能忘记每周要见上一面，这样才是朋友的相处之道。这样的小饭店，结账的时候，一般来说都会去个零头。虽然优惠不多（因为消费本来就不高啊），但是，温馨不少。同样，如果饭店力推一鱼两吃那道菜，我们也知道，这条鱼基本上是《非诚勿扰》上的女嘉宾害了相思病了，如果再没有人把她领走，她会比黄花还要瘦的。鱼，我们领了。心，老板也领了。这叫心照不宣。这是定点饭店的一幕温馨的场面。

我曾经把单位周边的数十家饭店都吃了一遍，然后选择三家作为自己的定点饭店，一家是安徽骨汤小馄饨，一家是金陵鸭血粉丝，一家是板浦老汤黄鱼面。双休日，单位食堂不开放，我就到这三家小饭店吃饭，一吃就是一年多。老板和老板娘除了叫不上我的名字，走到大街上一准儿能认出我。我也很喜欢听老板娘那清脆的嗓音，喜欢看老板那憨厚的笑容。

# 跋 语

弟弟在 QQ 里给我消息，北京方面的出版合同寄来了，叫我抽空去签个字。

这才想起，从交稿到签字，已经三个多月了。翻看当时写的《序言》，落款日子是七月十九日。

签字的第二天，小书的清样就寄来了。要我修改，校对。出版方自然也要校对的，侧重于错别字。

拿到手的清样，是十六开纸，文字印在版心，这样便于修改，一共是 266 页。不是我原来的本子，删减了一些，其中第五部分“徒步”的内容则全部拿掉。因此，书名的《五味杂陈》其实已经名不副实了，因为，五味缺了一味：咸。

但是，我不想再恢复了。连书名也不想修改了。吐酸槽、吃甜食、读苦书、看辣片、走咸路，酸甜苦辣咸，五味俱全，多好的版块啊，如今只能遗憾地告别了。当初，我连这个序言都没有发过去。没有序言，好像没有照壁似的，虽然有点一览无遗，也不影响房屋的功能。修改后的结构是四个版块：读书、观影、乱弹、美食。两字格，简明扼要，很好。

之前，拿到了弟弟的新书《咖啡的名字》，一本小说集，中国书籍出版社，2014 年 9 月第一版、第一次印刷，书号：ISBN 978-7-5068-3963-1，定价：32 元。

之所以这么详细地抄了版权页上的几行字，是因为，这是“我们老杨家”自从开天辟地以来的“第一本书”，必须“大书特书”。

我的弟弟的文学才华直到我拿到这本书，才得到“确认”，虽然之前我已经看过书里的很多文字了。出书，尤其是这样的正规出版社有书号的出书，还是有一种庄严感的，就像我现在手里的清样，虽然还是书籍的雏形，但是，封面上的三行字，还是让我对于我自己，都开始崇拜了：五味杂陈（第一行）、杨树民著（第二行）、××××出版社（第三行）。

《咖啡的名字》这本书的勒口作者简介是这样写的：

> 杨树军，男，1963年生，江苏连云港人，私营业主，目前经营一家咖啡馆。早年从事文学创作，有作品发表。后停笔二十年。2013年重新从事小说写作，曾在《青年文学》《飞天》《翠苑》等杂志发表小说。

这样的简介，言简意赅，还做了广告，有经济头脑。如果我也要写一个简介，我想应该是更加简洁的：

> 杨树民，男，1960年生，江苏连云港人，晚报记者，发表短文若干。

是的，虽然文学的样式有多种，我只会写点儿短文。即使短文写了几十年，我仍然是一个作者，而不是一个作家，因为，这个世界，只有小说家，散文家，没有短文家。

出版方让我修改字句，甚至是，段落，我却只是改了几处错别字，都是当初打字的时候没有重新看一遍的“笔误”。因为，我对于我的文字还是有把握的，好不到哪里去，但是，也差不到哪里去，毕竟，都是发表过的嘛。我自己有偏爱，编辑还是比较客观的嘛。

收入本书的文章100篇。

其中，读书16篇，观影21篇、乱弹20篇、美食43篇。美食是大头，所以，《五味杂陈》也还是切题的。

人都有一个怪毛病，老婆是人家的好，文章是自己的好。尤其是当这篇文章已经发表，当这些文章已经结集出书。本来对于发表已经习以为常，对于出版做梦都不敢想，忽然就要拥有一本写上自己名字的书，其中的欣喜，是不言而喻的。还是那句话，谢谢弟弟。

如果在写作这条路上，也可以不以成败（挣钱是成功，赔钱就是失败了）论英雄，那么，我和弟弟，都是“英雄”了。我们老杨家这回是烧高香了，一下子出了两本书，老爸老妈会很高兴的，这也算是我奉献的一出新版“老莱娱亲”吧。

写过的字像走过的路。写的时候，不觉得辛苦，等到回过头来，梳理一遍，忽然就有点儿怜惜起自己来了。这些，都是一个字一个字敲打出来的，用去了多少光阴，消耗了多少脑细胞啊。真是文章千古事，得失寸心知。弟弟说，出书的好处是，人没了，书还在。我知道，这是弟弟为了说服我而给我营造的一个梦境。其实呢，我是知道的，如果说，一张报纸的寿命是一天，一本杂志的寿命是一月，那么，一本书的寿命最多也就是一年。当然，鲁迅的书不在此例，聂绀弩说：人书定寿五千年。

人的感觉很怪。文字就像一盘菜。这盘菜，搁路边吃，最多值8元，如果端到五星级宾馆的餐厅里，你得在“8”的后边加个“0”：80元；如果是端到美国的五星级宾馆的餐厅里，你懂的，得加两个“0”：800元，菜，还是那盘菜。这是我在校对我的小书的时候的感受。

这样的菜，我还有很多，没有加工，没有烹饪，没有装盘。因为，料理费实在是太高了。出书，一件看起来很雅致的事情，最后也要落入一种俗套。这是我再一次感到此时此刻，内心犹如一盘沸腾的鸳鸯火锅，五味杂陈。

杨树民记于《苍梧晚报》1409 室